The Canadian Literature Research of Northrop Frye

诺斯罗普·弗莱的加拿大文学批评

张文曦/著

版权所有　翻印必究

图书在版编目（CIP）数据

诺斯罗普·弗莱的加拿大文学批评/张文曦著. —广州：中山大学出版社，2022.8

ISBN 978-7-306-07576-5

Ⅰ. ①诺… Ⅱ. ①张… Ⅲ. ①弗莱（Frye，Northrop 1912-1991）—文学评论—研究 Ⅳ. I711.065

中国版本图书馆 CIP 数据核字（2022）第 110844 号

NUOSILUOPU FULAI DE JIANADA WENXUE PIPING

| 出 版 人：王天琪
| 策划编辑：吕肖剑
| 责任编辑：麦晓慧
| 封面设计：林绵华
| 责任校对：卢思敏
| 责任技编：靳晓虹
| 出版发行：中山大学出版社
| 电　　话：编辑部 020-84110283，84113349，84111997，84110779，84110776
|　　　　　发行部 020-84111998，84111981，84111160
| 地　　址：广州市新港西路 135 号
| 邮　　编：510275　　传　真：020-84036565
| 网　　址：http://www.zsup.com.cn　　E-mail：zdcbs@mail.sysu.edu.cn
| 印 刷 者：广东虎彩云印刷有限公司
| 规　　格：787mm×1092mm　1/16　13.75 印张　220 千字
| 版次印次：2022 年 8 月第 1 版　2022 年 8 月第 1 次印刷
| 定　　价：48.00 元

如发现本书因印装质量影响阅读，请与出版社发行部联系调换

本书系教育部人文社科青年项目"诺斯罗普·弗莱在西方的经典化问题研究"(立项号:18YJC752051)的研究成果。

目　　录

绪　论 …………………………………………………………… 1
　第一节　弗莱的批评之路 …………………………………… 3
　　一、弗莱的学术人生 ……………………………………… 3
　　二、弗莱的加拿大文学批评 ……………………………… 12
　第二节　国内外研究状况综述 ……………………………… 19
　　一、国外研究状况 ………………………………………… 19
　　二、中国弗莱研究40年 …………………………………… 23
　　三、弗莱思想从西方到中国的"理论旅行" …………… 27
　第三节　研究依据和研究思路 ……………………………… 36
　　一、研究依据 ……………………………………………… 36
　　二、研究思路 ……………………………………………… 37

第一章　探寻加拿大文学的民族特性 ………………………… 41
　第一节　不可磨灭的殖民痕迹 ……………………………… 45
　　一、古英语文学 …………………………………………… 46
　　二、现代性与本土性之争 ………………………………… 48
　　三、分裂主义 ……………………………………………… 52
　第二节　备受推崇的自然主题 ……………………………… 54
　　一、自然主题的表现形式 ………………………………… 55
　　二、自然主题形成的外来因素 …………………………… 58
　　三、印第安文化的影响 …………………………………… 61
　第三节　"矛盾"的文学传统 ……………………………… 63
　　一、叙事史诗的兴起 ……………………………………… 63
　　二、文明与蛮荒的共存 …………………………………… 66
　　三、文学中的沟通理论 …………………………………… 69

第二章 建构加拿大文学的批评标准 ································ 73
第一节 关于文学传统的讨论 ································ 76
一、历史关于上文学传统的讨论 ································ 76
二、弗莱关于文学传统的观点 ································ 78
三、文学传统在加拿大文学中的意义 ································ 80
第二节 文学形式的意义 ································ 84
一、文学形式的历史发展 ································ 84
二、弗莱对文学形式的解读 ································ 86
三、加拿大文学批评中的文学形式 ································ 88
第三节 神话诗歌的书写原则 ································ 90
一、"神话"与"原型"理论的历史演变 ································ 91
二、弗莱的神话-原型批评理论 ································ 92
三、神话-原型批评理论在加拿大文学中的应用 ································ 94

第三章 追溯加拿大文学的文化背景 ································ 99
第一节 加拿大身份的诉求 ································ 103
一、自然环境的影响 ································ 104
二、戍边文化心理 ································ 106
三、加拿大文学的想象力 ································ 109
第二节 加拿大与英美的文化关系 ································ 112
一、从依赖到排斥 ································ 113
二、妥协与对抗并存 ································ 115

第四章 弗莱论加拿大诗人 ································ 121
第一节 论埃·约·普拉特 ································ 124
一、道德的标尺——加拿大英雄主义的建立 ································ 125
二、神话-原型批评理论视域下的普拉特诗歌 ································ 128
三、加拿大史诗的开创者——加拿大"桂冠"诗人 ································ 132
第二节 论阿·詹·马·史密斯 ································ 135
一、加拿大现代诗歌发展的先驱 ································ 136
二、对加拿大文学的批评和编撰 ································ 138

第三节　论加拿大神话派诗歌…………………………… 141
　　　一、神话意象的重述……………………………………… 142
　　　二、文学想象力的共鸣…………………………………… 148
　　　三、文学传统的传承……………………………………… 152

第五章　弗莱思想在加拿大文学史的传播与接受…………… 155
　第一节　风景与认同：弗莱与加拿大文学的自然书写…… 158
　　　一、自然书写与"如画风景"：从"全景画"到"人物特写"
　　　　　………………………………………………………… 159
　　　二、"如画风景"与共同想象：精神花园的乌托邦……… 163
　　　三、作为一种景观的弗莱………………………………… 166
　第二节　加拿大批评史中的"弗莱现象"…………………… 168
　　　一、"弗莱现象"的产生…………………………………… 168
　　　二、弗莱研究的误读及其必然性………………………… 173
　第三节　文学传统与"影响的焦虑"………………………… 176
　　　一、传记式的弗莱研究：高位诗人的真相……………… 177
　　　二、创造性的误读：弗莱身份的转换…………………… 180
　　　三、主体的优先想象——强者诗人的颠覆性回归……… 182

第六章　弗莱思想的经典化与经典性………………………… 187
　　　一、走入经典……………………………………………… 190
　　　二、"去经典化"…………………………………………… 192
　　　三、跨时代的经典性……………………………………… 196
　　　四、结语…………………………………………………… 199

参考文献………………………………………………………… 201

绪 论

第一节 弗莱的批评之路

一、弗莱的学术人生

诺斯罗普·弗莱（Northrop Frye，1912—1991）是 20 世纪加拿大乃至整个北美最负盛名的文学理论家和批评家之一。他的思想集神话学之大成，以亚里士多德的有机整体为基础，建立了令人耳目一新的知识基础和理论方式。他的代表作《批评的剖析》（*Anatomy of Criticism*，1957）将文学作品置于文学系统的语境之中，用五种模式和五种批评阶段的排列组合，突破了新批评在模式、体裁和阶段等研究范围的限制。据弗莱研究专家罗伯特·丹纳姆（Robert Denham）估算，这部弗莱思想的精华之作在出版后的 50 年间，售出约 15 万册，截至 2009 年在全世界范围内被超过 40 所院校的研究者研读，并先后被翻译成 15 种不同的语言。①《批评的剖析》毫无疑问是西方文学理论的经典读物，是文学研究者的必读书目之一，与"艾略特的《神圣的森林》（*Sacred Wood*，1920）、理查兹的《文学批评原理》（*Principles of Literary Criticism*，1924）、威尔逊的《艾克瑟尔德城堡》（*Axels' Castle*，1931）、布鲁克斯和沃伦的《诗歌鉴赏》（*Understanding Poetry*，1938）、韦勒克和沃伦的《文学理论》（*Theory of Literature*，1949）和特里林的《自由想象》（*Liberal Imagination*，1950）这些更早的批评论著齐名，成为影响深远的不朽杰作"②。

和同时代批评家跌宕起伏的人生相比，弗莱的人生轨迹透露着学院派

---

① David Rampton, "Anatomy of Criticism Fifty Years After", in *New Directions from Old* (Ottawa: University of Ottawa Press, 2009), 23.
② ［美］文森特·里奇：《20 世纪 30 年代至 80 年代的美国文学批评》，王顺珠译，北京大学出版社 2013 年版，第 137 页。

批评家"平静中的睿智"。如果透过他的研究来解读其人生轨迹,留给人们的印象是:表面波澜不惊、按部就班,但无处不透着坚韧与执着。弗莱一生著作等身,在威廉·布莱克(William Blake,1757—1827)研究、莎士比亚(William Shakespeare,1564—1616)研究、神话-原型批评研究、圣经研究以及加拿大文学批评等方面都有卓越贡献。可以说,弗莱的学术人生既是他的个人生平,也是他的思想描摹。弗莱曾经向为他撰写传记的约翰·艾尔(John Ayre)表明,他的著作其实就是他人生的真实写照。

  1912年7月14日,弗莱生于加拿大魁北克南部的小镇舍布鲁克(Sherbrooke),7年后,弗莱一家迁至新不伦瑞克省东南部的河畔小镇蒙克顿。弗莱的父母是虔诚信奉卫理公会的加拿大第三代移民。弗莱的母亲是一位坚强博学的女性,她十分重视对弗莱的教育,不仅是第一位向弗莱讲述《圣经》的启蒙者,同时也十分注重对其艺术和数学的培养[1]。受到父母的熏陶,弗莱从幼年时期便开始接触宗教仪式。然而,弗莱曾经坦言,这种家庭教育与直接的宗教经验有所不同,《圣经》成为弗莱的文学启蒙,也是弗莱走向圣经文学批评的重要原因。与丰富多样的精神世界相比,弗莱的童年却相对孤独且贫困,"我想我人生的前17年都在沉思。当除想象的世界之外没有任何可生活的世界时"[2],早智带来的沉静气质让弗莱在同龄人中显得格格不入,直至高中结束。几经周折,1929年,17岁的弗莱进入多伦多大学维多利亚学院[3],只身前往多伦多求学。他在回忆这段经历的时候曾经有过这样的描述:"我从蒙克顿出发,坐一整夜的火车到达多伦多。多少年来我始终难以忘记火车第二天早上驶入莱维斯那一瞬间的景象:圣·劳伦斯河南岸,魁北克省密集的堡垒在荒凉的晨雾中逐渐呈现……"[4] 有学者认为,蒙克顿略显孤独的成长经历让"弗莱对环境的想象既非农场亦非葡萄园,而是一个花园。而这也让弗莱成为加拿

---

[1] 弗莱幼年就表现出了音乐的天赋,钢琴水平杰出。而音乐作为情感和想象力的载体,比文学更早让弗莱有所感悟。在随后的文学批评写作中,文学结构模式与音乐旋律的类比也经常出现在弗莱的文章中。

[2] David Cayley, *Northrop Frye in Conversation* (House of Anansi Press, 1992), 43.

[3] 维多利亚学院是多伦多大学的联合教会学院,在1925年前,是教会联合的卫理公会学院。

[4] David Staines, "Introduction", in *Northrop Frye on Canada*, vol. 12th. eds. Jean O' Grady, David Staines (Toronto: University of Toronto Press, 2003), xxi.

大文学中并不常见的、不亲近土地的理论家"①。可想而知,花园代表了弗莱略显内向的成长环境,也说明了弗莱丰富且多样的想象世界。

高中略显孤独的弗莱,在大学成为学生活动的活跃分子。1933年,弗莱顺利从维多利亚学院毕业,并以第一名的成绩获得哲学和文学双学士学位。为了再次回到多伦多,弗莱申请了伊曼纽尔学院神学学位的奖学金。隶属于维多利亚学院的神学院伊曼纽尔主要职能是培养加拿大联合教会的神职人员。

弗莱在神学院学习期间是忙碌的,他曾经这样描述:"周一撰写两篇教堂史方面的论文,周二要上交两篇关于《新约》的文章,周三是关于神学和教堂史的考试,周四则要参加关于《新约》的考试并提交一篇关于宗教教学法的论文。"② 这段神学的学习经历,不仅使弗莱对圣经研究有了新认识,更激发出他对文学的浓厚兴趣。也就是在这个时候,弗莱做出了自己人生中一个非常重要的决定——放弃宗教,投身文学。其后,弗莱分别于1936—1937年和1938—1939年到牛津大学莫顿学院进修,并于1940年以优异的成绩毕业,获得文学硕士学位。不久,弗莱成为维多利亚学院英语系的一名讲师,又于1947年成功受聘为教授。从1952年担任维多利亚学院英语系系主任开始,到1967年以维多利亚学院院长的身份卸任,弗莱始终坚守在一线的教学岗位上,勤勤恳恳,为加拿大文学界培养了一大批优秀的人才,其中包括加拿大当代著名的女作家玛格丽特·阿特伍德(Margaret Atwood,1939—)。可以说,多伦多大学维多利亚学院是弗莱人生中最重要的舞台。而他在这个舞台所创作出来的经典著作,无疑也成为年轻学者们不可多得的宝贵财富。

通常来讲,学术界将弗莱的学术思想分为以下几个时期。

弗莱以对威廉·布莱克的研究作为其学术生涯的开端,撰写成的学术著作《可怕的对称:威廉·布莱克研究》(*Fearful Symmetry*:*A Study of William Blake*,1947)令他名声大振。弗莱的威廉·布莱克研究对其后来学术生涯的影响是极其深远的。可以毫不夸张地说,对威廉·布莱克的研

---

① Francis Sparshott,"Frye in Place", in *Northrop Frye's Canadian Literary Criticism and Its Influence*,Branko Gorjup ed. (Toronto:University of Toronto Press,2009). 弗莱非常重要的加拿大文学批评文集也是以《灌木花园》(*The Bush Garden*)作为题目。

② John Ayre,*Northrop Frye:A Biography* (Toronto:Random House of Canada Limited,1989),108.

究是弗莱学术生涯的一个节点，甚至在其学术生涯后期出版的《伟大的代码：圣经与文学》(*The Great Code*：*The Bible and Literature*，1982)、《神力的语言："圣经与文学"续编》(*Words with Power*：*Being a Second Study of "The Bible and Literatrue"*，1990)和《双重幻象》(*The Double Vision*，1991)等著作的名称，都是来自布莱克的诗句。

弗莱对威廉·布莱克的研究兴趣开始于他的本科阶段。本科二年级，弗莱便选择了威廉·布莱克作为自己学期作业的研究对象，并完成了名为《威廉·布莱克的神秘主义》的论文。这篇论文受到了他的老师、加拿大著名诗人埃德加（Pelham Edgar，1871—1948）的极力赞赏。埃德加认为此文充分表现出弗莱对布莱克的热爱，浓缩了弗莱较为成熟的学术观点，同时也反映出了弗莱独特的学术见地。本科毕业后，弗莱在维多利亚学院学生发起的"学生天主教运动"中，承担了其中讲授宗教神学的任务。利用职务之便，弗莱开始潜心研究《圣经》，摈弃之前单纯的宗教观点，挖掘其中的象征意义。对《圣经》的深入了解，不仅让弗莱加深领会了布莱克著作中的宗教内涵，还激发了弗莱以《圣经》作为全新的切入点阐释布莱克诗歌的想法。弗莱在回忆自己阅读布莱克的《弥尔顿》时提到，布莱克很多基本的洞察力都源自《圣经》，《圣经》恰恰是《弥尔顿》最重要的文献资料。弗莱后来曾多次宣称，布莱克作品中高达90%的部分借鉴了《圣经》。弗莱认为，布莱克这一创作方式无疑是新颖的，甚至具有革命性。《圣经》作为世界文明中古老且包罗万象的西方神学和象征的基础资源，可以作为一种文学现象的参照。而布莱克对《圣经》的再创造揭示了更深层次神学资源的意象，弗莱认为，这是一个让人惊奇的再创造的壮举。

1947年，弗莱在35岁的时候，终于完成了花费13年心血而写就的《可怕的对称》。这部作品可以说是弗莱学术生涯的开端，同时也为他日后撰写《批评的剖析》做好了充足的前期准备。据悉，弗莱在出版《可怕的对称》时，删除的大部分内容经过10年的修改又出现在《批评的剖析》之中。由此可知，如果研究弗莱的批评思想不从他的第一本著作入手，就很难完全掌握其理论的来源和发展。不得不说，《可怕的对称》展现了弗莱雄心勃勃的学术追求，他的"这本书真正想要完成的是写一部百科全书式的概括，涵盖和布莱克同时期的他所了解的所有文学"①，因为他发现"布莱克的著作总结了所有种类的西方文学及其精神的核心元素，并且将代表更深层的整体传统的推断"②。弗莱的布莱克研究成功之处在于，他并非只是对布莱克的作品和思想进行简单梳理或总结，而是进行系统化的理论再构。因此，阅读《可怕的对称》所能得到的就不单单是对布莱克的深入了解，而是弗莱日后文学批评的发展倾向和整体轮廓。《可怕的对称》共分三个部分：第一部分涵盖了威廉·布莱克的认识论、宗教观、伦理观、政治观以及绘画和诗学理论；第二部分包括布莱克的象征主义思想及其与英国文学传统的关系；第三部分是全书的重点，弗莱用象征主义的方式诠释了布莱克的长篇预言诗。因此，也有学者认为，布莱克的作品是弗莱的批评原型得以产出和充分发展的核心，而弗莱对布莱克作品的剖析和对诗歌本质的分析则不可分割地交织在了一起。

《可怕的对称》的出版对弗莱的学术生涯来说是一个很好的开端，这使他在多伦多大学维多利亚学院名声大噪。生涩难懂的《可怕的对称》不仅没有让人望而生畏，反而如畅销书般被多伦多大学的师生争相传阅。弗莱也由此跻身加拿大学术领域的精英行列，活跃于各种学术会议，与各个学校的专家教授交流，甚至美国和英国的大学也向弗莱抛出了橄榄枝，邀请他前去讲学甚至任教。弗莱一家捉襟见肘的生活状况也在此时得到了极大的改善。

然而，学术声誉的暴增并没有让弗莱迷失自己的学术追求。《可怕的对称》使弗莱的文学理论思想得到进一步的升华，而弗莱的学术人生也进入了第二个重要阶段——神话-原型批评理论思想的形成以及《批评的剖析》的撰写时期。

《可怕的对称》出版后，13年来严阵以待的学术工作得以真正尘埃落定，这让弗莱感到了前所未有的轻松。他选择了一段恬适的悠闲生活来让自己的思想沉淀下来。他每天坚持写日记，随时随地记录自己的所思所想、梦境、听讲座的心得以及与他人的对话等；他开始学习新的语言，先

---

① John Ayre, *Northrop Frye: A Biography* (Toronto: Random House of Canada Limited, 1989), 176.

② John Ayre, *Northrop Frye: A Biography* (Toronto: Random House of Canada Limited, 1989), 176.

后掌握了德语、意大利语、拉丁语;他开始尝试文学创作,试图把自己在大学的生活改写成小说出版;最重要的是,他同时在酝酿自己接下来的研究计划。起初,弗莱打算写一本专门研究英国作家埃德蒙·斯宾塞(Edmund Spenser, 1552—1599)的小册子。但是随着自己理论框架的逐渐清晰,弗莱发现,无论具体到哪一个作家,他想要写的书其实都来源于同样的核心观点。那么,为什么不直接写一本关于文学批评理论的著作呢?于是弗莱萌发了撰写一本纯粹的文学理论著作的想法。

在此期间,弗莱在加拿大各学术期刊上发表了很多文章,为自己下一步的学术计划做了充分的准备。虽然很多学者都认为弗莱的思想很大程度上受到了荣格(Carl Gustav Jung, 1875—1961)的影响,但弗莱自己却从未认同甚至对此嗤之以鼻。可弗莱同时也承认,自己的思想之所以会被学者们进行这种失真的类比,实际上是源于文学批评作为一门学科的弱势——没有一个强大的规则来与理论配套。文学批评面临被边缘化的危机,反而坚定了弗莱撰写一本纯粹的文学理论著作的决心。首先,他要做的便是为文学理论申辩。弗莱在多伦多专题讨论会(Toronto colloquium)上宣讲了一篇名为《当代文学批评的功用》(*The Function of Literary Criticism at the Present Time*, 1949)的文章,文中首次提出一个核心问题,即"文学应该包含在线性的历史之内,'只是单调地对数据、作品以及影响进行编年史的工作不是一个真正历史学家应该拥有的对历史的期望……'"[1],强调文学批评应该跳出文本而自成一体,书写自己的发展历史。这篇文章的思想和见地,标志着弗莱正式进入了神话-原型批评时代。如果说在《可怕的对称》中弗莱还只是运用理论来评析文学家及作品,那么从《当代文学批评的功用》这篇文章开始,他就真正迈入了文学理论的研究领域。而这篇文章实际上就是《批评的剖析》一书中的前言部分。

《可怕的对称》为弗莱在加拿大文学评论界赢得了认可和极高的学术声誉,同时也得到了大西洋东岸英国学者的青睐。弗莱的朋友曾多次向弗莱描述牛津校园里人们争相购买和阅读《可怕的对称》的情景,并建议他到英国授课,他一定会在英国得到更大的学术发展空间。然而弗莱坦言,自己对加拿大是富有深厚感情的,自己的学术思想完全是在加拿大这

---

[1] John Ayre, *Northrop Frye: A Biography* (Toronto: Random House of Canada Limited, 1989), 218.

片沃土中培育出来的。基于对祖国的热爱，弗莱并没有选择离开加拿大，这也成就了他后来的加拿大文学批评事业。而后，弗莱在家人和朋友的鼓励下，提交申请了古根汉纪念基金奖（Guggenheim Memorial Foundation）——一个专门资助文科学者的基金——来继续自己的学术研究。在申请书中，弗莱对自己之前的思考进行了综合性的总结。他提出："评价布莱克的唯一方法就是通过使用那些被中世纪和文艺复兴时期的批评所强烈推崇的寓言诗。所以布莱克本身，并不是一个特殊的诗人，而是一位典型的寓言诗人。"① 因此，研究布莱克实际上就是对文艺复兴时期作品的象征原型进行综合性的概括。此外，弗莱还拟订了自己未来 10~15 年的学术研究计划：其一是要尝试寻求一种能够把传统的语义理论和现代的象征主义理论结合在一起的语言理论；其二是要发现一种能够以一个简单形式表现所有文学象征本质意义的理论，即象征主义的语法。不久之后，弗莱在《肯庸评论》（Kenyon Review）上发表了《意义的层次》（Levels of Meaning，1950）一文，进一步论述了上述两方面的观点。他认为，人们只能在文学中寻找文学意义，并可以通过四个部分完成：首先是基础字面的意义；其次是寓言，即批评家们所用的基础批评方法；再次是道德层面的，即个人的习性和喜好；最后是一个人的教育背景。

    1950 年秋天，在纽约的一次布莱克研究专题研讨会上，弗莱宣讲了《布莱克对原型的处理》（Blake's Treatment of the Archetype，1950）一文。虽然这篇文章与弗莱其他论文相比影响力较小，但却是弗莱学术思想从布莱克转向批评理论研究的重要过渡的标志——布莱克已经由研究对象变成了了解一切艺术的代码。此外，弗莱还有更为重要的一项任务，就是细化和深化《圣经》中的一切细节为现代文学批评所用。至此，弗莱开创了一种独一无二的文学批评理论。他将文学的罗曼史原型、喜剧原型、悲剧原型、挽歌原型和反讽原型分别排列成春、夏、秋、冬四季。这种分类方法和圣经研究专家奥斯丁·法雷尔（Austin Farrer，1904—1968）的《意象的再生》（The Rebirth of Images，1949）中的很多观点类似，但区别在于弗莱将这种观点延伸到所有的文学领域。

    这个时期的弗莱因为在哈佛大学的工作已经结束，生活开始十分拮据，他只得艰难度日。华盛顿大学发出的讲学邀请对弗莱来说无疑是雪中

---

① John Ayre, *Northrop Frye: A Biography* (Toronto: Random House of Canada Limited, 1989), 220.

送炭，也使弗莱一家摆脱了经济上的困境。在华盛顿大学的 14 个月，对弗莱一家来说无疑是愉快的。除了生活得到极大改善，弗莱严谨但又不失幽默的讲学风格更是受到了美国学者的欢迎。讲学结束后，他又回到养育自己的祖国并开始担任《多伦多大学季刊》（University of Toronto Quarterly）中《加拿大专栏》的主编，也再次承担起了《加拿大论坛》（Canadian Forum）和多伦多大学内部刊物《学报》（Acta）的编辑工作。由于长期对加拿大文学保持高度关注，弗莱不久后就成为在维多利亚学院第一位开设加拿大文学课程的教授，并从此发表了一系列有关加拿大文学的批评文章。而这部分研究不仅表现出弗莱对其祖国文化永恒的爱和热忱，更成为他理论研究的基石和试验田。

当然，弗莱对原型批评的研究也没有停止过。他在写给朋友的信中提到，他的新书在继续讨论《可怕的对称》最后一部分所提出的问题："究竟文学仅是意味着文字的罗列，还是简单的文学作品的集合？究竟文学批评是以现实为根据的技巧，还是有一定规律的准则？而原型、种类和象征究竟在文学中起到什么作用？"[①] 1952 年对于弗莱来说是轻松且充满喜悦的一年。弗莱向自己的朋友坦言，自己的新书即将完成。这是一部关于象征主义的理论，由五个部分组成，其中第一部分和中间一部分是关于形式和题材的理论。而后，弗莱因突出的学术成就被任命为维多利亚大学英语学院的院长。然而，沉重的学术压力和烦琐的行政事务让弗莱经历了一段苦不堪言的日子。为了寻求纯粹的研究环境，弗莱向普林斯顿大学"普林斯顿人文讲坛"奖学金提交了申请书，申请讲学。这是一个于 1923 年建立的讲坛，它要求学者为一个研讨会上 12 次课或为高年级学生每年讲授 1 个学期的课程，并且举办 4～5 个公共讲座。这让弗莱有更多的时间专注于自己的研究和写作，并完成《批评的剖析》撰写的最后收尾工作。

1958 年，《批评的剖析》由美国普林斯顿出版社出版发行。从形成的过程来看，该书其实是基于弗莱在普林斯顿讲座的内容加入几篇学术论文合并而成。可以说《批评的剖析》的撰写成功，不仅是《可怕的对称》的延续，同时也是弗莱的学术人生攀上高峰的重要标志。《批评的剖析》的问世，无疑颠覆了雄踞文坛 30 年之久的新批评派，并使神话－原型批

---

① Northrop Frye. *Northrop Frye to Datus C. Smith*, Princeton：Princeton University Press Sept. 30, 1951.

评在西方文学批评领域独占鳌头。《批评的剖析》一书体现了作者渊博的功力,并以其罕见的坚实体系成为后人难以超越的文学理论著作。因此,有学者感叹:"《批评的剖析》是一部具有不朽意义的重要著作……批评家不再是艺术家的佣人,而是同行,有其专门的知识和力量。即使在《批评的剖析》图解性最强的部分,也闪烁着弗莱既富有人性又具有深度的文化素养,他提出的一套体系使批评家站在艺术家和读者之间,成了一支独立的创造性力量。"①《批评的剖析》的出版不仅让弗莱成为家喻户晓的学者,同时也奠定了弗莱自身学术发展的理论基础。自此之后,弗莱的很多研究都是以此为理论基础的进一步阐发,其中包括莎士比亚研究、圣经文学研究和加拿大文学研究等。

弗莱的后半生基本是在多伦多大学度过的。除了一些必要的行政事务,弗莱把大部分时间都放在了对神话-原型批评理论思想的总结和整理上,并对莎士比亚研究、圣经研究进行了升华和补充。而后,弗莱出版了诸如《伟大的代码》《神力的语言》等重磅著作,并将自己的学术生涯推向了新的高峰。

弗莱圣经文学研究的批评实践主要涵括了《创造与再创造》(*Creation and Recreation*, 1980)、《伟大的代码》、《神力的语言》和《双重幻象》,这四本著作是其学术生涯的精华和总结。他的圣经文学研究最初是在布莱克研究中受到启发的。由于对布莱克的深入研究,弗莱开始从事圣经研究并一生倾情于此。布莱克研究让弗莱从幻想主义诗学角度入手分析,跳出宗教视野,从文学角度审视《圣经》。与此同时,弗莱的圣经文学研究是神话-原型批评理论在圣经文学中的应用和实践,进一步深化了神话-原型批评理论。在通常情况下,圣经文学分为广义和狭义两种概念:广义的圣经文学是指圣经的文学(biblical literature),即《圣经》中的文学创作;而狭义的圣经文学则是要研究《圣经》本身的文学价值(literature of Bible)。但是,弗莱所研究的圣经文学并不在以上两种定义之内,而更倾向于把圣经文学称为"圣经与文学"。这从弗莱两本著作的副标题上可见一斑,他在书中写道:"'圣经与文学'中的'与'的重要性在于,我并不想剖析《圣经》的文学特征或把《圣经》当作文学,那

---

① Daniel. Hoffman ed., *Harvard Guide to Contemporary American Writing* (Boston: Harvard University Press, 1979), 66.

类书太多了。我想研究的是由叙事和意向揭示的圣经结构是如何与西方文学的传统与文类发生联系的。"① 通过对圣经文学的研究,《批评的剖析》中所提出的概念,如神话-原型,以及神话-原型的叙事结构等文学理论也得到了进一步的更新和凝聚。《批评的剖析》一书的出版可以说是弗莱的神话-原型批评进入世界文学批评理论前沿的标志,并且因为弗莱在后期使用神话-原型批评的过程中不断进行修正和超越,相对于圣经文学研究而言,《批评的剖析》中得出的研究成果几乎成为弗莱后期学术成果的方法论。

总的来说,在学术思想不断完善和发展的过程中,弗莱始终坚守在学术氛围相对淡薄的加拿大,不曾离开。可以说,对加拿大文学的批评同样也是弗莱学术生涯中不可忽视的重要部分,且贯穿始终。在《灌木花园:关于加拿大想象力的论文》(*The Bush Garden: Essays of Canadian Imagination*, 1971)一书的前言中弗莱坦言,他"在主要涉及世界文学、面向世界范围内的读者群体而从事写作的生涯里,却总是根植于加拿大,并从中汲取养分,带着它本质的特征"②。他的理论思想从未脱离加拿大文化,始终同加拿大文化紧密结合、唇齿相依。

二、弗莱的加拿大文学批评

弗莱百科全书式的理论体系使其在国际文坛上享誉盛名,而作为一名加拿大人,弗莱对其祖国文学的热爱和关注同样也受到了加拿大文学研究者的追捧。在弗莱的学术生涯中,加拿大文学批评被他称为"重要的田野调查",并与其他文学理论的发展并驾齐驱。实际上,加拿大文学批评不仅为弗莱庞大的理论框架提供了实践和自我反思的平台,进一步完善和发展了其文学理论,同时还为弗莱的加拿大文学批评研究提供了完善的理论视角。不得不说,作为加拿大人,弗莱的加拿大文学批评始终贯穿在他的整个学术生涯之中,并与其理论形成相互呼应、唇齿相依的态势。也有学者认为,弗莱的加拿大文学批评让"这些加拿大文学作品形成了一个

---

① Northrop Frye, "introduction", *Words with Power: Being a Second Study of "The Bible and Literature"* (New York: Harcourt Brace Jovanovich, Publishers, 1990).

② Northrop Frye, "Introduction", in *The Bush Garden* (Toronto: Anansi, 1971), Ⅰ.

整体，显示出弗莱从文学评论家走向文化理论家的历程，而且这一走向与他在非加拿大文学作品研究上从文学批评家转向原始结构主义家的走向是相平行的。同时值得强调的是，正是由于弗莱的加拿大文学批评几乎贯穿在他52年的学术生涯里，这使他从文学评论步入了文学批评领域，更深入文化理论里"①。

通常情况下，学界把弗莱的加拿大文学批评分为三个发展阶段。②

第一个阶段为1938—1950年，弗莱写了33篇关于加拿大绘画、诗歌和小说的随笔和评论，大多发表在《加拿大论坛》上。

书评是弗莱加拿大文学批评初期的重要组成部分。弗莱的文学评论中肯客观，有褒有贬，包括对加拿大新一代年轻诗人、作家和作品的鼓励和推广，显现出了弗莱对加拿大文学发展的关心以及对加拿大小说发展前景的乐观心态。他的第一篇加拿大文学批评是1938年4月发表于《加拿大论坛》上的《达弗林勋爵》(Lord Dufferin)。这是一篇小说评论，是弗莱的加拿大文学批评的首次尝试。文章通过对达弗林先生的背景介绍，重现了加拿大后联邦时期的历史状态，并试图通过揣测作者的写作心境和意图来更好地挖掘小说的价值。

弗莱在文学评论文章中不止一次地提出，虽然加拿大本土诗人的作品质量和济慈（John Keats, 1795—1821）、T. S. 艾略特（Thomas Stearns Eliot, 1888—1965）等伟大诗人的上乘之作无法相提并论，但每首诗都有着加拿大独特的风格和特点，涉及加拿大人生产生活的各个方面，并能够与加拿大国民产生极大的共鸣。因此，弗莱期望每一个"加拿大人都能够买一本诗集，就像买鸡蛋和香烟那样理所应当"，那么，加拿大出版市场就能够摆脱仅仅充斥着旅游小册子的局面。这类文章以发表于《加拿大论坛》中的两篇文章《加拿大及其诗歌》(Canada and Its Poetry, 1943) 和《加拿大英语诗歌的叙事传统》(The Narrative Tradition in English Canadian Poetry, 1946)最具有代表性。此外，弗莱在这一时期的文章也十分多元，不仅包括评论一些文学作品、诗人、小说家，也包括了对一些文学

---

① David Staines, "Frye: Canadian critic/writer", in *The Legacy of Northrop Frye*. eds. Alvin A Lee, Robert D Denham (Toronto: University of Toronto Press, 1994), 156.

② Jean O'Grady, "Introduction", in *Northrop Frye on Canada*, vol. 12th. eds. Jean O'Grady, David Staines (Toronto: University of Toronto Press, 2003), XXIV - XXXI.

团体、文学刊物的介绍和对已逝加拿大文学巨匠的追思和悼念。例如，1944 年发表的《方向》(*Direction*, 1944) 一文，就是对新兴文学杂志《方向》的介绍，弗莱将创办这一杂志的年轻人称为"战士"，这无疑是对新兴文学的一种鼓励。《五人组》(*Unit of Five*) 是发表于 1945 年 5 月的一篇文章。文章向加拿大国民介绍了一本由 5 名 30 岁以下的加拿大青年诗人联合创作的诗集。弗莱在文章中详细介绍了这 5 名诗人，并一一指出每个人的特色和不足。而在 1948 年 2 月发表于《加拿大论坛》的《邓肯·坎贝尔·斯科特》(*Duncan Campbell Scott*, 1948) 则是一篇悼念邓肯·坎贝尔·斯科特 (Duncan Campbell Scott, 1862—1947) 的悼文。斯科特并非专业诗人，但是弗莱认为，他对加拿大文学发展的贡献举足轻重，"他的逝世，意味着加拿大文学中文学创作最活跃、学识最渊博的生命走到了尽头"，他几乎已经站在加拿大短篇小说和诗歌领域的最高端，是不可多得的对加拿大了如指掌的诗人和作家。

此外，弗莱在这一时期对加拿大艺术也表现出了极大的关注和兴趣。例如，1939 年 1 月发表于《加拿大论坛》的《加拿大艺术在伦敦》(*Canadian Art in London*, 1939) 一文就极具代表性。弗莱眼光独到地提出了加拿大著名的"七人画派"(Group of Seven) 的绘画风格和特征："他们把呈现在加拿大强劲的光线下轮廓鲜明的加拿大风景搬上了画布，为光艳的招贴画提供了范本，常常带有抽象的意味。"① 1941 年，弗莱参加多伦多艺术展览会，并发表了一篇题为《加拿大殖民绘画》(*Canadian and Colonial Painting*, 1941) 的文章。弗莱认为，在加拿大存在两种艺术，一种是为了迎合欧洲人口味而描绘出的英式加拿大，另一种则是意欲真正表现出加拿大人对粗犷原野的恐惧心理。"加拿大艺术家们必须首先感受这种远古的恐惧，然后义无反顾地对这种虚无主义进行反击。"②

值得注意的是，弗莱在这一时期也发表了一些呼吁加拿大政府支持加拿大文学发展的文章。1949 年发表在《加拿大论坛》上的《文化与内阁》(*Culture and Cabinet*, 1949) 明确地指出："如果加拿大没有中心文

---

① David Staines, "Frye: Canadian critic/writer", in *The Legacy of Northrop Frye*, eds. Alvin Lee, Robert Denham (Toronto: University of Toronto Press), 161.

② John Ayre, *Northrop Frye: A Biography* (Toronto: Random House of Canada Limited, 1989), 175.

学,那么加拿大文学将会出现在纽约或伦敦,变成美国或英国文学的分支。而事实上,这其实也就是加拿大文学的现状。"① 弗莱在文中呼吁加拿大政府加强对文学的关注和投入力度,并指责执政党目光短浅,忽略文化建设而仅醉心经济建设。这些文章充分展现了弗莱作为加拿大文人对其祖国文化的热爱和关怀。

弗莱对加拿大文学文化发展的关注在第一时期的评论中显而易见。从时间顺序来看,弗莱对加拿大文学的兴趣日益浓厚,这也确定了弗莱后来的加拿大文学批评的工作。如果说第一时期的评论文章仅是弗莱在加拿大文学批评方面小试牛刀,那么第二阶段的文章,则是更加深入和透彻地融入了弗莱其他方面的文学理论研究成果中的诸多观点,是弗莱加拿大文学批评的重中之重。

弗莱在完成了《可怕的对称》之后,便开始着手于他的第二本书,即是让他从此享誉国际的《批评的剖析》。在此期间,他又应《多伦多大学季刊》主编麦克吉利夫瑞(J. R. MacGillivray)的邀请,为《多伦多大学季刊》的《加拿大文学》专栏撰写诗歌评论,这项工作持续了长达 10 年。10 年间,弗莱为《加拿大文学》专栏撰写的加拿大诗歌年鉴,不仅成为弗莱加拿大文学批评中最重要的部分,也见证了加拿大诗歌的发展历程。20 世纪 50 年代,无论是在文学理论方面还是在加拿大诗歌研究方面,都是弗莱学术生涯的高产期。"他同时在两个平台上所做的建树,表明弗莱在加拿大诗歌领域的开拓和世界文学理论大厦的构筑,不仅彼此平行,而且相互促进。"② 在这 10 年里,弗莱认为自己"对加拿大文化所处的时间及空间的背景获得了一定的认识,更为重要的是,这些评论形成了一组'实地考察',构成了我更为广泛的批评观点的一部分,既修正了一些看法,又加深了另一些看法"③。换句话说,弗莱是通过加拿大文学批评为自己的神话-原型批评理论做了田野调查,不仅论证了其理论的正确性,也为分析和批评加拿大文学开辟了一个新的视角。

除此之外,弗莱仍旧延续着对加拿大文学发展的关注。他在撰写年鉴

---

① Northrop Frye, "Culture and the Cabinet", in *Northrop Frye on Canada*, vol. 12th, eds. Jean O'Grady, David Staines (Toronto: University of Toronto Press, 2003), 89, published in 1949.

② 蓝仁哲:《加拿大文化论》,重庆出版社 2008 年版,第 172 页。

③ [加]诺斯罗普·弗莱:《环境与批评》,载吴持哲编《诺斯罗普·弗莱文论选集》,中国社会科学出版社 1997 年版,第 291 页。

之余，也发表了多篇文章总结和归纳 20 世纪加拿大文学的作品和文集，分别从诗歌、戏曲、小说、民歌等领域分析和寻找加拿大文学在世界文坛的立足之本。弗莱认为："英语加拿大文学写作虽然提供给作家们的市场是有限的，但却能够在此之上给予最大的重视和关注，同时能够使加拿大文人拥有进入整个英语世界的门票。"[①] 与此同时，面对加拿大文人急于寻找自身特点而落入俗套的现象，弗莱提出诗人不应该总是拘泥于这些表面的内容，而应去探索更深层次的诗歌形式。诗歌形式是通过诗人对自身国家神话-原型的了解和应用而得以彰显的。针对这个问题，弗莱为加拿大诗人们提供了两种诉求方法：一是投入加拿大广阔无垠的大自然中，寻求其中亘古不变的神话传说；二是通过与古老的印第安文化建立联系来重建加拿大文学传统。由此我们可以看出，这一时期弗莱对加拿大文学的关注已经从第一个时期的支持、鼓励、宣传转变成为作家们指出前进的目标和提供创作的方法。这显然得益于弗莱自身理论修养的提高，也再次证明了加拿大文学在其理论发展过程中所起的重要作用。

一个国家的文学是与这个国家的社会密切相关的，伟大的文学是在特定的社会中由那些朝气蓬勃的社会精英们所创作出来的。正是基于这一点，弗莱在 1960 年之后，在对加拿大文学研究的基础上，开始了对社会文化的研究。实际上，这也显示了弗莱对加拿大文学发展中存在问题的深层思考：与其简单地从现象出发以挖掘这个国家文学发展的脉络，不如从根源入手，探究制约其文学发展的深层原因，从而更好地预测加拿大文学的未来发展。

进入第三个时期（1960—1992），弗莱的加拿大文学批评文章多达 50 篇，跨越了 30 多年，评论侧重点也更加趋于多元化。这一时期的文章不仅涉及加拿大英语文学文化，而且包括了法语及少数族裔文化等众多领域，是弗莱在对加拿大文学深入研究和探索后的进一步沉淀和升华。如果说在第二个时期，弗莱还会把加拿大文学批评作为其更广阔的理论研究的试验田，那么第三个时期的批评文章则完全是立足于加拿大自身情况，从各个层面进行深入挖掘，不仅让加拿大人更加了解加拿大文学，而且把加拿大文学带到了全世界人民的面前。这一时期弗莱的评论分别以在 1965

---

① Northrop Frye, "English Canadian Literature", in *Northrop Frye on Canada*, vol. 12th, eds. Jean O'Grady, David Staines（Toronto：University of Toronto Press, 2003），249, published in 1955.

年和 1976 年发表的两个版本的《加拿大文学史》结束语最具代表性。两篇结束语不仅道出了弗莱对加拿大文学现存问题的敏锐洞见，同时也表现出弗莱针对加拿大文学发展从未停歇过的学术思考。"如果说在《加拿大文学史》结束语（第一版，1965 年）弗莱还只是着眼于加拿大文学自身发展的历程，那么 10 年后在《加拿大文学史》结束语（第二版，1976 年）中，弗莱更多地分析了加拿大与美国文学文化的不同发展方向以及在强大的美国新殖民的情势下，如何寻求自己的发展机会与国家身份；如何在文学中创造自己民族的永恒。"① 弗莱坚持认为，独立的加拿大文化不应该单单依靠英美文化而存活。加拿大文化与英美文化还是有本质上的区别的，比如，自然对加拿大人的影响就直接地反映在文学和艺术作品中。

相对于第二个阶段追求构建加拿大文学传统，在第三个时期，弗莱倾向于强调建立文学史的重要性："加拿大人凭其想象力对社会生活做出的反应，而它告诉我们的关于我国环境的情况是其他任何东西也无法取代的。"② 他在后期的文章中也多次提道："我为文学史写的这个结束语重复了很多我在之前诗歌评论中提过的正确概念，但也包括了很多第一次出现的、书中另一部分的内容。这些内容很大程度上依赖于其他贡献者的数据、概念和常用语。"③ 弗莱在这篇文章中再次重申了加拿大人性格中两种情绪的冲突，"一种是罗曼蒂克、拘泥于传统及理想主义的，另一种则精明机灵、见微知著又诙谐幽默"④。而在文化上，弗莱也同样认为加拿大充满了高度发展的文化和原始低级的文化之间相互影响的复杂矛盾，甚至加拿大人的意识中对国家发展的憧憬也同样充满了不确定性，时而"沾沾自喜"，时而又"妄自菲薄"。此外，弗莱也更加深入地讨论了加拿大文学中的神话因素。他认为加拿大人对昔日故土的怀旧情绪非常强烈。

---

① 江玉琴：《理论的想象：诺斯罗普·弗莱的文化批评》，中国社会科学出版社 2009 年版，第 182 页。
② [加]诺斯罗普·弗莱：《〈加拿大文学史〉（1956 年首版）的结束语》，载吴持哲编《诺斯罗普·弗莱文论选集》，中国社会科学出版社 1997 年版，第 248 页。
③ Northrop Frye, "Preface to *The Bush Garden*", in *Northrop Frye on Canada*, vol. 12th, eds. Jean O'Grady, David Staines (Toronto: University of Toronto Press, 2003), 419, published in 1971.
④ [加]诺斯罗普·弗莱：《〈加拿大文学史〉（1956 年首版）的结束语》，载吴持哲编《诺斯罗普·弗莱文论选集》，中国社会科学出版社 1997 年版，第 252 页。

田园神话中对早期的社会生活，如拓荒生活、小镇风情、扎根土地的法裔农夫的描写，符合加拿大人的心理需求。而这一因素也同时构成了加拿大文学传统。加拿大诗人始终承受着大自然的冷漠以及由此而产生的孤寂和恐惧感。无论加拿大作家们的风格、基调、态度、技巧和背景有什么不同，人们很容易从中发现相似的地方，"即温文尔雅、通情达理，想象奔放不拘却很少有艰涩或过分唐突之处，无论基于爱或恨的激情，都受到某种沉思默想的制约而显得恰如其分"①。

此外，在这一时期的加拿大文学批评中，弗莱延续了此前对文学作品以及人文活动的积极参与，并发表了一系列关注加拿大文学作品的文章。其中，弗莱在维多利亚大学 E. J. 普拉特纪念馆开幕之际，发表了一篇纪念文章《E. J. 普拉特纪念馆开幕典礼》（*Opening Ceremonies of the E. J. Pratt Memorial Room*，1964）。E. J. 普拉特（Edwin John Pratt，1883—1964）不仅是加拿大著名诗人，也是维多利亚学院的教授，同时也是弗莱在维多利亚学院学习和工作时的良师益友。弗莱在文章中赞扬了普拉特生前的诗作，同时也极大地肯定了这些作品在建设加拿大文学框架中的重要地位。

至此，弗莱对"加拿大特性"的建构已经初成规模。对于加拿大诗人来说，"弗莱关于想象的神话结构，那种存在于宇宙之间的想象的连贯形态，艺术不仅可以利用而且实际上是艺术的一部分理论，起着释放创造力的作用"②。由此，作为加拿大文化进程的重要参与者，他做出的努力不仅为加拿大文学的发展指明了方向，而且在很大程度上也激发了加拿大年青一代作家们的创作热情。

---

① ［加］诺斯罗普·弗莱：《〈加拿大文学史〉（1956年首版）的结束语》，载吴持哲编《诺斯罗普·弗莱文论选集》，中国社会科学出版社1997年版，第284页。
② ［加］威·约·基思：《加拿大英语文学史》，耿力平、俞宝发、顾丽娅等译，北京大学出版社2009年版，第109页。

第二节 国内外研究状况综述

一、国外研究状况

从国外的弗莱研究现状来看,最为著名的莫过于弗莱研究专家罗伯特·丹纳姆所做的一系列开创性工作。从 1978 年开始,丹纳姆就不断编辑出版了各种关于弗莱的文集,其中包括《弗莱论文化及社会》(*Northrop Frye on Culture and Literature*: *A Collection of Review Essays*, 1978)、《梦想的诗学:弗莱评论集》(*Visionary Poetics*: *Essays on Northrop Frye's Criticism*, 1991)、《诺斯罗普·弗莱选集》(*Collected Works of Northrop Frye*, 1996)、《弗莱论文学及社会 1936—1989》(*Northrop Frye on Literature and Society*, *1936–1989*: *Unpublished Papers*, 2002)、《诺斯罗普·弗莱书信选编 1934—1991》(*Northrop Frye*: *Selected Letters 1934–1991*, 2009)、《纪念弗莱:学生及友人在二十世纪四五十年代的追忆》(*Remembering Northrop Frye*: *Recollections by His Students and Others in 1940s and 1950s*, 2011),以及《弗莱和他者:12 位影响弗莱思想的作者》(*Northrop Frye and Others*: *Twelve Writers Who Helped Shape His Thinking*, 2015)。

除此之外,丹纳姆对弗莱研究也有很深刻的造诣。他在 1978 年撰写的《诺斯罗普·弗莱论批评方法》(*Northrop Frye and Critical Method*, 1978)中,以弗莱的《批评的剖析》《批评之路》、弥尔顿研究以及英国浪漫主义研究为主要分析文本,分别从模式、象征、神话、题材、自主性和语境的批评、实际应用等方面对弗莱批评方法的优缺点进行了分析。这本书的重要意义在于,丹纳姆不仅详尽地探讨了弗莱的批评理论,进一步考察了这一批评方法与其他批评方法的关联,还填补了西方学界对弗莱批评方法研究的缺失,为弗莱研究开创了一个全新的领域。在这本书的研究基础上,丹纳姆又在 2004 年编撰了《诺斯罗普·弗莱:主要资料和二手资料的目录说明》（Northrop Frye: An Annotated Bibliography of Primary and Second Sources, 2004），为后人梳理弗莱百科全书式的批评著作做出了重要的贡献。

当然，自弗莱第一部著作《可怕的对称》出版之后，弗莱就已登上了世界文学批评的舞台，并受到众多学者的肯定和追捧。在众多弗莱研究著作中，直接以弗莱为研究对象的评论著作有15本，介绍弗莱人生道路的传记有4本。这些专著研究角度新颖、独到，不仅包括对他的代表作《批评的剖析》的解读，同时也观照到了弗莱方方面面的批评成果。20世纪90年代初，A.C.汉密尔顿撰写了一本名为《诺斯罗普·弗莱：批评之解剖》（Northrop Frye: Anatomy of His Criticism, 1990）的著作，书中重新分析了《批评的剖析》，通过对历史语境的分析和阐释，肯定了弗莱批评在文化、宗教和社会方面的重要地位，认为弗莱的《批评的剖析》一书蕴含着丰富的文学意义和文化价值，通过神话和隐喻解读了西方文化的奥妙。

格伦·罗伯特·吉尔（Glen Robert Gill）在《诺斯罗普·弗莱和神话现象》（Northrop Frye and the Phenomenology of Myth, 2006）中将弗莱的神话理论与20世纪3个最具代表性的神话学研究者——荣格、坎贝尔（Joseph Campbell, 1904—1987）以及伊利亚德（Mircea Eliade, 1907—1986）进行了系统的比较，认为无论是伊利亚德的神话观、荣格的"集体无意识"理论，还是坎贝尔将现象学过程合并的举动，都表现出了强烈的形而上学的偏见。因此，作者通过讨论弗莱有关神话的现象本质的思考及其对宗教、文学以及心理学等领域的重要意义[1]，认为弗莱的神话学思想，无论是在《可怕的对称》中的小试牛刀，还是在《神力的语言》中的大显身手，都具有极强的现象学意义。基于此，吉尔认为弗莱的神话学思想要比其他3人更为纯粹并且经受得住历史的考验，弗莱是20世纪当之无愧的神话-原型批评理论大师。

福特·拉塞尔（Ford Russell）在《弗莱的神话观》（Northrop Frye on Myth, 2000）中，重点分析了弗莱的《批评的剖析》一书，并认为亚里士多德和弗洛伊德是影响弗莱神话思想的重要人物。在拉塞尔看来，弗莱

---

[1] Glen Robert Gill, *Northrop Frye and the Phenomenology of Myth* (Toronto: University of Toronto Press, 2006).

思想的学术价值在于，他不同于其他的神话理论家仅从悲剧入手，而是涉及所有主要的文学体裁——浪漫、喜剧、讽刺，从中寻找到神话以及仪式的重要意义。①

近年来，对弗莱的研究已经由初期的文学理论批评转移到了对其文化领域的成果进行研究。学者简·戈拉克（Jan Gorak）在《诺斯罗普·弗莱论现代文化》（*Northrop Frye on Modern Culture*，2003）中收集了数十篇弗莱评论现代文化的论文，为学者对弗莱文化领域成果的研究做了重要的前期准备。

此外，加拿大学者乔森纳·哈特（Jonathan Hart）撰写的《诺斯罗普·弗莱：理论的想象》（*Northrop Frye: The Theoretical Imagination*，1994）旨在通过重读弗莱，回应"理论爆炸"之后西方文学研究的发展与走向。书中着重强调弗莱的作家身份，避开其被人熟知的批评家、理论家地位，试图通过其独特的创作风格和诗意写作展现其中隐喻和虚构的神话世界。作者强调，作家这一身份不仅包含了评论家和理论家，也意味着弗莱创造了独有的文学宇宙，即他与亚里士多德或莎士比亚同样，创造了属于自己的想象世界。同样，该书避开了弗莱研究的显学之作《批评的剖析》，而通过探讨弗莱晚期的圣经研究、文体研究、文艺复兴与喜剧研究等方面，重申弗莱思想的丰富性和经典性。

卡特里娜·内拉·考特瑞比（Caterina Nella Cotrupi）撰写的《诺斯罗普·弗莱及其诗学方法》（*Northrop Frye and the Poetics of Process*，2000），为弗莱研究打开了一个新的视野。她成功地把弗莱带回到当代批评思想的中心地带，对那些认为弗莱的著作已经过时并缺乏发展前景的观点提出挑战。考特瑞比提出，批评史应该包括两个途径：作为产品的文献和作为方法的文献。在考察弗莱的批评方法的过程中，考特瑞比发现弗莱在《批评的剖析》结尾处提到过批评的唯一目的是重建创作和学识、艺术和科学、神话和观念之间的联系。考特瑞比将弗莱的观点重新归纳，向我们展示了弗莱在现代批评领域中的重要地位，并通过关注弗莱思想形成的脉络和过程，展现其中的伦理意义和批评实践的当下性。

此外，杰弗里·唐纳森（Jeffery Donaldson）和艾伦·门德尔松（Alan Mendelson）合作撰写的《弗莱和文字：诺斯罗普·弗莱著作中的宗教背

---

① Ford Russell, *Northrop Frye on Myth* (London: Routledge, 2000).

景》(*Frye and the Word: Religious Contexts in the Writings of Northrop Frye*, 2004), 从全新的角度阐述了弗莱批评思想中的宗教色彩, 认为宗教的背景是弗莱文学批评取之不尽、用之不竭的理论源泉。① 唐纳森和门德尔松从文学批评、现象学、宗教学以及哲学等领域来阐释弗莱的著作中有关《圣经》与文学的关系, 并认为在弗莱的圣经研究三部曲(《伟大的代码》《神力的语言》和《双重幻象》)中, 无论是语言、神话还是隐喻的使用都具有强烈的布莱克色彩。

阿尔文·李(Alvin A. Lee)和罗伯特·丹纳姆的文集《诺斯罗普·弗莱的遗产》(*Legacy of Northrop Frye*, 1995)选取了大量致力于研究弗莱思想价值的论文。② 文集将这些论文分成四个部分, 即"双重幻象: 文化、宗教以及社会"(The Double Vision: Culture, Religion, and Society)、"想象的共同体: 弗莱和加拿大"(Imagined Community: Frye and Canada)、"梦境中想象的诗人: 弗莱、浪漫主义以及现代主义"(The Visioned Poet in His Dreams: Frye, Romanticism and the Modernism)以及"弗莱文学的理论和语言"(Frye's Theories of Language and Literature), 力图较为全面地概括当代学者对弗莱的认识和看法。文集中讨论了弗莱与加拿大文化的关系, 阐释了弗莱对浪漫主义和现代主义的理解, 并且揭示了他在文学批评、社会以及宗教发展等领域的贡献。这本文集的重要价值在于, 它打破了过去学者对弗莱神话-原型批评理论的过分关注, 从一个全面、综合性的角度向世人展示了弗莱百科全书式的学术思想。

如果说阿尔文·李和罗伯特·丹纳姆的文集中关于弗莱与加拿大文学的关系还仅是以介绍为目的, 那么布兰科·戈留普(Branko Gorjup)撰写的《诺斯罗普·弗莱的加拿大文学批评及其影响》(*Northrop Frye's Canadian Literary Criticism and Its Influence*, 2009)则更全面地考察了弗莱在加拿大文学批评研究方面的影响, 以及弗莱的同行对他所倡议的加拿大批评的回应。③ 书中提到, 弗莱认为加拿大文学批评只有与加拿大人的生产生

---

① Jeffery Donaldson, Alan Mendelson, *Frye and the Word: Religious Contexts in the Writings of Northrop Frye* (Toronto: University of Toronto Press, 2004).

② Alvin A. Lee, Robert D. Denham, *Legacy of Northrop Frye* (Toronto: University of Toronto Press, 1995).

③ Branko Gorjup, *Northrop Frye's Canadian Literary Criticism and Its Influence* (Toronto: University of Toronto Press, 2009).

活紧密相连，才能保证研究的真实性和客观性。实际上，弗莱的观点极具争议性，戈留普在书中也收录了来自争端双方不同的声音。戈留普很好地介绍了弗莱研究者们对这一问题二元对立的态度，并鼓励研究者们对弗莱的加拿大文学批评进行新时代解读。

国外学者在弗莱传记方面的研究方面也初具规模。约翰·艾尔的《诺斯罗普·弗莱传》(Northrop Frye: A Biography, 1989)、罗伯特·丹纳姆编撰的《一粒细沙中的世界：22篇弗莱访谈录》(A World in a Grain of Sand: Twenty-two Interviews with Northrop Frye, 1991) 以及约瑟夫·亚当森（Joseph Adamson）的《诺斯罗普·弗莱：有梦想的一生》(Northrop Frye: A Visionary Life, 1993) 都全面记录了弗莱的家庭、教育背景及其理论产生的前因后果，对人们深入了解弗莱其人做出了重要贡献。珍·格雷迪（Jean O'Grady）的《诺斯罗普·弗莱的访谈》(Interviews with Northrop Frye, 2008)，搜集了弗莱1948年到1991年去世前共111篇访谈和评论，其中包括了他对教育、写作、加拿大文学、政治观念以及不同宗教的见解等诸多内容。①

可以说，尽管弗莱过世已经20余年，可弗莱研究仍旧是西方文学研究的重要领域。尽管侧重各有不同，但许多研究者都对他给予了关注，不会对他的理论漠然视之。

二、中国弗莱研究40年

通过了解国内学者对弗莱著作的翻译情况来掌握国内弗莱的研究状况无疑是一条捷径。从国内对弗莱作品的翻译情况来看，弗莱研究于20世纪80年代初进入中国，虽然进入时间较晚，但发展势头良好，在很短的时间内便产生了较为丰硕的研究成果。

1983年，伍蠡甫首次将弗莱的神话-原型批评理论同荣格的原型心理学一起收录在《现代西方文学理论选》中，同时还提到了弗莱另一本著作《同一的寓言》中的部分章节。从此以后，弗莱博大精深的文学理论正式进入中国学者的视野，相关翻译著作也如雨后春笋般在中国学界涌现。例如，1991年由中国文联出版公司出版的文集《就在这里：加拿大

---

① Jean O'Grady, *Interviews with Northrop Frye* (Toronto: University of Toronto Press, 2008).

文学论文集》，收录了弗莱的论文《在同一个大陆上》。值得一提的是，1994年在北京和1996年在内蒙古大学召开的弗莱国际研讨会，在中国学术界内掀起了一轮弗莱研究高潮。来自国内外的弗莱研究专家会聚一堂，交流心得与体会，从此也使中国的弗莱研究跳出了单一介绍的状态，开始与世界保持同步。随之产生的大量翻译著作以及评论集被国内弗莱研究学者争相传阅，其影响力一直延续到了今天。其中由王宁、徐燕红主编的《弗莱研究：中国与西方》（中国社会科学出版社，1996）就是最好的例证。该书不仅收录了当时国内众多学者对弗莱研究的最新成果，还翻译了数十篇国外弗莱研究专家的最新论文。

1997年，内蒙古大学教授、著名弗莱研究专家吴持哲选编了《诺思洛普·弗莱文论选集》（中国社会科学出版社）。该书收录了弗莱不同时期的近20篇学术论文，较为全面地向中国学者介绍了弗莱学术研究的重点领域。值得一提的是，这本书的附录部分还首次列举了弗莱一生30多部学术论文的书目，这无疑是国内弗莱研究学者的福音。这本选集内容涉及了弗莱对教育、艺术和加拿大文学批评等领域的研究，它的出版有助于改变国内学界对弗莱学术思想的关注过于单一的状况，也推进了国内学者对弗莱晚期学术思想的认识。1998年，弗莱在学术生涯晚期最为重要的两本著作中文译本——《伟大的代码：圣经与文学》和《批评之路》（北京大学出版社）出版。同年，盛宁翻译的《现代百年》（辽宁教育出版社），即弗莱在麦克马斯特大学做客座教授时在惠登讲演发表的4篇演讲稿也相继出版。此后，随着吴持哲翻译的《神力的语言："圣经与文学"研究续编》（社会科学文献出版社，2004）、陈慧等人翻译的《批评的剖析》（百花文艺出版社，2006），以及孟祥春翻译的《世俗的经典：传奇故事结构研究》的出现和《批评的剖析》英文版（2009）的再版，国内弗莱作品的译介工作也在不断发展。2021年，《批评的剖析》原译者陈慧以全新的修订版在北京大学出版社再版了弗莱的这本皇皇巨著，可谓持续国内弗莱研究生命力的重要支持。

译介工作的蓬勃发展同样也预示了国内弗莱研究状况的繁荣。最早评价弗莱的文章是张溪隆的《弗莱的批评理论》（《外国文学研究》，1983年第4期）。作者分别从文学批评的独立性、文学形式的历史循环以及象征、意象和原型等方面，梳理了弗莱的文学批评思想，肯定了弗莱为现代美学理论做出的巨大贡献，但同时也提出："弗莱的批评理论由于仅限于从形式方面去寻求文学的统一原则，完全不考虑文学与社会历史的关系，所以不能说明文学的意义内容，甚至不能说明文学形式产生和发展的真实原因。"①

20世纪80年代的弗莱研究可以说是硕果累累，不过大多是围绕弗莱的神话－原型批评理论展开。例如，叶舒宪在1986年发表了题为《神话－原型批评的理论与实践》[《陕西师范大学学报（哲学社会科学版）》，1986年第2期]的文章，以神话－原型批评理论为切入点，梳理了其理论渊源，阐释了神话、原型概念的由来，并认为弗莱的《批评的剖析》是"原型批评的集大成之作"②。

20世纪90年代的弗莱研究仍旧没有跳出神话－原型批评理论的研究领域。但与80年代大多以介绍性文字为主的情况不同，此时的中国学者对弗莱神话－原型批评理论有了深入的了解，开始着重致力于对这一理论的实际应用。例如，邹贤敏的《马克思主义与神话原型批评的实践》（《文艺争鸣》，1990年第4期）以及叶舒宪的《神话原型批评在中国的传播》（《社会科学研究》，1999年第1期）等，都为弗莱的理论研究在中国传播和延续做出了贡献。

2000年以后，国内学者对弗莱的研究更趋向于多元化。程爱民发表的一篇名为《原型批评的整体性文化批评倾向》（《外国文学》，2000年第5期）的文章明确地阐释了弗雷泽的神话模式理论和荣格的原型理论对弗莱的不同层次的影响，而且首次提出"原型批评呈现出一种整体性文化批评倾向"③的观点。此外，李维屏和周斌发表的《洗尽沙砾还金来：谈弗莱原型批评文学史观研究中被忽略的一面》（《外国文学》，2001年第3期），提出了被国内弗莱研究学者所忽略的一个重要观点：弗莱在具体的文学批评中所论述的以"生存之链"为主的"元历史"观。文章认为，"这一侧面代表了弗莱文学史观的主要构想，并由大量的文学作品为佐证，可创见性和科学性是不容否认的"④。值得一提的是，2003年

---

① 张溪隆：《弗莱的批评理论》，载《外国文学研究》1983年第4期，第120页。
② 叶舒宪：《神话－原型批评的理论与实践（上）》，载《陕西师范大学学报（哲学社会科学版）》1986年第2期，第112页。
③ 程爱民：《原型批评的整体性文化批评倾向》，载《外国文学》2000年第5期，第67页。
④ 李维屏、周斌：《洗尽沙砾还金来：谈弗莱原型批评文学史观研究中被忽略的一面》，载《外国文学》2001年第3期，第46页。

《诺思洛普·弗莱论加拿大》的出版得到了国内学者严治军的关注,他发表了一篇名为《〈诺思洛普·弗莱论加拿大〉:原型批评理论大师的文化批评实践》(《理论前沿》,2003 年第 6 期)的文章,介绍了弗莱作为加拿大人对自己祖国文学的关注,为国内弗莱研究开创了一个新的空间。

从国内学者对弗莱的研究上看,研究弗莱神话 - 原型批评理论的论文相对较多,研究成果丰硕,但专门讨论弗莱对加拿大文学以及文化的评论的文章相对较少。

江玉琴在其博士学位论文基础上,整理出版的专著《理论的想象:诺斯罗普·弗莱的文化批评》中,从后殖民主义的角度阐释了弗莱的加拿大文学批评。她认为:"加拿大文学文化的特殊性使弗莱在进行加拿大文学文化研究时,无意中卷入了后殖民批评的讨论中,而且他所展示的加拿大文学文化过程的论述以及赋予的期待毫无疑问丰富了后殖民批评的理论建设。"① 江玉琴对弗莱加拿大文学批评的研究可以说是国内在这一领域的首次尝试。此外,著名加拿大研究专家蓝仁哲的专著《加拿大文化论》概述了弗莱对加拿大文学发展的重要作用。他指出:"弗莱是加拿大土生土长的文学理论家和文化批评家,从他 1939 年撰写第一篇加拿大评论到 1990 年 10 月所做的最后一次演讲,长达 30 年,他对加拿大文学艺术和文化发展做出了杰出的贡献,为加拿大留下了一笔丰厚的文化遗产。"② 此外,毛刚和钟莉婷发表了一篇名为《弗莱论加拿大文学的发生发展》[《兰州大学学报(社会科学版)》,2011 年第 3 期]的文章。文章评价了弗莱在加拿大文坛的重要地位,肯定了弗莱对加拿大文学发展所做出的努力,从加拿大文学传统的建构、加拿大身份研究以及后加拿大写作等角度阐释了弗莱加拿大文学批评发生和发展的思想观点,认为弗莱虽然"并未给我们一个中规中矩的编年史,但他所提出的外省/殖民时期文学的概念清晰地揭示了它的传承发生学特征及其演进和变化"③。

关于弗莱对加拿大文学的贡献,学界也并非一直都是赞扬之声,也有一些不同观点。如耿力平发表了一篇名为《论加拿大文学中的"多元文

---

① 江玉琴:《理论的想象:诺斯罗普·弗莱的文化批评》,中国社会科学出版社 2009 年版,第 172 页。
② 蓝仁哲:《加拿大文化论》,重庆出版社 2008 年版,第 180 页。
③ 毛刚、钟莉婷:《弗莱论加拿大文学的发生发展》,载《兰州大学学报(社会科学版)》2011 年第 5 期,第 79 - 85 页。

化"、"守备心理"和"求生主题"》[《山东大学学报(哲学社会科学版)》,2010年第6期]的文章,分别就在加拿大文学中被弗莱和阿特伍德等加拿大学者多次提到的多元文化、守备心理和求生主题三个话题进行深入探讨,并结合自身在加拿大学习工作的切身感受,提出:"虽然加拿大文学中的'多元文化'性质已得到多方验证,但'守备心理'和'求生主题'这两个长期以来为研究加拿大文学与文化的学者所熟知的导向性理论,被证明缺乏准确度和可靠性。"①

综上所述,相比较于数目繁多的关于神话-原型批评理论的文章,对于贯穿弗莱学术生涯始终的加拿大文学批评,国内并没有一篇系统的、全面的学术研究成果。可喜的是,已经有一部分学者对这一主题做出了不懈努力,本书将在前人的研究成果之上,对弗莱的加拿大文学及文化批评进行深入、系统的探讨,力图揭示弗莱加拿大文学批评的整体框架。

三、弗莱思想从西方到中国的"理论旅行"

诺斯罗普·弗莱于20世纪50年代进入了中西方学者的视野,并以美国为起点开启了它的理论旅行。美国学者对于弗莱思想的关注主要集中在文学与社会的关系、浪漫主义倾向等方面。这一阐释的"错位"一方面来自美国当时文本细读与文化研究的冲突,另一方面也源自西方文学理论无法回避的盲古难题。弗莱思想在中国的发展态势与在美国相比大相径庭。神话、意象等被西方学者忽略的内容在中国大放异彩。国内批评家早期以弗莱为理论框架,开展了国内古典经文乃至考古实物和图像等的人类学、比较文学的批评实践。同时,他们先入为主地为弗莱带上神话、仪式、象征等头衔,间接促使其相关研究始终跳不出宏观讨论的藩篱而缺少对理论文本的细读。弗莱的理论思想从西方到东方的理论旅行在不同的人、情境、时空之间产生了跨越流派界限的转化。

自1957年《批评的剖析》问世以来,弗莱思想一直被中西方学者持续讨论,其理论的发展和传播也随着时空、情境的变化在西方和中国分别呈现完全不同的发展态势。爱德华·萨义德(Edward Waefie Said,

---

① 耿力平:《论加拿大文学中的"多元文化"、"守备心理"和"求生主题"》,载《山东大学学报(哲学社会科学版)》2010年第6期,第1-13页。

1935—2003）在他的《理论旅行》（1983）和《理论旅行再思考》（1994）中曾提出，理论的发展并非故步自封，而是始终根据具体社会和历史情境进行回应。有人认为，萨义德使用"旅行"一词是对理论具有"随地缘政治而变化调适的转化性"① 特征的隐喻。回溯弗莱思想在中西方被关注的理论之旅，能够明显发现其中与时空变迁产生的跨学科意义乃至与社会政治之间积极有效的互动关系。虽然弗莱的理论思想从一开始就受到了美国学者的关注，并很快进入了美国批评舆论的中心，但作为一位在英国受教育的加拿大学者，他的理论思想并不能简单地被划入美国的理论阵营。由于弗莱思想的多重特性和强大的理论张力，从20世纪80年代起，其理论在中国的发展之旅同样呈现与众不同的发展态势。意味深长的是，萨义德在他著名的《理论旅行》一文中，曾将弗莱作为"数十年前"自己观点的支持者，并赞扬他"曾经允诺创建一种有序、宜人、宽容的结构"②，是倡导文学史和系统化的理论先驱者。那么数十年后的今天，弗莱思想自身到底有没有如萨义德所期盼的那样，参与历史与时代的进程，在不同的社会形态中完成自身一次次的华丽转身呢？本书旨在讨论弗莱思想在中西方文学理论视野中的所产生的跨界跨性、转化型和开放性，通过中西方学者完全不同的研究焦点，讨论弗莱思想的变迁以及这一动态机制的内在含义。

（一）弗莱思想在美国的旅行

《批评的剖析》作为弗莱的代表作，主要探讨了西方文学中的核心意象——"神话"对于整个文学史的牵制作用，明确了文学传统的向心力和凝聚力。而这一理论体系的形成，一方面来自英国浪漫主义的滋养，一方面也得益于弗莱对加拿大文学的田野调查。对威廉·布莱克的研究不仅是弗莱总结西方文学演进规律的实践经验，同时也完善和发展了其自身的诗学体系。而加拿大特殊的历史、文化环境更造就了弗莱最早的个人阅读体验。可以说，弗莱思想的建立并非简单地用"神话""原型"就能概

---

① 黄丽娟、陶家俊：《论萨义德"理论旅行"的批评实践观》，载《外国语文》2016年第4期。

② ［美］爱德华·萨义德：《世界·文本·批评家》，李自修译，生活·读书·新知三联书店2009年版，第402页。

括,其思想的核心内容是将神话意象看作是西方文学发展的纽带,为西方文学建立一个不依附于外力的完整结构,而文学的原型和视阈是超越时间和道德限制的普世经验。因此,面对西方当下蔚然成风的外部文学批评方法,弗莱在"论辩式的前言"中进行了大刀阔斧的批驳,不断重申了文学批评的独立性和内在动力,并将社会、宗教、心理学等因素排除在文学体验之外。美国学者最早发现并肯定了弗莱思想的学术价值,哈罗德·布鲁姆(Harold Bloom,1930—2019)更是从《可怕的对称》开始就成了弗莱的追随者和拥护者,并在《耶鲁评论》(*Yale Review*)中最先发表了对弗莱的赞赏。随后,勒内·韦勒克(Rene Wellek)、韦恩·布斯(Wayne Booth)等著名批评家相继加入争鸣,弗莱思想在美国的传播逐步发展。

然而,也许弗莱自己也料想不到,面对旁征博引的神话-原型批评理论,美国学者完全避开了弗莱雄心勃勃地提出的核心观点,而是对作为铺垫的前言内容发起了挑战。他们抨击弗莱声称的那个"自给自足的文学世界",坚持创作文学一定要与生活息息相关,并反对现代意识形态中的整体性。他们认为弗莱在建立文学与生活的关系时,过分重申了自由的理想主义。莫瑞·克里格(Murray Krieger,1923—2000)认为弗莱思想并没有看到现实的改变,只是运用浪漫主义的理想思维去界定和倡导理想化的现实。威廉·维姆萨特(W. K. Wimsatt)同时指出:"弗莱在处理文学与生活的关系时,将自己置于一个奇怪且令人难以置信的矛盾中。一方面,文学与生活无关,它像机器一样自给自足。文学接管了生活,包围、吸收并替代了生活,文学是从其他文学中产生的;另一方面,文学由于与生活息息相关,它起始于原始时期的真实生活,它关注真实生活中的提升价值,即一个理想社会。"① 如果说新批评家们将矛头对准了弗莱充满主体意识的浪漫主义倾向,那么西方马克思主义者对弗莱这一问题的观点则更多地围绕文学的职责。格拉夫(Gerald Graff,1937—)认为,弗莱的理论批评是把文学看成了一个脱离现实、由快乐原则建构的想象世界,但这种乌托邦式的想象并不能为人们提供真理。② 伊格尔顿(Terry Eagle-

---

① W. K. Wimsatt, "Northrop Frye: Criticism as Myth", in *Northrop Frye in Modern Criticism: Selected Papers from the English Institute*, ed. M. Krieger (New York: Columbia University Press, 1966), 81.

② G. Hartman, "Ghostlier Demarcations", in *Northrop Frye in Modern Criticism: Selected Papers from the English Institute*, ed. M. Krieger (New York: Columbia University Press, 1966), 129.

ton, 1943—)则更进一步否定文学与形式的关系,并认为弗莱的理论就是一种远离现实的形式主义,充满了怀旧情怀。伊格尔顿抨击弗莱在保守和自由之间寻求平衡的做法,认为这一方式将滋长对肤浅表象的追逐,社会发展也因此丧失革命精神。① 对弗莱思想中这一文学困境的争论也是美国当下学术界所讨论的重要话题。虽然弗莱一直以来都被冠以颠覆新批评统治地位之名,但在此时的美国并非只有弗莱对新批评带来冲击。西方马克思主义、心理学分析、文化研究等领域所讨论的话题都离不开文学与社会关系这一亘古难题。柏拉图曾以助长多愁善感的情绪的缘故将诗人驱逐出"理想国",西方批评家始终没有逃脱为文学一辩的宿命,并由此推动着文学与世界之间若即若离的复杂关系。

实际上,当人们对弗莱思想中这一文学困境争论不休的时候,美国文学的指向再次悄然发生了转变。"从20世纪70年代中期开始,对解构主义显而易见的反模仿说和反表达说的文本性抱怨越来越多,因为它把文学作品与世界、作者以及读者被抑制的宝贵伦理和情感反应分割开来。许多批评家对解构主义明显的反人文主义深表不安,因为它不仅使普通的传记和接受批评的方式无法运作,而且也使传统的历史分析和批评分析模式无法运作。"② 人们开始厌倦了解构主义的研究方式,尝试让文学回归到文本本身,强调人本主义的立场和审美趣味;对理论所建立起来的强势阵营产生了极度的反感并加以讽刺,开始倾向于向文本回归。卡特里娜·内拉·考特瑞比在《诺斯罗普·弗莱及其诗学方法》中,审视了弗莱思想的双重性特质,认为前人的研究过于关注或强调文学与社会的关系。而实际上,弗莱思想富含笛卡尔(Rene Descartes, 1596—1650)"我思故我在"的精神气质,面对文学与社会的关系问题,弗莱运用语言作为媒介,将文学与社会相连接,而二者本身的联系应该是间接且需要中介衔接的。可以说,到了21世纪第一个10年期间,弗莱研究进入了全新的时期,人们已经不再困惑于文学与社会的关系而急于给弗莱定论,而是更从容地从弗莱思想内部着手,开始尝试对弗莱思想进行新的分析。如果说大卫·兰

---

① Terry. Eagleton, *Literary Theory: An Introduction* (Minneapolis MI: University of Minnesota Press, 1983), 209.
② [美]文森特·里奇:《20世纪30年代至80年代的美国文学批评》,王顺珠译,北京大学出版社2013年版,第295页。

普顿（David Rampton）编辑出版的论文集《诺斯罗普·弗莱：来自过去的新方向》是对过去40年西方文坛对弗莱思想褒贬不一的意见的整理，那么随后10年左右直至今日的弗莱研究，则表现出了愈加强烈的跨学科趋势。许多学者在继人文主义倾向之后，开始进一步关注弗莱思想中的宗教内涵，并对其思想中看似矛盾的观点给予了全新的解读，甚至开始从认知语言学角度观察其思想与当代盛行的文化研究的关系。① 弗莱思想在美国的旅行经历了从外部研究到回归内部文本的历程，其焦点已经远不是弗莱理论的核心内容。当然，正是由于弗莱思想的博大精深才让这种"错位"的误读同样成就了弗莱思想在美国的传播。正如萨义德所说："完全可能把误读（当它们出现的时候）判定为观念和理论从此地到彼地的历史流转过程的一部分。"②

（二）弗莱思想到中国的理论旅行

20世纪80年代初，中国学者翻译、引介西方学术思想事业方兴未艾，诺斯罗普·弗莱同众多西方文艺理论家一同在这一时期进入中国学者的视野。国内弗莱研究的开展时至今日已有40余年，经历了从只言片语到全面、多元乃至跨学科等多个发展时期，且从未间断。国内学者早已从不同时期中国特色语境、人类学、文化、哲学、后现代以及文化视角对国内的弗莱研究述评进行了较为详尽的探讨和梳理。40年积累下来的丰富研究成果一方面说明了中国学者对弗莱思想的热爱和重视，另一方面也见证了改革开放40余年来中国学术发展的重要历程，而弗莱思想在中国的传播背后的驱动力也具有显著的时代特征。

首先，弗莱思想在20世纪80年代是以接受与审视并存的状态进入中国学者视野的。一种文学思想的接受是连续且动态的过程，每个时代的学者都依据自身语境和认知对其进行接受或者抵制。由于中国本土思想文化的结构根基，观念性和价值论占据主导地位的文学批评方法使中国学者对西方文艺理论的热情始终在于追求思潮而非追求方法。在大量引介西方文

---

① Michael Sinding, "Reframing Frye: Bridging Culture and Cognition", in *Northrop Frye: New Direction from Old*, ed. David Rampton (Ottawa: University of Ottawa Press, 2009), 297.

② ［美］爱德华·萨义德：《世界·文本·批评家》，李自修译，生活·读书·新知三联书店2009年版，第423页。

学思想的过程中，弗莱和他的《批评的剖析》能够受到国内学者的关注，一方面是因为国内"四个现代化"思想意识的盛行，另一方面也由于弗莱思想与心理学、人类学等西方思潮关系密切等先入为主的印象。与英美新批评派的文本细读方式不同，弗莱百科全书式的理论思想中产生了大量对文学、社会、现实三者关系的讨论，从而使其更容易扎根于中国语境。因此，中国学者很早就已经将弗莱思想中的普遍思想、美学、乌托邦色彩与马克思主义理论进行平行比较。此外，由于长期学习马克思主义，中国学者很容易将问题历史化和普遍化，这也与弗莱思想中的原型理论以及循环式文学结构的模式不谋而合。正如顾悦在《西方传统中的原型批评与安徒生童话的圣经原型》中所表达的那样，人们之所以愿意将弗莱思想置于原型批评的框架之下，对方法论的使用大多选择具有普遍性、系统性和历史性的研究范式，是因为这种普遍主义或整体的文学批评宏观视角与中国学术语境有异曲同工之妙。因此，如果说自新批评以来的欧美文本细读批评方法因水土不服而并未在中国生根发芽，那么弗莱思想中的兼容并包的特点以及其历史的、整体的宏观视角则率先拉近了与中国学者的距离。

然而，国内弗莱研究的初始范式并未跳出传统观念性和价值论占据主导地位的文学批评方法。张溪隆最早在《弗莱的批评理论》（1980）中对弗莱思想的讨论代表了这一时期的学术主流。他肯定了弗莱开创性地倡导文学批评独立，但同时也认为神话－原型批评理论中的形式主义倾向使其思想流于片面。实际上，文学与形式的关系正是这一时期中国学者研究的焦点，而这一表征也体现了我国近代学术发展从政治话语到学术话语的转向。此外，中国学者因没有完全摆脱强调阶级属性和教化功能的政治话语分析模式，所以虽然认同弗莱思想从"人类学、精神分析方面研究文学史的种种模式的思路"[①]，但仍有学者不无尖锐地认为神话－原型批评"本身是有局限性的，运用不当，它会使我们的研究工作流于肤浅"[②]。弗莱因为试图强调文学理论的独立特质而在《批评的剖析》中建立了一个自给自足的文学体系，这种思想当然与马克思主义理论的"外部研究"

---

① 胡经之、张首映：《西方二十世纪文学史》，北京大学出版社 1999 年版，第 117 页。
② 傅礼军：《论原型批评理论在中国文学中的应用：兼谈中国古代神话的特征》，载《南京大学学报》1987 年第 4 期。

大相径庭，而弗莱不断强调西方文学源头是古希腊罗马神话和圣经神话，也让刚刚打开国门的国内学者产生了一丝警惕。实际上，这一现象也表现出此时的弗莱思想研读并未得到深入展开，人们并未发现弗莱理论内部尝试统一"文学内部"和"历史、社会"等因素的二元张力，而弗莱所探讨的西方文学原型的定义和起源也尚未得到详细阐发。

进入20世纪90年代，人们对于西方事物逐渐习以为常，对文艺理论的接受程度也愈加开放和包容，对弗莱思想的认识也进入中西一体化态势。人们已经不满足于从方法论式的分门别类或概括式的系统界定来审视弗莱，学术风向转向了纵深，并与西方文学思潮紧紧结合。叶舒宪作为最早研读弗莱思想的学者之一，将弗莱划入了文学人类学领域。他出版的《神话—原型批评》（2011）、《探索非理性世界：原型批评的理论与方法》（1998）、《文学与人类学：知识全球化时代的文学研究》（2003）等著作，将弗莱的神话理论与中国远古的神话意象做比较，注重文学人类学的本土化和中国化，从比较文学领域验证了弗莱原型思想在实践中的可操作性。此外，虽然早在文学人类学研究过程中，就已有专家提出弗莱思想中的文化倾向，但对其真正的文化研究思考始于2000年。程爱民的《原型批评的整体性文化批评倾向》，杨丽娟的《〈批评的剖析〉与文学的文化批评的建构》，何志均、马建英的《宏大叙事：弗莱整体性文化批评观的生成与向度》都从弗莱思想的文学整体性观点入手，发现学术倾向的文化纬度。而王宁、江玉琴等更倾向于跳出原型理论，探索弗莱思想的后殖民倾向。他们将弗莱置于文学批评史中，确定其作为文化研究先驱的地位。面对西方后现代主义思潮的冲击，国内从后现代主义观点讨论弗莱思想的成果同样丰硕。王宁在《多元文化主义与加拿大文学》《弗莱理论的后现代视角阐释》中将弗莱定位为一个介于现代与后现代之间的思想家。而面对弗莱思想中清晰的理论框架和内在逻辑，国内学者也认为当弗莱"试图'往后站'，把批评的注意力从文学画面的笔法刀工移向文学的'原型构造'的时候，他的整个理论思路开始与结构主义不谋而合"[①]。

自西方文学理论进入中国学者的视野以来，中国文论始终陷入文艺理论建构的困境之中，如何与西方保持同步，持续与西方的平等对话是中国

[①] 盛宁：《关于批评的批评：论弗莱的神话－原型批评理论》，载《外国文学评论》1990年第1期。

学者始终思考的核心问题。受西方理论的影响，中国学者开始对理论的持续跨界发展有所感知，并进行了符合本土国情的再加工。越来越多的中国学者开始通过对西方文论的解构、重构和整合来探寻中西方更加成熟的双向对话模式。国内理论变革前20年的主要任务是在现代性基础上努力破除之前的传统文学模式，以不同的路径寻求理论的重建。而20世纪末以来，在后现代性的基础上，中国学者再次对已有的文学理论观念和范式进行批判反思，由此形成当代文论更加开放、多样探索的新格局。

进入21世纪，中国学者开始在已有弗莱研究的基础上寻求中国的话语权。在1994年和1996年，国内先后召开了两次弗莱研究的国际会议，这两次会议带来的丰硕研究成果把国内弗莱研究推向了顶峰。随后不久，中西方弗莱研究专家倾力合作，出版了大量译著及评论文集，其后续推动力几乎持续到了21世纪的第一个10年。然而从2010年以来，弗莱研究发展相对缓慢。2016年7月，国内召开了第三次弗莱研究国际会议，从规模上看，的确无法与前两次相提并论。那么，是不是说弗莱思想就真如伊格尔顿所说，在中国也同样无人问津了呢？

实际上，弗莱研究在最近10年发生了细微的转变。当任何思潮或主义的帽子都无法完全将弗莱划入某个阵营，学者的热情便开始转向对弗莱理论自身的"元问题"，并尝试对其进行中国视角的再次阐释。马大康在《文学是有意识的神话：论弗莱的文学虚构观》（2013）中提出弗莱对文学的解释是最具现代主义特征的"元叙述"；张扬在《诺斯洛普·弗莱的叙事理论研究：以戴维·洛奇小说为例》（2015）中从宗教中心论、神话的移置和戏仿以及神圣喜剧的叙事结构等方面展现了弗莱的人类精神关怀；如果说原型批评一直因抹杀了具体文学作品意义的多样性和复杂性而备受诟病，那么侯铁军的《诺斯洛普·弗莱的预表思想研究》（2014）则深入剖析了弗莱思想中的预表思想，重新解读了其思想的开放性和充满张力的互文性。实际上，弗莱研究所展现的这种向理论本质转移的研究模式也正是国内乃至整个西方文学理论发展的大趋势。其中，从意识形态论到审美意识形态论，从审美论到人文主义的文学论，乃至在本质主义语境下对文学本质问题的重新探讨，都反映了中国文学理论批评观念的历史嬗变，更表现出中国视角对弗莱思想的再思考。

弗莱研究在中国发展至今的40余年中，每一阶段的特质都与中国改革开放时代发展的脉动息息相关。这一势头一方面表现了中国文学理论发展与世界文论始终保持的良好对话关系,另一方面也显现了国内因为特殊国情而发展出的与西方弗莱研究迥然不同的路径。不得不说,探索弗莱研究在国内的传播和接受历程,可以清晰地发现中国新形势下的西方文学理论的发展脉络以及建构过程,对国内不同文学理论研究的探讨都具有重要的借鉴价值。

(三) 结语

从西方到中国,弗莱思想的理论之旅展现了全然不同的发展趋势。虽然中西方学者不约而同地讨论了弗莱理论中关于文学与现实的关系,但西方学者很快将这一话题引申到文学是否能够提供真理、文学批评的职责等颇具使命感的理论问题,而中国弗莱研究相比之下更多的是对已有的文学理论观念和范式的对抗和反思。此外,如果说西方学者并未对弗莱神话-原型批评理论的核心内容给予十分的关注,那么这份关注在中国则恰恰得到了补偿。中国学者不仅将这一理论框架视为解决文本阅读的重要方法论,同时还延伸到比较文学领域,加深了中西方学术理论的交融。正如萨义德提出的,"每一文体和每一读者都在某种程度上是一种理论立场的产物,而无论这种立场可能是多么含蓄或者无意识"①,实际上都是理论打破时空向前发展的重要内容。一种理论在一个全新的时空旅行时,可能会在一定程度上失去自身最初始的力量和启示。但同时也由于理论旅行的开放性和不确定性,最初失去的力量极有可能在另外一个时空绽放光芒。回顾弗莱思想从西方到中国的旅行,由于不同的地缘政治,呈现出完全不同的发展路径,并分别进入了其批评体系的核心。

---

① [美]爱德华·萨义德:《世界·文本·批评家》,李自修译,生活·读书·新知三联书店2009年版,第423页。

第三节　研究依据和研究思路

一、研究依据

本书之所以选取"诺斯罗普·弗莱的加拿大文学批评"这一论题进行研究，主要基于两方面的考虑：一方面，弗莱是加拿大乃至整个北美地区最负盛名的文学理论家和批评家之一。他所撰写的《可怕的对称》《批评的剖析》《伟大的代码：圣经与文学》《神力的语言》等诸多著作得到了国内外众多学者的追捧，其相关研究文献更可谓是浩如烟海。根据当代弗莱研究的权威罗伯特·丹纳姆统计，从各国学者对弗莱以及其著述的引用和评论来看，他的地位应当排在马克思、亚里士多德、莎士比亚、列宁、柏拉图、弗洛伊德和罗兰·巴尔特之后，是一位高踞于自己所处时代之上的伟人，他应当被当作一位划时代的思想家来研究。而另一方面，让人感到遗憾的是，在弗莱理论形成的过程中，被其称为重要的田野调查的加拿大文学批评，却没有得到批评家的青睐，相关研究成果更是凤毛麟角。事实上，作为一名对其祖国极其忠诚的加拿大人，弗莱的加拿大文学批评始终贯穿了他的整个学术生涯，并与其理论形成相互呼应、唇齿相依的关系。

随着加拿大文学的蓬勃发展，其文学传统和特征也逐渐成为学者们竞相关注的课题。建立加拿大文学传统，阐释加拿大文学的特征成为很多批评家十分热衷的话题。实际上，早期加拿大文学在很大程度上受到英国文学的影响，而后又因美国的崛起而不可避免地被这种霸权文明所冲击，因而产生了一种既同英美文学有关，又独立于这两种文学之外的独特文学。这种独特的文学特征无疑能帮助人们更好地了解加拿大身份等一直让人困惑不已的问题。研究弗莱对加拿大文学的看法，无疑有利于深化对这一问题的认识。弗莱的加拿大文学批评在很大程度上是建立在其庞大理论体系基础之上的。神话－原型批评理论在加拿大文学中第一次得到了证实和验证，同时也为加拿大文学未来的发展开辟了新的路径。弗莱对加拿大文学发展的影响，不仅在于他建立了一套完整的批评体系，他对神话-原型批评理论的倡导也影响了后来许多年轻作家。加拿大在20世纪50—60年代出现的神话派诗人就是最好的证明。此外，在前文中我们已经提过，弗莱终其一生将自己对学术的热情和抱负全部挥洒在多伦多大学维多利亚学院的讲台之上，他对加拿大文学的了解以及热爱是不容置疑的。对加拿大文学的深沉钟爱和神话-原型批评理论百科全书式的理论视野，使弗莱的加拿大文学批评既带有一种特殊的爱国情怀，同时也始终保持着批评家的客观和严谨。

二、研究思路

弗莱的神话-原型批评理论实际上打破了新批评以来盛行的文本细读方法的垄断局面，但又与纯粹从历史背景、社会意义等方面出发的实证研究有所不同，更多的是强调文学传统在整个文学史中的制约作用，改变人们或过分依赖外部研究、或纯粹相信文本细读的迷思，为文学批评打开了全新的研究视野。特别是在弗莱学术生涯的后期，通过对莎士比亚戏剧和《圣经》的全新阐发，进一步完善了他的理论。纵观弗莱的学术思想，其海纳百川的学术胸襟和百科全书式的理论视野在20世纪整个学界都十分罕见，因而具有极其珍贵的学术价值。

如前所述，弗莱的学术思想体系庞大且立意深远，一本论著的篇幅很难真正触及其思想的本质和内涵。笔者在阅读和整理与本论文相关文献资料及梳理国内外学者研究现状和存在的问题的时候发现：弗莱的加拿大文学批评虽然并非弗莱研究的重要领域，却也贯穿了其整个学术生涯的始终，虽然文献数量有限，但同样也是弗莱神话-原型批评理论的有力支持。此外，加拿大文学作为一种20世纪不断壮大的国别文学，其独有的文学特征也为世界文坛长时间由英美文学占统治地位的陈旧局面注入了一股新鲜的血液。显然，作为一名几乎未离开过祖国的加拿大人，弗莱的文学思想无论如何也不会脱离加拿大而独立产生，而加拿大文学的独特魅力同样也反作用在弗莱的学术思想中，成为贯穿其整个学术生涯的重要线索。通过对弗莱加拿大文学批评的探索，弗莱的研究者们不仅可以进一步窥探弗莱学术思想形成的过程，同时也可以从中厘清弗莱对所有文学的评价标准。诚然，本书虽然以弗莱的加拿大文学批评作为研究的目的和对象，但并无意将其从弗莱更广阔的学术思想中剥离出来，断章取义、穿凿附会。本书试图以弗莱的加拿大文学批评为出发点，提纲挈领、以点带面，不仅分析讨论弗莱对其祖国文学的基本观点，同时也以加拿大文学为例证，详细探讨弗莱对诗歌、诗人以及文学批评标准等细节问题的看法，窥探弗莱的整个文学思想，并由此确定弗莱在加拿大文学史上毋庸置疑的核心地位。

在研究方法上，本书坚持紧紧依托于弗莱的文献著作，以文本本身为出发点，考察弗莱加拿大文学批评的内涵和意义，力争探求其学术研究的全面性和系统性，并采用评论与例证相结合的批评方式，深入探究弗莱观点生成与发展的脉络和轨迹。

实际上，弗莱关于加拿大文学的很多重要观点，对加拿大文学自身的发展也产生了极其重要的作用和影响。因此，在本书中，笔者不仅将弗莱的加拿大文学批评置于其神话－原型批评理论之内，而且将其学术思想融于加拿大文学之中进行考察，在追本溯源中，进一步展现弗莱关于加拿大文学观点的重要性。

首先，本书对弗莱加拿大文学批评中有关民族特性的探寻进行了详尽、深入的分析，探讨加拿大文学中不可磨灭的殖民痕迹对其发展的制约作用、加拿大诗人对自然主题的处理及其内在成因。其次，弗莱的神话－原型批评理论无疑是支撑他整个加拿大文学研究的基石，因此，在本书的第二部分，笔者主要通过探讨神话－原型批评理论如何建构加拿大文学批评标准来展现弗莱加拿大文学批评的基本观点，为加拿大文学的未来发展方向提出自己的见解。第三章主要探讨弗莱在自身理论修养得到进一步提高之后，关于加拿大文学批评也产生了一些新的看法。他将目光由单纯的文学批评转向对加拿大文化背景的思考。笔者认为，弗莱对文化的关注，是想通过对文化的探求，追溯加拿大文学的文化背景。这一章可以说是弗莱加拿大文学批评的升华。最后，考虑到弗莱在加拿大文学史上的重要作用，以及他对加拿大文学发展的影响，笔者将弗莱加拿大诗歌批评实践作为第四章的主要内容。通过探讨弗莱对阿瑟·詹姆斯·史密斯（Arthur James Smith, 1902—1980）、埃德温·约翰·普拉特与加拿大神话派诗人的评论，以及具体实例来展现弗莱对加拿大文学批评的基本看法。在第五章和第六章中，笔者转换角度，尝试深入探讨加拿大本土批评家对弗莱加拿大文学批评的争议，进一步展现弗莱加拿大文学批评的地位和当代发展路径，从而探讨弗莱思想的经典化历程。

探寻加拿大文学的民族特性

提起加拿大文学，人们都会发出这样的疑问："加拿大有文学么？""如果有，什么又是加拿大文学呢？"事实上，加拿大文学创作与批评是加拿大民族想象和认同构建的重要参与者。如何钩沉民族和国家视角下的文学理论和叙事，如何调节民族话语与国际话语环境的平衡是加拿大文学批评家在文学和文化表达上亟须完成的使命。

自第一批移民到达北美大陆时起，大量探险家就已经写出了许多惊叹加拿大壮丽河山的诗句。而后随着移民的大量涌入和综合国力的不断增强，加拿大文学出现了英语文学、法语文学、少数族裔文学以及土著文学等多元共存发展的局面，从而造就了加拿大文学区别于欧洲文学、独立于美国文学、具有鲜明的民族特性的文学模式。殖民时代的文学作品中就有加拿大文论，但初期的评论大多散落在不同的刊物中，并具有明显的复制英美文论的痕迹。随着政治环境的逐步稳定，加拿大的文学评论也伴随着国家成长的脚步崭露头角。"到了十九世纪六十年代，人们已确信存在一种共同性，这种共同性不妨就叫做'加拿大特性'。"①

首部加拿大诗歌选集诞生于1864年，是由德瓦特（Edward Hartley Dewart, 1828—1903）选编的《加拿大诗人诗选》（*Selections from Canadian Poets*, 1864）。虽然德瓦特对加拿大文学的未来忧心忡忡，并存在一些有待商讨的观点，但他的这部著作的出现无疑为加拿大文学研究开辟了疆土。诸多加拿大文坛的后起之秀为寻找"加拿大特性"做出了同样不懈的努力。

20世纪初，加拿大文学批评进入高速发展时期。其间先后出现了许多重要的文学批评家，如詹姆斯·卡彭（James Capone, 1892—1952），他在《查尔斯·罗伯茨》（*Charles Roberts*, 1925）一文中，首次肯定了联邦诗人对自然诗的推崇，但同时也指出自然诗"见景不见人，缺乏生命与活力的通病"②。1925年，阿瑟·詹姆斯·史密斯领导的麦吉尔运动标志着加拿大文学进入真正的现代批评阶段。在麦吉尔运动之前，加拿大文学一直徘徊在对本土自然风光的描写。虽然有一些批评家及时提出了加拿大文学缺少哲学深意和现代性的弊端，但也是浅尝辄止。史密斯和他的同

---

① ［加］威廉·赫伯特·纽：《加拿大文学史》，吴持哲等译，人民文学出版社1994年版，第109页。

② 逄珍：《加拿大英语文学发展史》，上海外语教育出版社2010年版，第227页。

事弗兰西斯·斯科特（Francis Reginald Scott，1899—1985）等人在探索"加拿大特性"的过程中，在加拿大文学批评领域掀起了一场不小的争论。他们先是通过举例说明建立加拿大文学批评标准的重要性，而后又在各自的著作中提出加拿大文学应该摒弃单一的本土元素，更加积极地投入到国际现代主义的大潮中，为加拿大文学注入新鲜的活力。"史密斯不是想让加拿大诗人去模仿艾略特和其他现代诗人，而是要让他们去取得相等的艺术水平和重要地位。"①

国际文坛的肯定，也促成了弗莱在20世纪加拿大文坛的重要地位。批评家肯定弗莱对加拿大文学现代化进程的重要推进作用，但质疑之声也从未停止。人们认为，弗莱一方面通过强调文学的自发性和自给自足建立了宏大的文学理论，但在分析加拿大文学时却始终将其置入地理、历史或社会范畴之中。这种将加拿大文学带回遥远的19世纪的方式，不仅与其基本理论不符，而且更具地方保护主义的倾向，使加拿大文学免受激烈的世界文学批判标准的审视。然而，他对加拿大文学的批评无疑是重要且意义深远的。面对如此争议，本章将着重从弗莱对加拿大文学传统的评论入手，阐释其对加拿大文学现代化进程所做的努力，重述其现代加拿大文学传统的真正内涵。弗莱之后，加拿大相继出现的大批文学家及评论家，无论对其思想是传承还是挑战，他们都无一例外地肯定了弗莱在加拿大文学中承前启后的作用。梳理弗莱的加拿大文学批评，有利于掌握加拿大文学的发展脉络、弄清楚加拿大文学的发展特点，从而展望其未来的发展模式。

弗莱曾经这样描述过加拿大，这是一个"无视任何地理或经济规律的地方，因为加拿大不只是一个国家，还是一种环境。这种特质不仅来自于最初那个拖沓、笨拙和荒谬的国家，也在不可思议地从西到北的距离中摸索和推进，更从被奸商打劫、被欧洲的战争干扰、被两种语言分割、被气候的折磨中逐渐显现，当然也潜移默化、毫不留情地进入加拿大人的生活之中"②。

---

① ［加］威廉·赫伯特·纽：《加拿大文学史》，吴持哲等译，人民文学出版社1994年版，第75页。
② Northrop Frye, "Preface and introduction to Pratt's Poetry", in *Northrop Frye on Canada*, vol, 12th, eds. Jean O'Grady, David Staines (Toronto: University of Toronto Press, 2003), 305, published in 1958.

第一章　探寻加拿大文学的民族特性

　　显而易见，弗莱将加拿大所处的地理历史环境看作其文学发展的重要因素。不同于前人简单地从自然环境入手概述加拿大文学的特点，弗莱注重于对其历史因素的分析，从而更加深入地从具有殖民痕迹与矛盾的文学传统、自然书写特点的成因等方面进行分析，来探讨加拿大文学中的民族特性。在接下来的三节中，笔者将分别从这三个问题出发，力图揭示弗莱眼中加拿大文学的民族特性。

第一节　不可磨灭的殖民痕迹

　　由于长期受殖民统治，加拿大文学总是显露出一种为了适应其第二公民的身份而表现出来的保守、封闭的特征。与美国文化不同，加拿大文化的建构并非产生于任何形式的革命或斗争，其国家主权和领土完整的维护也是在相对平和的状态下完成的。和平的历史进程给加拿大人民带来了平静的生活，但同时也无法像美国那样有机会建构独特的国家精神和民族凝聚力。加拿大文化总是在强大的美国梦和欧洲传统的夹缝中求生存，很难有鲜明的民族特征。与美国公民拥有强烈的民族自豪感不同的是，加拿大人民族意识的自觉更多来自寻求如何在超级大国的强大压力下生存或者如何不被他者同化。

　　虽然弗莱在《批评的剖析》中一再强调文学是发展于文学内部，由作者对原型不断变化的解读发展而来的，但是，他也从未否认过外部环境对文学的影响。加拿大作为先后被法国和英国占领过的殖民地，其殖民历史无疑是一项影响加拿大文学发展的重要因素，也是弗莱在加拿大文学批评中深入探讨的重要问题之一。值得注意的是，弗莱的"殖民地影响"并非单纯地指加拿大人民对殖民统治的民族反抗，而是指不同时期的殖民历史对加拿大文化的侵入——学界通常称之为"后殖民主义"（Post-colonialism）。后殖民批评家先驱法侬（Frantz Fannon，1925—1961）曾经指出："殖民者对殖民地不仅进行政治和军事的占领，而且致力于破坏殖民地本土文化的工作，在这种情况下，殖民地文化有两种反映，一种是西化，一种是民族主义。"① 而弗莱认为，加拿大文学的殖民痕迹的确保存着很明显的"西化倾向"，本节试图通过讨论加拿大长期以来的殖民历史对文学的影响，从古英语文学、现代性与本土性之争、分裂主义三个方面对弗莱的加拿大文学批评进行阐释。

一、古英语文学

长期以来，加拿大文学因为没有自己独特的语言而始终无法摆脱欧洲文学独立发展。随着加拿大政治、经济实力的不断增强，其文学发展也另辟蹊径，逐渐找到了加拿大文学与欧洲文学之间关系的定位。实际上，欧洲对加拿大文学在语言层面的影响还要从早期移民者进入北美大陆时期说起。1620年，搭乘"五月花"号轮船来到北美大陆的第一批白人清教徒，首次将英语带入了北美大陆，英语逐渐成为官方语言。可以想象，当时移民者使用的英语与现在相差甚远，带有浓重的古英语特色。用古英语进行的创作，通常都是骑士传奇、民谣和诗歌等题材。这些文学作品记录了古英语文学的最早文本《贝奥武夫》（*Beowulf*）中的文学形式、亚瑟王及圆桌骑士的充满神奇色彩的骑士传奇、绿林好汉罗宾汉的英雄事迹等，其中最为著名的莫过于被称为"英国诗歌之父"的乔叟（Geoffrey Chaucer，约1343—1400）撰写的《坎特伯雷故事集》（*The Canterbury Tales*）。乔叟采用双韵诗体以及每两行押韵的五步抑扬格形式，借助朝圣者之口讲述了许多骑士探险传奇和宗教道德故事。这种内容和语言上的创新，对后来的英国文学产生了深远影响。而这种影响也随着早期移民者带入了加拿大，直至今日。

弗莱也洞悉到加拿大文学中保存着英语诗歌最早的盎格鲁-撒克逊时期的写作风格，并不止一次地在评论文章中提到这一点。但是他认为，加拿大诗人的杰出贡献在于他们能够将现代性与这种远古特点有机结合起来，并很好地应用到加拿大文学传统之中。例如，1942年，弗莱在对厄尔·伯尼（Earle Birney）的评论中特别提及，北美诗歌中自然的态度是典型的悲观虚无主义立场：那些关于自然的恶劣、对生命的无尽吞噬和戕害等描述逐渐转变成"奇怪的潜艇三明治酱汁"或《圣经》中的世界末

---

① 赵稀方：《后殖民理论》，北京大学出版社2009年版，第33页。

第一章　探寻加拿大文学的民族特性

日等现状意象。伯尼诗歌的风格与当下欧美晦涩隐喻的诗歌传统有所不同,更加注重真情实感和直抒胸臆。弗莱批评传统北美诗歌中对自然的冷漠和嘲弄,认为他们容易流于狡猾、矫揉造作的华丽辞藻。而在语言上更加清晰的形式就是对头韵的使用。弗莱认为:"当头韵加入韵律优雅的重复之中,诗歌听起来非常粗糙且冷漠,但其中对比喻的复合辞(kenning)的使用,也让声音变得没有那么粗糙和自我。"[①]

另一位诗人邓肯·斯科特的诗歌就很好地体现了这一点,他一方面能够准确地表达加拿大在现代文化中孕育的文学想象力的魅力,表现现代城市和文明的价值;另一方面又能够进入魁北克森林中的印第安部落中进行写作。他的诗歌不仅包括法国作曲家德彪西(Achille-Claude Debussy, 1862—1918)的高雅音乐和英国诗人亨利·沃恩(Henry Vaughan, 1621—1695)的神秘派诗歌,同时也囊括饥饿难耐的印第安女人用自己的血肉做诱饵来喂养自己的小孩的故事。弗莱认为:"在英语世界中寻找这种不协调的创作题材还要追溯到盎格鲁-撒克逊时期。如果我们认为古英语诗人的诗歌中充满远古的战争和屠龙的神话,是在为满足那些要求极高的罗马或拜占庭的听众的话,我们也许会理解兰普曼(Archibald Lampman, 1861—1899)或斯科特这样的诗人,始终在遵循丁尼生式的浪漫主义精神规范来建立他们的想象力经历的过程中所要面对的技术问题了。"[②] 这一特点在另一名诗人普拉特那里也得到了更为具体的展现。普拉特一直是弗莱极为钟爱的一位诗人,他认为普拉特的诗歌集中反映了加拿大文学想象力的真谛,即对盎格鲁-撒克逊文明的继承。实际上,普拉特的诗歌也常会将大量古英语文学中的对句、口头文学等文学方式与民间故事和通俗文学相结合。例如在诗歌《卡洛》(*Carlo*, 1923)开篇所使用的对句中:

　　我知道不承认是无用的,

[①] Northrop Frye, "Canadian Poets: Earle Birney", in *Northrop Frye on Canada*, vol. 12th, eds. Jean O'Grady, David Staines (Toronto: University of Toronto Press, 2003), 23, the first article of Canadian poetry from Northrop Frye, published in 1942.

[②] Northrop Frye, "Preface to an Uncollected Anthology", in *Northrop Frye on Canada*, vol. 12th, eds. Jean O'Grady, David Staines (Toronto: University of Toronto Press, 2003), 266, published in 1956.

探寻你的血统会让我忙于猜忌。①

精简明快的口头文学特色,表现了普拉特忠于英国传统的同时,也追循着加拿大的诗歌韵律。弗莱认为正是由于普拉特能够将口头英语和古英语的文学特点融会贯通于现代诗歌之中,才使他成为加拿大最具影响力的诗人。

因此,弗莱曾经这样总结加拿大文学因殖民统治而保留下来的特征:"加拿大的特征的奥秘实际是指伴随联邦建立而产生的独特文化及随之而形成的帝国心态。但是这一特征是紧接着拓荒时期之后突然出现的,所以还渗透了荒野的气息。"② 加拿大的殖民历史经历在很大程度上影响了它的文化发展,不仅表现在语言上,甚至也引起了关于发展道路的争端。

二、现代性与本土性之争

众所周知,加拿大的历史就是一部被殖民的历史,就是不断地从被殖民中取得独立的历史过程。加拿大曾经向多个国家称臣,从开始的法国到在英法大战中获胜的英国,再到如今被美国"文化殖民"。关于加拿大这种特殊的历史背景,有学者评论:"20世纪80年代的加拿大正在朝着许多方向发展,有的发展是值得我们称道的,有的发展则令人不安,这些发展都和我们这个年轻国家和文学的后殖民思想有很大关系。"③ 针对这一问题,加拿大通常有两种不同的声音:一些人认为加拿大是当今世界唯一纯粹的殖民地,其殖民历史是加拿大不可多得的特征之一,应受到大力保护,并将其打造成加拿大文学立足世界文坛的标签。然而,也有人持不同的观点,他们认为,加拿大之所以一直没有出现一位享誉国际的文学巨匠,就是因为过长的殖民历史导致加拿大文学无法与世界接轨,缺乏国际性。因此,加拿大文学未来的发展应该始终抓住世界文学发展的方向,与

---

① [加]威·约·基思:《加拿大英语文学史》,吴持哲等译,北京大学出版社2009年版,第67页。
② [加]诺斯罗普·弗莱:《〈加拿大文学史〉(1965年首版)的结束语》,参见吴持哲编《诺斯罗普·弗莱文论选集》,中国社会科学出版社1997年版,第253-254页。
③ [加]戴维·司泰因斯:《隐身洞穴:加拿大文学的后殖民自恋》,丁林鹏译,载《国外文学》2005年第4期,第27页。

世界文学思潮相融合。执这两种观点者在加拿大文学发展道路中各抒己见，争论不休，其争锋一直是加拿大文坛争论的焦点，也是关系加拿大文学未来发展的重要问题。

阿瑟·詹姆斯·史密斯是加拿大现代著名诗人，并长期从事加拿大文学作品的编撰与批评工作。学界对他在这方面的工作一向给予高度评价："诗人伯尼曾经说过：作为一位编选者，他并不是信手拈来，他的才学与智慧使他能确定编选类型，并根据诗的题材和主题来分门别类进行选择。所编选的诗歌具有很大的感染力和深刻的意境。"① 除此之外，作为加拿大现代诗歌运动的先驱，史密斯同样也加入到了加拿大本土性和现代性之间的争论中来。他坚持认为，加拿大文学应该摒弃单一的本土元素，投入到国际现代主义大潮中，运用现代诗歌的技巧和观念为本土文学注入新鲜的活力。其目的并非是想让加拿大诗人去模仿艾略特等现代诗人，而是要让他们去达到同等的艺术水平和取得重要地位，从而建立加拿大自己的文学传统。他在1943年编辑出版的《加拿大诗歌集》（*The Book of Canadian Poetry*, 1943）的序言中提出了"本土作家"和"世界作家"的差异，在肯定兰普曼、斯科特和普拉特的优秀作品的同时，反对"动辄就写枫叶和海狸的那种太在意自我的假民族主义。他的抱怨并不完全指责加拿大是一潭死水，而是提议这潭静止的水需要与流满新鲜活水的溪流相接以恢复活力"②。

史密斯的这一观点得到了他的拥护者弗莱的继承和发展。在同年发表的论文《加拿大及其诗歌》（*Canada and Its Poetry*, 1943）中，弗莱高度评价了史密斯的这本诗集，并对众多影响加拿大文学发展的本土因素进行了一一梳理。首先，他认为加拿大的独特气质并不能仅仅依赖于本土元素，"一个整天以森林、草原、雪和北方的高地为题材的加拿大诗人，并不比整天以十四行诗和袋鼠为题材的澳大利亚诗人更有说服力"③。正如史密斯反对加拿大的各种狭隘思想，如清教徒、地方主义和殖民主义一样，弗莱认为，造成大量平庸诗歌出现的主要原因恰恰是加拿大曾经被殖

---

① 黄仲文主编：《加拿大英语文学简史》，南京大学出版社1991年版，第211页。
② 黄仲文主编：《加拿大英语文学简史》，南京大学出版社1991年版，第755页。
③ Northrop Frye, "Canada and Its Poetry", in *Northrop Frye on Canada*, vol. 12th, eds. Jean O'Grady, David Staines, (Toronto: University of Toronto Press, 2003), 30, published in 1943.

民的历史。"殖民统治对加拿大来说,使其想象力根基被冻伤,并由此产生了所谓的拘谨,这里我指的并非两性方面的保守,而是本能地去寻找一种约定俗成或平凡的表达方式。"① 但这种方式对文学的发展并没有建设性的帮助,以加拿大法裔文学为例,为了防止文化"被殖民",魁北克地区的"所有人都以孩子的方式说祷告词、热爱他们的土地、讲述民间故事、吟唱歌谣"②,以求保存其原有的本土元素,最终却只让魁北克省沦为旅游观光地区。实际上,弗莱的这一观点同样是有一定理论依据的。后殖民理论家法侬曾经指出:"民族性并不意味着僵化和排外,在民族文化已经受了巨大的变化之后,我们切不可再死死抱住本土文化不放,而应投入到战斗的现代民主文化中去。"③ 虽然法侬的观点大多来源于他所投身的阿尔及利亚独立革命,但这种思想与弗莱的观点不谋而合。

除去客观历史因素,弗莱还提到了极为流行的两种谬论,同时也是禁锢加拿大文学发展的重要因素。首先,很多人认为加拿大作为新兴国家,发展文学并非首要任务,一个国家文学的发展应该建立在经济高度发达的基础之上。对于这一观点,弗莱尖锐地指出:"只有那些生活在现代城市中,总是腰酸背痛、半死不活的城市人才会产生这样的想法。"④ 实际上,加拿大并非年轻的国家,它现代化的发展时间和其他欧美发达国家基本持平,而早在欧洲人进入北美大陆之前,印第安人的部落中就已经开始通过神话、诗歌、图腾等文学方式记录当时的生产生活了。第二种谬论是关于加拿大想象力方面的,即认为诗人创作诗歌的灵感应该来源于第一手资料,要真正走到田间体验花香,而不是把眼光放在书本上,从而毁坏诗人视觉的新鲜感。弗莱对这一观点的反驳不仅针对加拿大文学,他在后来建立的更为庞大的理论体系中,也不止一次地提到文学并非来源于生活:

---

① Northrop Frye, "Canada and Its Poetry", in *Northrop Frye on Canada*, vol. 12th, eds. Jean O'Grady, David Staines, (Toronto: University of Toronto Press, 2003), 30, published in 1943.
② Northrop Frye, "Canada and Its Poetry", in *Northrop Frye on Canada*, vol. 12th, eds. Jean O'Grady, David Staines, (Toronto: University of Toronto Press, 2003), 30, published in 1943.
③ 赵稀方:《后殖民理论》,北京大学出版社 2009 年版,第 33 页。
④ Northrop Frye, "Canada and Its Poetry", in *Northrop Frye on Canada*, vol. 12th, eds. Jean O'Grady, David Staines (Toronto: University of Toronto Press, 2003), 31, published in 1943.

第一章 探寻加拿大文学的民族特性

"所有伟大的诗歌都是从厚重的无止境的学习和阅读中得来的"①，文学需要在整个文学传统的大框架下进行考量。

和美国相比，加拿大本土并没有产生过任何形式的革命运动，可以让加拿大文学有机会切断与欧洲文学之间千丝万缕的联系，从而建造自己的文学传统。"欧洲的历史对加拿大来说，就像万花筒一样炫目多彩，虽无法确定其形状和意义，但却以其繁杂的形式，深深地、带有一丝嘲讽地潜伏在加拿大文化之中。"② 加拿大文学既要发展本土文学，减轻欧洲文学对自身的影响，又无法不参与到现代文学的发展大潮中，力争在世界文坛中谋取一席之地。这样的矛盾心理随处可见，实际上，加拿大人普遍认为只有真正获得主权，才能获得英国的认同和尊重。这表明在加拿大的国民意识中对英国始终是有怨言的。弗莱发现法国人丢弃对加拿大的主权完全是因为他们已经对加拿大丧失兴趣，即使没有在英法战争中失败，他们也会将加拿大像路易斯安那州那样卖掉。英国人虽然通常对自己的国家有着一种优越感，但他们对加拿大的热情却始终高不起来，这一点无论从是1814年的《根特条约》，还是在贯穿整个19世纪的边境争端中，都可以看出。加拿大人始终感到因为他们复杂的身份问题，自己在需要帮助的时候总是得不到真正的支持。

弗莱再次重申了现代性与本土性的问题。他认为："加拿大诗人对加拿大的印象已经由人们共同直面自然的先驱性国家发展到一个定居的、文明的、在国际秩序下并开始考虑社会精神文明的现代性国家。"③ 尊重并发展文学的叙事传统并不意味着要排斥新兴事物。将新形式的现代元素加入到加拿大文学中，在恢复公众对诗歌的尊重、加强作者与读者之间的互动方面将起到很大的作用。

---

① Northrop Frye, "Canada and Its Poetry", in *Northrop Frye on Canada*, vol. 12th, eds. Jean O'Grady, David Staines (Toronto: University of Toronto Press, 2003), 32, published in 1943.

② Northrop Frye, "Canada and Its Poetry", in *Northrop Frye on Canada*, vol. 12th, eds. Jean O'Grady, David Staines (Toronto: University of Toronto Press, 2003), 32, published in 1943.

③ Northrop Frye, "The Narrative Tradition in English Canadian Poetry", in *Northrop Frye on Canada*, vol. 12th, eds. Jean O'Grady, David Staines (Toronto: University of Toronto Press, 2003), 63, published in 1943.

三、分裂主义

众所周知，加拿大的殖民历史主要是由法国殖民时期和英国殖民时期共同组成的。两个完全不同的国家都曾经主宰过加拿大这片土地，虽然它们之间有着千丝万缕的联系，但这两个国家的不同统治也使得加拿大文学出现了文化上的分裂主义。和政治或经济的发展有所不同，文化的分布并不受国界或地域的限制，甚至带有一种分裂的趋势。通常情况下，不同的民族为了彼此区别，在文化上会逐渐分裂出一些足以支撑自己民族存在的特征。而各个民族的独立战争实际上也是各个民族为了自身种族或文化的独立存在而产生的战争。但是加拿大因为其特殊的殖民历史原因，这种不同国别之间的文化分裂状态则恰好同时出现在加拿大这一个主权完整的国家之内。

魁北克省的法语文学区域被认为是加拿大文化分裂主义的著名例证，直到今日，魁北克地区的人们仍旧延续着早年法国殖民者的生活习惯与宗教信仰。而相对于"加拿大人"这一身份，他们则更倾向于认为自己是法国人，或者是加拿大国籍的法国人。因此，弗莱在其加拿大文学评论中不止一次地提到："加拿大的每一个部分都充满着强烈的分裂主义情感。"[①] 他认为，分裂主义是加拿大文学的重要特点之一，不仅仅是在魁北克地区，在加拿大的太平洋沿岸、大草原、滨海诸省、纽芬兰省等主要区块都充斥着因彼此强大的文化差异而产生的分裂情绪。追究这种分裂情绪的主要原因，弗莱认为实际上是一种对过去的追念和对现实的不满情绪。同样以魁北克地区为例，法裔加拿大人之所以对自己的文化如此小心翼翼地加以保护，无非是对过去法国殖民统治时期或是欧洲宗主国时期的一种缅怀。人们已经不可能再回到过去，便只能在文化上保留那个时期的面貌，以求在心理上得到慰藉。与此同时，安大略省或大草原地区所产生的分裂主义实际上也是由于那里的人们以自己是以色列或犹太人为傲。

当然，在此处弗莱所说的分裂主义并非政治术语，也并不会因为加拿大各个地区文化上的差异而将其分为不同的地区。弗莱想要阐释的分裂主

---

① Northrop Frye, "Preface to *The Bush Garden*", in *Northrop Frye on Canada*, vol. 12th, eds. Jean O'Grady, David Staines (Toronto: University of Toronto Press, 2003), 415, published in 1971.

义主要是陈述殖民地历史造成的加拿大文化的复杂化和多元化对加拿大文学的影响。他始终强调"在同一个国家成长的人,供给身体的食物大多来自农场或城市,而在精神上则大多来源于这个国家的宗教和艺术。因此在每一个区域,这种物质上和想象力上的同化无处不在"①,不同地区人们的想象力也毫无疑问地会受到这个地区文化上的影响。加拿大不同地区之间无法回避的文化差异成了分裂主义的温床。这种情况也体现在加拿大文学中,如加拿大文学区域小说的产生。"加拿大人的区域意识都是较强的。加拿大文学自然受到这种意识的影响。长期以来,作家们往往被分为东部沿海作家、魁北克作家、安大略省作家、大草原作家、卑诗省作家等等。"② 这其中以大草原作家及其作品最为杰出。他们通常带有十分浓烈的草原乡土气息,以还原当地的风土人情、地貌环境和方言土语等细节为目的,力图展现当地加拿大人生产生活的原貌。例如,当代著名女性作家玛格丽特·劳伦斯(Margaret Laurence,1926—1987)就曾经以加拿大大草原为背景,创作了"玛纳瓦卡"(Manawaka)系列小说。作者通过5部小说中,5位年代不同、性格迥异的女性形象展现加拿大大草原女性面对诸如宗教、婚姻、家庭和两性等问题的困扰时表露出的不屈不挠以及坚韧的性格,展现大草原女性生活的艰辛和对美好生活的热切向往。

弗莱对于加拿大文学的这种地方主义特性进行了分析,认为这种分裂主义的产生同样是殖民地历史造成的影响。他认为在加拿大人的想象中,出现了两种矛盾的表现形式:一种是怀旧、感伤、浪漫的,和联邦时期的诗歌很相似,更注重加拿大自身的特点;而另一种则是区域性的,更倾向于认为加拿大只是由一些纵向的不同区域组合而成。他提出:"省或者是地区,从另一个角度来说,体现着怀旧的旅行者一种退化的好奇心,实际上,无论是帝国或是区域等不同环境因素,都与天然的诗歌传统相悖,但是它们会结合在一起,就成为我称之为加拿大生活中的殖民地特征。"③

---

① Northrop Frye, "Canadian and Colonial Painting", in *Northrop Frye on Canada*, vol. 12th, eds. Jean O'Grady, David Staines (Toronto: University of Toronto Press, 2003), 14, published in 1941.

② 傅俊:《小说创作特点论:加拿大作家罗伯特·克罗耶奇》,载《外国文学研究》1993年第2期,第25页。

③ Northrop Frye, "Canada and Its Poetry", in *Northrop Frye on Canada*, vol. 12th, eds. Jean O'Grady, David Staines (Toronto: University of Toronto Press, 2003), 29–30, published in 1943.

这两种不同的情绪隐藏在看似蓬勃的加拿大多元文化政策之后，是加拿大文学受殖民地历史影响的又一特征。

第二节 备受推崇的自然主题

位于北美洲北部的加拿大，面积997.061万平方千米，居世界第二。加拿大地广人稀，地貌环境复杂多变，自然风光秀丽：极地高原、落基山脉寒冷荒芜，广阔平原绿草如丝、一碧万顷，五大湖区波光潋滟，还有圣劳伦斯河贯穿加拿大全境。可以说，如今加拿大的自然风光不仅是这个国家的重要标签，也是加拿大人心中引以为荣的重要特质之一。然而在历史上，加拿大人对自然的态度并非一直如此。在欧洲移民者初入北美大陆的时候，由于严寒凛冽的自然环境无法为人类提供理想的居所，加上相对落后的生产力，人类对自然始终保持着谨慎且敌对的态度，纯粹的原生态环境也让人类不由自主地产生了敬意。从敬畏到征服到如今的和谐相处，也是加拿大人想象中对自然主题的态度的演变过程。加拿大文学中的自然主题问题，也同样是弗莱等众多加拿大批评家们十分热衷的话题。

弗莱曾经说过，很难用一句话来解释加拿大文学这一词语的真正含义，因为加拿大既没有自己独特的语言或者是方言，也并不仅仅是一个地理区域那么简单。实际上，批评家们在作出评价的时候，通常并非在定义什么是加拿大文学，而是通过一定的客观经验对加拿大文学尽可能地加以描写和叙述而已。同理，弗莱认为加拿大文学中的自然观实际上也是一种"对自然异乎寻常且毫不掩饰的亲切感"[1]。在加拿大文学以及绘画艺术领域中，艺术家们对自然的情有独钟理所当然地引起了加拿大文学批评家的注意。"当然，弗莱并不期待加拿大文学以描述本国奇异的自然景观为己

---

[1] Northrop Frye, "Appendix: Canadian Criticism", in *Northrop Frye on Canada*, vol. 12th, eds. Jean O'Grady, David Staines (Toronto: University of Toronto Press, 2003), 673, published in 1991.

任,他希望加拿大的作家能在这种不同的自然环境下创造出人性的普遍认识和体味,或者说是在思想和环境之间产生一种张力,从而使加拿大从文学想象中获得最终的创造力。"① 因此,笔者在本节将重点探讨弗莱对加拿大文学自然主题的看法及其形成原因。

关于自然问题的评论在弗莱的加拿大评论中无处不在,且内容比其他问题相对集中,这也从另一个侧面表现出了弗莱对这一问题的重视程度。关于自然主题的评论主要分布在《加拿大及其诗歌》、《加拿大英语诗歌的叙事传统》(*The Narrative Tradition in English Canadian Poetry*, 1946)、《〈加拿大文学史〉结束语(第一版)》(*Conclusion to the First Edition of Literary History of Canada*, 1976)、《加拿大:一个没有革命的新世界》(*Canada: New World Without Revolution*, 1975)、《加拿大观》(*View of Canada*, 1976)、《缺少幽灵的困扰》(*Haunted by Lack of Ghosts*, 1976)、《加拿大文化中的国家意识》(*National Consciousness in Canadian Culture*, 1976)、《加拿大当今文化》(*Canadian Culture Today*, 1977)、《批评与环境》(*Criticism and Environment*, 1981)、《安大略的文化与社会,1784—1984》(*Culture and Society in Ontario, 1784 – 1984*, 1984)、《在华盛顿新建的加拿大使馆中的发言》(*Speech at the New Canadian Embassy*, 1981)、《附录:加拿大文学评论》(*Appendix: Canadian Criticism*, 1991)等评论文章之中。

一、自然主题的表现形式

人与自然的冲突作为早期北美大陆居民生产生活中最早且最为核心的矛盾问题,在加拿大人心中根深蒂固,始终如一。时至今日,很多文学作品和绘画创作仍然能够反映出加拿大人对自然主题的情有独钟。因此,自加拿大产生文学批评以来,对自然主题的评论同样鳞次栉比,弗莱也不例外地加入到这一讨论之中。但是,不同于早期评论家们一味地褒扬,或20世纪以来批评家们一味地否定,弗莱并不关注加拿大文学中自然元素的正确与否,而更关注这种文学表现以及历史的成因。

弗莱认为,不同于美国文学中作家们对自然的热爱和亲近,加拿大作

---

① 刘海丽:《弗莱文学人类学思想研究》,山东师范大学博士论文,2008年,第51-52页。

家眼中的自然，总是充满了神秘与恐怖的色彩。但是弗莱一直在强调，诗人真正看到尼亚加拉大瀑布或五大湖时并不会获得灵感。"人类从来不直接生活在大自然中，而是生活在文化或文明的观念结构之内……作家不是从自然界或经历中'获得灵感'；自然和经历虽间或提供一些内容，但文学的形式却是从文学本身中发展出来的，只不过他们反映在经历及自然上罢了。"① 观其背后的本质，加拿大文学传统中的本土特征实际上是加拿大土著文明对自然的仪式感和欧洲习俗的碰撞，是土著文明诚实、自力更生等古希腊－罗马人的"万物皆神"的法则与欧洲含蓄文化、等级观念、犹太教和基督教仪式、谜语和民歌、"造物主创世"模式的碰撞，是远古人类与自然共存的智慧与现代规则下人类意志理念的碰撞。因此，在加拿大文学中，真正影响自然主题处理方式的是诗人们在潜意识中认为，但凡选择自然作为诗歌的主题，那毋庸置疑就会与谴责相关。

从加拿大众多关于自然的诗歌中可以看出，加拿大诗人创作的杰出诗句大多都是怀旧、凄切且抒情的，弗莱认为这是因为"怀旧和挽歌式的诗歌是利己主义意识中不可避免的情感反应，特别是在这种缺少神话的环境之中"②。正如道格拉斯·勒潘（Douglas LePan, 1914—1998）著名的诗歌《一个没有神话的国度》（*A Country Without a Mythology*, 1989）中描述的那样：

> 没有遗迹或地标来指引外来者
> 来走入这些野蛮的人群……
> 当他离开时，在天空中或枝丫间并没有任何符号和象征
> 来向他示好，因为谁又
> 会停留在这个有着笨拙的构造，并被涂抹上
> 战争的色彩，充斥着步履蹒跚的血红色神灵的地方呢？

然而，随着加拿大人对自然的持续破坏、对动物的诱捕杀害、对森林

---

① [加] 诺斯罗普·弗莱：《批评与环境》，参见吴持哲编《诺斯罗普·弗莱文论选集》中国社会科学出版社1997年版，第300页（原文发表于1981年）。

② Northrop Frye, "Haunted by Lack of Ghosts", in *Northrop Frye on Canada*, vol. 12th, eds. Jean O'Grady, David Staines (Toronto: University of Toronto Press, 2003), 481, published in 1976.

的肆意砍伐以及对河流的严重污染甚至使其面临干涸,加拿大人早在现代环保运动开始之前,就已经渐渐产生了内疚和不安的心理。这也导致在加拿大文学中出现了一些运用悲剧叙事方式对死去的动物、砍倒的树木等事物进行描绘的作品。弗莱在1987年发表的一篇演讲中这样提到:"就是在最近,出现了一大批的诗人开始感觉到对自然的开采和对其他开采一样,都是不道德和错误的。"[1] 加拿大诗人认识到没有任何人是地球的主人,甚至一些诗人也将19世纪的风光内在化,意识到真正的恐惧并非来自自然,而是人类自身。除此之外,加拿大人在绘画领域的改变也很好地证明了加拿大人的想象力在空间意识上已经发生了重大的改变,即画家们已经跳出"七人派"的单纯风景画创作,趋向于更加国际化的抽象艺术。

加拿大文学作品中,同样是关于自然的主题,却发展出两种相互矛盾的观点。在面对大自然的孤寂和荒芜时,加拿大人不可避免地会产生一种孤独和疏离感。人类置身于这种超自然力的环境下,一定会不由自主地为形单影只和自身力量的渺小而伤感。然而,加拿大文学中又经常会出现不惜以大量笔墨来描写加拿大人面对新大陆、新挑战时产生的积极向上、充满乐观的开拓精神。这两种完全不同的情感并存于加拿大文学的想象力之中,成为加拿大文学处理自然主题的又一亮点。例如,在兰普曼的诗歌《冬将至》(*Winter is Coming*)中:

> 北国外忧郁的幽灵在呼叫,
> 暗影一天天向南移动,
> 残夏的臂发凉,激情不再燃烧,
> 双脚畏缩躲避严酷的冷。
> 这正是凶手的声音和幽影,
> 杀了爱,杀了梦,杀了美好的大地,
> 使你的声音如怨如诉充满哀痛。
> 灰了树林,暗了条条小溪,
> 河水阴沉,漩涡更阴沉,

---

[1] Northrop Frye, "Speech at the New Canadian Embassy, Washington", in *Northrop Frye on Canada*, vol. 12th, eds. Jean O'Grady, David Staines, (Toronto: University of Toronto Press, 2003), 615, published in 1989.

>天苍白，树林一片清冷。
>哦，准备好你的胸和悲哀的唇，
>迎接飞雪冰凉的吻。①

作者在诗中劝说人类与其满怀悲痛、自怨自艾，不如接受这个难以改变的自然规律，服从自然，坦然面对严峻的自然环境。相对于兰普曼自然诗歌的沉重，另一位加拿大联邦诗人布利斯·卡曼（Bliss Carman, 1861—1929）的诗歌就显得乐观和豁达。遇事随遇而安、顺其自然同样也成为加拿大文学中处理自然主题的一种态度。

探讨加拿大文学自然主题的这种两面性的成因实际上也一直是弗莱加拿大文学批评的中心问题。那么，到底是什么原因导致加拿大文学在自然主题上会产生这两种反差如此强烈的处理方式呢？在接下来的两个部分中，笔者将从外来因素以及内部因素入手，探讨弗莱加拿大文学批评中对自然主题影响因素的看法。

二、自然主题形成的外来因素

弗莱在探讨加拿大文学对自然主题的热衷时，坚持认为这种自然观的形成与加拿大的历史进程有着密切的关系。在哥伦布发现新大陆之后，欧洲殖民者始终在寻求可以从大西洋直通往太平洋的快速通道。拥有五大湖流域以及绵长的圣劳伦斯河的加拿大无疑很快沦为欧洲各国竞相争夺的殖民地，而这也间接促成了加拿大皮毛贸易的产生。实际上，正是动物皮毛贸易的兴起使加拿大人对自然的态度产生了深刻的变化。

真正的加拿大现代史应该是从17世纪开始的。当时正值巴洛克风格风靡全欧洲，它对繁复夸饰、富丽堂皇、气势宏大的推崇受到了欧洲人的追捧，而这股"反古典主义"之风逐渐被欧洲移民带到了加拿大，并对加拿大人的自然观产生了深刻的影响。在巴洛克风格盛行的时代，可以说"那并不是个人主义的时代，而是一个相对文明的专制独裁的时代。从某些角度来说它和近东文明的开端非常相似，就像埃及的金字塔和巴比伦的金字型铁塔所共同印证的那样，是人类在统一的强烈社会意愿之下可以做

---

① 逢珍：《加拿大英语诗歌概论》，民族出版社2008年版，第41页。

第一章　探寻加拿大文学的民族特性

的事情"①。因此，人类对自然的态度也和政治上的专政一样，具有攻击性和帝国统治性。那时的统治者认为，人类是完全优越于自然界而独立存在的生物，因此对自然具有绝对的特权和支配权。那时的人类傲慢地认为自然界所有的存在都应该被人类所用，并为人类提供方便。

除了欧洲殖民者带给加拿大的巴洛克式的自然观，宗教的影响也在加拿大自然观的发展过程中起到了不可忽视的作用。在欧洲殖民者侵入加拿大之前，加拿大的文明主要是由不同部落的印第安文明组成的。他们的信仰大多直接来源于自然，他们信奉一切自然的神灵，认为自然界的所有生命都是有神性的；喜欢用自然界的生物作为自己族群的保护神和象征，也就是所谓的图腾。印第安人用图腾来标志部落之间的团结和血缘之间的亲疏，以此来维系社会组织，进而区分各个部落。

而"到了十九世纪末，土著文化大有全部消失，并为基督教、教科书及冶金技术取代之势"②。但欧洲流传过来的基督教与天主教对自然的态度是不同的，欧洲基督教始终坚持上帝是世间万物的主宰，是他们唯一信奉和膜拜的对象。甚至于人类本身也都是上帝创造出来的物种之一，人们生来有罪，只有通过一生不断的自我救赎，才能在死后进入天堂。人类在对自己的罪行忏悔的过程中，无法与上帝直接对话。在基督教的教义里，除了无所不能的上帝，自然界中是不存在神性的，自然也仅仅和人类一样是上帝创作出来的万物之一。

弗莱认为，基督教的这种思想虽然在精神上被视为所有欧洲人的精神食粮，但是"这也有罪恶的一面：这就相当于假设自然并不被上帝或任何潜在危险的精神所保护或占据，它仅仅是为人类的采掘提供方便"③。显而易见，自基督教进入加拿大，自然也就毫无悬念地从高高在上的神坛上跌落下来，沦为为人类发展提供资源的"储备库"。加拿大人对自然的认知也由土著文明中对自然的膜拜转为相信自然是可以加以开发和利用，

---

① Northrop Frye, "Canada: New World Without Revolution", in *Northrop Frye on Canada*, vol. 12th, eds. Jean O'Grady, David Staines (Toronto: University of Toronto Press, 2003), 436, published in 1975.

② [加] 威廉·赫伯特·纽:《加拿大文学史》，吴哲持译，北京大学出版社1994年版，第6页。

③ Northrop Frye, "Canada: New World Without Revolution", in *Northrop Frye on Canada*, vol. 12th, eds. Jean O'Grady, David Staines (Toronto: University of Toronto Press, 2003), 437, published in 1975.

可以随着人类社会科技的不断进步而被征服的。因此，此时的加拿大人对自然的态度延伸到文化层次当然就是对自然的冷漠和无视。弗莱认为法国哲学家笛卡尔那句著名的"我思故我在"正是巴洛克思想在文化领域的典型范例。笛卡尔的思想实际上是将人类的存在从意识中剥离出来，认为意识作为一个存在是完全独立于自然界之外的，即笛卡尔所说的在时空中的纯存在。弗莱认为："我们如今的想象力并不是来自对自然的关注，而是来自我们强加在自然上的那种几何形状。"① 因此，在笛卡尔哲学思想的影响下，在面对自然的时候，人们单纯地认为除了他们自己，自然界所有生物和机械一样是没有生命和疼痛感的，这也就可以解释加拿大早期皮毛生意兴起时人类对于这一行为的态度。人类对貂、海狸以及银狐等生命缺乏基本的同情心，它们都已经不再被称为活生生的生命，而只是可以制作成皮毛衣物的潜在工具而已。

在基督教影响下，加拿大始终保持着反对延续传统的观点。和加拿大自己的文化一样，马萨诸塞州的清教徒与诺里奇的清教徒具有很多共性。诺里奇的清教徒向克伦威尔政府请愿推倒无用和烦琐的大教堂，认为这纯粹是一个迷信遗物。即使是耶稣会的传教士，由于他们对上帝的热忱以及对这份事业的奉献精神，坚持认为印第安人（只要他们是异教徒）是潜意识的自然的一部分，并且认为，只有基督教可以将他们纳入一个完整的人的社会。所以弗莱提出："我们现在开始意识到原本认为对那些所谓'野蛮'文化的摧毁或忽略的正当性实际上恰恰是对自身的轻视。"② 弗莱还通过引用玛格丽特·阿特伍德的小说《浮现》中女主人公的行为对这一言论进行了进一步论证。在书中，主人公想要重新获得代表魁北克原始森林的身份的唯一方式就是摧毁她所拥有的所有文化，或者用女主人公自己的话说，是"所有来自历史的东西都必须摧毁"③。

美国文化实际上是欧陆文化形式照搬过来的，其要求人们对《圣经》

---

① Northrop Frye, "Canada: New World Without Revolution", in *Northrop Frye on Canada*, vol. 12th, eds. Jean O'Grady, David Staines, (Toronto: University of Toronto Press, 2003), 437, published in 1975.

② Northrop Frye, "Canada: New World Without Revolution", in *Northrop Frye on Canada*, vol. 12th, eds. Jean O'Grady, David Staines (Toronto: University of Toronto Press, 2003), 439, published in 1975.

③ Margaret Atwood, *Surfacing* (Toronto: House of Anansi Press Inc. 1972), 176.

中的上帝绝对地崇拜和服从。他们认为在自然界存在一种超自然的或潜在的神性。按照西方的传统来看，人类必须通过一定的社会制度来寻找上帝或理想。自然并没有受到人类的供奉或喜爱，同样也处在被支配的地位。加拿大人一直追求与整个西方保持一致，但其社会的联结并没有像美国那么紧密，人和人之间的联系相对松散且分裂。在这种情况下，自然世界填补了人们精神世界。弗莱认为，加拿大文学，特别是在诗歌中，存在强烈的自然世界侵入文学想象而创造出的冥想冲击感。之所以是侵入，是因为这种冲击感表现得比诗人的其他现实想象更加强烈且不可抗拒。

三、印第安文化的影响

既然加拿大受整个西方文化及宗教观念的影响而对自然大肆掠夺，那又是什么原因造成了如今加拿大文学中的负罪感呢？实际上，还有另外一个因素影响着加拿大文学自然观——本土的藩篱，即印第安文化的影响。

虽然大多数加拿大学者承认印第安文化中所表现出来的高超的艺术特点，但并不是所有人都愿意承认它们是加拿大文学的一部分，甚至是加拿大最早出现的文学形式。然而事实证明，加拿大的主流文学虽然是源于欧洲文明的传入，但以印第安文明为主的土著文明在加拿大文学的发展过程中也起到了不可忽略的重要作用。在弗莱神话-原型视域下的加拿大文学批评，首要的工作就是对加拿大文学最原始神话素材的诉求，而印第安人作为北美最为原始和古老的文明部落以及他们对自然的"泛神论"观点，无一不为弗莱的这一观点提供了大量的素材和可靠的证据。

对于原始文化，弗莱曾经这样评论："原始文化，由于它与魔法有着直接的联系，因而表现为一种直接的想象力，它既是纯真质朴的，又是程序化的，既是自发的，又非常地精确。它清楚无误地表现了西方艺术几百年来不断地更新进化而形成的那个悠久而疲惫的传统如何才能得到复兴，如何才能得到再生。也许原始初民与我们之间的亲缘关系还要深远：人们不是常说吗，如果我们能活下去，我们就将是某种未知文化的原始初民，是那个新思维世纪的穴居野人。"[①] 弗莱认为，印第安文化原始神话的想象力对加拿大文学来说是一种再生，而对盎格鲁-加拿大人来说，与印第

---

① [加] 诺斯罗普·弗莱：《现代百年》，盛宁译，辽宁教育出版社1998年版，第66页。

安文化的融合使他们已经不再是外来者,而是成为真正的土著居民。加拿大诗歌中的原始性就是盎格鲁-加拿大文化与印第安文化相结合的重要标志,这种原始性主要表现在对自然主题的处理。

当人类面对一个充满神秘色彩的自然环境时,通常情况下不会直接描绘自然,而是更倾向于展现自己对自然的情感。在文学上这种情感表现通常就是怀旧或带有些许哀伤。而对死亡的描写又是展现这一主题最贴切的方式之一。弗莱认为在加拿大文学中"死亡是人类和自然沟通的方式之一,死亡也是能够展现真实人类生活中英雄行为的方式之一"[1]。从宗教的角度看,死亡是结束痛苦并重生的开始。而对印第安文化来说,他们将自己既置身于自然之内,坚韧地承担来自自然的痛苦,甚至不惜以牺牲自己为代价。印第安人有一个奇特的传统,即将重病不治或年老体衰的族人放置在荒野之中,以减轻族群的供养负担。被遗弃的老人通常都选择服从和坦然接受死亡。实际上,印第安文化的这种对死亡的态度恰恰印证了弗莱对加拿大文学死亡主题处理上的评论:加拿大文学在自然主题的处理上出现了一个奇特现象,即诗人喜欢用对死亡的服从来展现人们面对自然时的态度,这里面既包括对自然的服从、对环境的服从,也包括对人文环境和文化环境的服从。例如,邓肯·坎贝尔·斯科特的《放逐者》(*The Forsaken*, 1893)中印第安女人为了喂养自己的孩子,不惜用血肉钓鱼;普拉特的《布雷布夫和他的教友们》(*Brebeuf and His Brethren*, 1940)中也有耶稣教会的传教士们为了表现虔诚而集体自杀的描述。这种对死亡的坦然实际上是"一种牺牲气概,在有着恐怖冲突的环境中既能奋斗求生,也能平静地服从死亡,生死提得起,放得下"[2]。诗人弗雷德里克·乔治斯科特(Frederick George Scott, 1861—1994)的诗歌《耶稣受难图》中就有类似的展现加拿大人对宗教服从的描写:

> 我的双手,主啊,必须都刺穿?
> "我伸双手受钉,自觉自愿。"
> 不过主啊,我的脚自然可以不钉?

---

[1] Northrop Frye, "Haunted by Lack of Ghosts", in *Northrop Frye on Canada*, vol. 12th, eds. Jean O'Grady, David Staines (Toronto: University of Toronto Press, 2003), 481, published in 1976.
[2] 逢珍:《加拿大英语诗歌概论》,民族出版社2008年版,第53页。

第一章 探寻加拿大文学的民族特性

"假如我的不钉,天下就不会遍布爱心。"
主啊,我还需要做什么才能尽我职分?
"只需要矛头扎进你破碎的心。"①

诗人这种彻底的服从精神在加拿大文学中多以自然为主题的诗歌显现,并且已经超出了宗教诗歌的范畴,影响到了整个加拿大的国民性格。

第三节 "矛盾"的文学传统

前面的章节提到,弗莱认为,加拿大文学因受到殖民的制约以及自然环境的影响,总是会出现一些从盎格鲁-撒克逊时代继承而来的文学特征。而这种特征对在 20 世纪蓬勃发展的加拿大文学来说,实际上既是一种矛盾性的制约,又成就了其与众不同的发展特色。正因为这种矛盾性,导致加拿大文学至今都无法得到人们的注意和肯定。因此,弗莱对加拿大文学传统这一问题进行了深入探究,试图为加拿大文学的未来发展指明道路,同时也为这种"不合时宜"的文学特征正名。

一、叙事史诗的兴起

叙事史诗,与抒情诗和戏剧并称为西方文学的三个基本文学类型。而叙事史诗是其中历史最为悠久的,源头甚至可以追溯到西方文学发展的初始阶段。叙事史诗是一种十分庄严的文学体裁,通常是描写英雄,或是军事、民族或宗教上的杰出人物,有些甚至是半人半神的。西方文学史上最为著名的史诗莫过于由《伊利亚特》(Iliad)和《奥德赛》(Odyssey)组成的《荷马史诗》(The Homeric Hymns,约公元前 6 世纪)。史诗的语言通常吸取了神话、传说和民间故事等素材,可以说是代表了那些在特定口

---

① 逢珍:《加拿大英语诗歌概论》,民族出版社 2008 年版,第 80 页。

头传统中得到充分发展的、达到较高阶段的语言艺术成就。史诗通常宣扬一种英雄观，英雄们普遍具有神力，在神的引领和帮助下，在关键时刻做出改变历史发展的决定。然而，随着西方文学的不断发展，叙事史诗也逐渐退出文学舞台，文学亦不再只是描写王侯将相或贵族重臣，而被随后衍生的古典主义、浪漫主义、现实主义等文学风格所取代。而史诗作为文学发展过程中最早出现的体裁，也随着时间的发展更多地成为学术研究的对象而非作者们所青睐的文学表达方式。

在弗莱的文学评论中，加拿大文学与世界文学发展轨迹反其道而行的特点之一——叙事史诗的再次兴起，总是不断地被重申和探讨。显然，叙事史诗承载着厚重的文化历史价值，很早之前就已经退出了文学历史舞台，成为文学研究者们研究文学最初发展的历史课本。但弗莱认为，这种早就已经被人们遗忘的文学创作手段在加拿大重新焕发了青春和价值，并在很大程度上成为其文学与众不同的特色之一。

叙事史诗这种特点促成了加拿大自身文学叙事传统的形成。弗莱在1946年的《加拿大英语诗歌的叙事传统》一文中做出了十分详细的论述。他开篇便提出了加拿大文学因为受到上千年的欧洲语言文化的影响而无法改头换面，建立自身的文学传统，但与此同时，又无法忽视欧洲传统文学的影响。也就是说，加拿大文学传统的建立始终处于既无法避免欧洲文学的影响，但又急于独立于欧洲之外的尴尬局面。那么究竟要如何摆脱这种尴尬呢？弗莱进一步阐述，实际上，虽然加拿大的经济发达程度始终都与其他西方国家保持步调一致，但文学却又恪守古欧洲的文学传统。追溯其源头，可能要回到比乔叟还要早的盎格鲁-撒克逊时代。这样原始的文学特征难免会在20世纪的社会生活中显得有些格格不入，正如弗莱所说："这些特征与古英语文学的特征如此相似，却反映了原始与高度文明之间矛盾的紧张状态。"[①] 由于浪漫主义盛行一时，加拿大文学这种仿佛是"历史倒退"的文学特征却恰好成为加拿大与众不同的文学特征。然而，这种文学特征的独特性和"落后性"使得其无法得到当代一些对加拿大文学情况并不了解的批评家们的认同，因而备受诟病，很多人也因此认为加拿大并没有真正的文学。对此，作为加拿大文学的代言人弗莱提出了自

---

① [加]诺斯罗普·弗莱：《寻觅称心的词句》，参见吴持哲编《诺斯罗普·弗莱文论选集》，中国社会科学出版社1997年版，第50页。

己的观点。他认为，加拿大文学虽然发生于浪漫主义时期，但是其内核却充满了古英语时期的保守。也就是说，虽然加拿大诗歌在形式上是抒情的，但其主题却和古英语时期的选择极其相似。这也就造成了在浪漫主义盛行的当下，批评家们很难对加拿大文学进行及时、客观的评价。而弗莱也由此为加拿大文学建立了自身的批评标准，笔者将会在下一章对此进行详细评述。

鉴于加拿大文学的这种与众不同的特征，弗莱总结为：英语文学早期的形式要比19世纪浪漫主义的吟唱和20世纪的形而上学更适合作为加拿大文学的主要体裁。加拿大文学继承了早期英语文学大量使用叙事史诗写作的特点，但是由于英语文学史中并没有一套完整的叙事史诗史传统，这迫使加拿大诗人们通过对神灵的虔诚、对自然的敬畏、对巨大甚至可怕事物的描述等形式来填补自身文学传统中的空白。一个国家的经济和政治的发展也许需要建立在一定的国家凝聚力的基础之上，要集中统一；但是文学并非一定要如此。弗莱认为，加拿大文学的发展甚至是与政治经济的发展模式相悖的，是分散的。因此，加拿大文学实际上是由分散开来的不同地区的神话发展而形成的。这实际上也为叙事史诗吟游式的创作特点提供了土壤。然而值得注意的是，加拿大文学中的古英语特质并非完全的照搬模仿，而是在加拿大作为经济发达的文明国家这一事实的基础上，很好地将现代文明的高度发达和古英语时期的荒芜有机结合。以加拿大联邦时期的著名诗人兰普曼为例，一般文学评论家都会把他看作是"体现了古典风格的生活诗人，尽管理由颇为不同"[1]，但是弗莱认为，"兰普曼实际上具有一种与伟大的加拿大探险者一样能够在孤独中生存的特质"[2]。在他的诗歌《城市的末日》(*The City of the End of Things*，1876) 中所表述出来的人类一味追求工业建设的歇斯底里和盲目，恰恰和古英语中流浪者在颠沛流离中以他的歌谣来换取食物和避难所而产生的无助有异曲同工之妙。此外，普拉特在叙事诗歌上的贡献也让弗莱赞叹不已，他认为其很好地体现了加拿大诗人与叙事史诗的亲密关系，巧妙地运用了一些对巨大恐

---

[1] [加] 威·约·基思：《加拿大英语文学史》，耿力平等译，北京大学出版社2009年版，第45页。

[2] Northrop Frye, "The Narrative Tradition in English Canadian Poetry", in *Northrop Frye on Canada*, vol. 12th, eds. Jean O'Grady, David Staines (Toronto: University of Toronto Press, 2003), 57, published in 1946.

怖之物甚至是怪物的描写,展示了加拿大叙事史诗中的悲剧主题。

此外,弗莱认为,就叙事史诗本身的特点而言,它也存在着两种足以在加拿大文学的土壤中生根发芽的特质:"首先,叙事诗不带诗人个人参与的色彩。如实地表述,不加修饰和渲染,这是处理情节最著成效的手段;而作者就像在民歌、民谣中一样,是人们察觉不到,却作为群体的一员在侃侃道来。其次,叙事诗与悲剧和讽刺性主题之间存在天生的缘分,与经过巧妙安排的喜剧及传奇性小说的模式却比较疏远。与叙事诗中作者个人不参预其事相一致的是,悲剧和讽刺是由诗人的情节来表现,而不有赖于诗的基调或者通过诗人的评论。"[①] 正如弗莱在其神话-原型批评理论中所一再强调的,加拿大文学也正是因为受到田园神话的影响而十分注重以客观叙事及悲怆的方式来写作。叙事史诗的自身特点恰恰完全符合了加拿大诗人的这一需求。

二、文明与蛮荒的共存

加拿大在经历了很长一段时间的原始文明之后,被英法侵略者殖民统治近200年。这种文明进程实际上是许多近代新兴国家建立和成长的必经之路,例如,加拿大的强大邻邦——美国,同样也是经历了印第安文明、殖民文学、美国文学三个阶段才发展为如今欣欣向荣的"大熔炉"文化。然而值得注意的是,美国文学发展到今天,原始印第安人的文学并没有因其年代久远且土生土长而步入美国文坛的主流,而是与后来出现的诸如亚裔文学、犹太文学等移民文学共同组成了美国少数族裔文学。那么,加拿大文学在其发展过程中,面对这个北美大陆最早的统治者、统治时间远远超过英法殖民期的印第安文明,又有着什么态度和处理方式呢?弗莱对于这一问题,阐述了自己的独特见解。他认为:当代加拿大文学的发展实际上均衡地受到两个因素,即文明和蛮荒的影响。一直以来,学术界在概括加拿大文学与美国文学之间的不同时,通常喜欢用"大熔炉"来形容美国文学,即所有文化在进入美国之后都将会受到美国本土的环境影响,或多或少被本土化,进而成为美国文学的一部分;而用"马赛克"来形容

---

① [加]诺斯罗普·弗莱:《〈加拿大文学史〉(1965年首版)的结束语》,参见吴持哲编《诺斯罗普·弗莱文论选集》,中国社会科学出版社1997年版,第279页。

加拿大文学，即认为加拿大文化虽然与美国一样兼容并包地吸收世界各种文明，但是它并不会对其再加工，因而使很多即使在加拿大是非主流的文化都能完整和原汁原味地被保留。因此，作为加拿大最早、历史最为久远的印第安文明也得以保存，并对加拿大文学产生着重要的影响。纵观整个世界，加拿大的几个重要的转型期应该是最为平缓和顺畅的。无论是殖民统治者对印第安人的政策、英国和法国殖民统治权力的交接，还是加拿大作为一个独立主权国家的建立，几乎都选择了和平的方式进行解决。因此，加拿大并没有机会和时间来建立具有鲜明特征的加拿大文学，也缺少一种革故鼎新的改革意识。正如弗莱所说："英语加拿大文学起初只是荒芜的一部分，后来成为北美和大不列颠帝国的一部分，最后才真正成为独立国家。但是由于变革速度的异常迅速，导致无法在其中建立任何写作传统。"① 这种发展方式作用到文学上，也就造就了加拿大文学中文明与蛮荒共存的特征。从某个意义上来说，在大肆强调个性和独特性的当代文坛，加拿大这种兼容并蓄的文学特点也恰恰成为其不可替代的标志。弗莱关于加拿大文学的这一观点相信也是来源于加拿大"马赛克"式的文化特征。他认为，当代加拿大文学具有明显的两面性特质，它不仅能够描写阳春白雪、曲高和寡的高雅艺术，同样也可以记述一些茹毛饮血甚至野蛮血腥的原始生活。

一般情况下，加拿大文学的传统当然源于早期殖民者在加拿大留下的痕迹，即英国文学和法国文学的影响。无论是英语加拿大文学还是魁北克地区的法语加拿大文学，首先在语言上就与欧洲文学产生了密不可分的联系。弗莱也从未否认欧洲文学对加拿大文学的重要影响，并认为大部分加拿大文学作品实际上都是遵循着欧洲经过几千年发展业已完善的文学规范。例如，加拿大诗人查尔斯·海威塞吉（Charles Heavysege，1816—1876）创作的《菲利普伯爵》（*Count Filippo*，1857），就是19世纪文人对詹姆士一世时期的戏剧和意大利文艺复兴时期的文学特点的继承和再创作，而这些同时也为近代加拿大诗人马克思·比尔博姆（Max Beerbohm，1872—1956）创作的《棕色的"萨伏那洛拉"》（"*Savonarola*" *Brown*，1950）提供了模板。弗莱在加拿大文学批评中曾经多次提到过海威塞吉

---

① ［加］诺斯罗普·弗莱：《〈加拿大文学史〉（1965年首版）的结束语》，参见吴持哲编《诺斯罗普·弗莱文论选集》，中国社会科学出版社1997年版，第257页。

的诗歌，认为他的诗歌能够很好地处理诸如将《圣经》主题和中产阶级的道德标准完美结合等欧洲文学的特质，认为其创作作品具有很高的学术价值。从海威塞吉的例子中我们可以看出，加拿大文学从欧洲文学中继承的规范和规则都是建立在欧洲文明几千年发展的基础之上的，是人类文明的典范，其文学形式也是毋庸置疑的精致细腻。

然而，在这里值得注意的是，弗莱所提出的对欧洲文学规范的遵守并非意味着他对那些一味向欧洲文学模仿的初级文学的认可，他同样坚持加拿大文人在创作过程中不能丧失其文学自身的特征的观点。海威塞吉的诗歌之所以受到弗莱的大力赞扬，同样也是建立在他的诗歌在保留加拿大文学特征的基础上，同时很好地恪守了欧洲文学传统。海威塞吉是第一位获得国际认可的盎格鲁－加拿大诗人，他为后来的诸如查尔斯·桑斯特和查尔斯·罗伯特等诗人在国际文坛上的发展奠定了坚实的基础。

除了恪守欧洲文学传统之外，弗莱认为加拿大文学实际上也从最早期的文明——印第安文明中吸取了很多特质并逐渐成为其自身文学发展的重要特质。弗莱认为加拿大一部分人仍旧以恩人自居的态度来对待印第安文明，这对加拿大文学的影响是不明智的。印第安文明从某种程度上来说是加拿大文学的建立者和塑造者。正如上一节所讨论的，叙事史诗在加拿大的兴起，从另一方面也使加拿大文学在主题选择的范围上与当代文学相比有些不同。同样以海威塞吉为例，他的诗歌《耶弗他的女儿》（*Jephthah's Daughter*，1865）讲述了耶弗他的女儿被无法理解的迷信所杀的故事。弗莱认为海威塞吉的诗歌之所以让人印象深刻，是因为他很好地表现了加拿大人对自然的态度，即人类就要像耶弗他一样，毫无保留地为上帝牺牲，以示虔诚，即使包括牺牲自己的女儿，这种人才是真正地处在自然的状态之中。弗莱认为海威塞吉的这首诗歌中有些很重要的思想，即"首先，在一个原始国家中自然对人类和文明价值的无视；其次，在国家的宗教中，上帝通常都已经戴上了自然的面具，人类的祭祀和对身体的残害成为重要的象征仪式"[①]。实际上这种祭祀的残忍和血腥恰恰反映出加拿大文学中隐藏的原始性。包括诗人普拉特诗歌中的英雄主义、女诗人克劳福德

---

① Northrop Frye, "The Narrative Tradition in English Canadian Poetry", in *Northrop Frye on Canada*, vol. 12th, eds. Jean O'Grady, David Staines (Toronto: University of Toronto Press, 2003), 60, published in 1946.

诗歌中的印第安神话都印证了弗莱对加拿大文学中原始蛮荒性的审视。弗莱在其神话－原型批评理论思想形成之后，也关注到了加拿大文学的神话传统。他否认加拿大是没有神话的国度，认为印第安文化的神话故事滋养和培育了加拿大文学的发展，是其文学传统中不可或缺的重要部分。

可以说，弗莱关于加拿大文学中文明与蛮荒共存的观点对加拿大文学未来的发展是十分重要的。这一观点的提出揭示了加拿大文学区别于美国文学以及欧洲文学的独特差异，这是建立在加拿大自身发展的基础之上，符合加拿大文学发展之路的深刻洞见，也在一定程度上引领了随后加拿大文学批评的问题导向。

三、文学中的沟通理论

弗莱关于沟通理论的论述，很大程度上来源于一位名为哈罗德·英尼斯（Harold Innis, 1894—1952）的加拿大学者。哈罗德·英尼斯是一位经济历史学家，且主要研究的是加拿大皮毛贸易以及渔业的发展。弗莱认为早期经济对国外市场的依赖导致了加拿大生活、历史以及想象力都受到了不可磨灭的影响，英尼斯的思想以及他的代表著作如《交流的偏见》（*The Bias of Communication*, 1951）和《交流的历史》（*A History of Communications*, 1952）等都在加拿大的思想界以及文化界起着非常重要的作用。而英尼斯本人也成了加拿大关于沟通理论的地标式人物。

了解加拿大文学的人都会产生这样一个疑问，面对如此复杂且多样的文学特质和传统，加拿大文学是如何让它们和谐有序地生存且发展的呢？弗莱认为这其中很重要的一个因素就是沟通。弗莱在讨论加拿大文学的传统影响时，经常会提到一个让人印象深刻的特点，那就是加拿大人对沟通感（the sense of communication）的重视。他在1952年的"加拿大文学年鉴"中曾经这样评论："如果说加拿大文化中没有那种对距离极度的追求感，即由沟通发展到极度的限制的情绪，那么加拿大则谈不上有什么与众不同的特征。而这种特征毫无例外地都是来源于其自身的地理环境。"[①]实际上当人们了解加拿大独特的地理环境后，就不难理解为什么在加拿大

---

① Northrop Frye, "Letters in Canada: Poetry", in *Northrop Frye on Canada*, vol. 12th, eds. Jean O'Grady, David Staines (Toronto: University of Toronto Press, 2003), 102, published in 1952.

的文学作品中不断出现对沟通问题的探讨。加拿大人的生产生活是会因为沟通问题而受到很多限制和影响的。例如，因为加拿大国土辽阔且人口稀少，所以人和人、省与省之间的沟通实际上关系到整个国家民族个性的形成；由于加拿大属于移民国家，有许多个民族和文化同时在加拿大聚集，因此，各个民族之间文化上的沟通不仅对文学本身，甚至对这个国家来说都是至关重要的。弗莱认为，这表现在文学作品中则是加拿大诗人们把现代科学技术中能够拉近人与人、地区与地区之间距离的通信设备纳入到诗歌创作的内容中来。弗莱曾经在阐述英尼斯的沟通理论时，这样总结能够产生沟通的几种方式："一种简便、易接近且具有实用性的物质媒体，通常来自纸张。另一种是书写的字母系统。第三种是复制的科技能力，如印刷机以及更后来的技术发展的产物。"① 例如，火车、电网、铁路和无线通信设施等。弗莱发现在加拿大文学对自然的描写中，经常会出现一些用来沟通的媒介，例如铁路、火车等。他认为："一个疆域辽阔、人口稀少的国度自然会依赖各种交通工具，不管是独木舟、火车，还是法官、牧师或美国商贩骑马赶车的巡回往返。"②

此外，关于加拿大文学传统中的矛盾因素，弗莱认为，沟通是融合这种矛盾特质的重要手段之一。从英尼斯的理论中我们可以得知，沟通实际上就是在两个对立面中间找到第三方来加以权衡，从而达到三方面的平衡局面。而第三方通常会选择的最基本的方式就是制定双方都必须遵守的法律制度。通常情况下，"法规，经常在会违背法律制定者的初衷之上，包含一些保证争论双方安全利益的内容。法规的这种特质通常会逐渐将其演变成为一种社会联系的理论"③。这种争辩双方可以是商业竞争对手，同样也可以是两种相冲突的文化。在加拿大文学中，原始、落后的盎格鲁－撒克逊文学传统与当今加拿大高度发达的科技以及高速发展的文化都有着

---

① Northrop Frye, "Introduction to *A History of Communications*", in *Northrop Frye on Canada*, vol. 12th, eds. Jean O'Grady, David Staines (Toronto: University of Toronto Press, 2003), 584, published in 1981.

② [加] 诺斯罗普·弗莱：《〈加拿大文学史〉（1965年首版）的结束语》，参见吴持哲编《诺斯罗普·弗莱文论选集》，中国社会科学出版社1997年版，第257页。

③ Northrop Frye, "Introduction to *A History of Communications*", in *Northrop Frye on Canada*, vol. 12th, eds. Jean O'Grady, David Staines (Toronto: University of Toronto Press, 2003), 589, published in 1981.

或多或少的矛盾。

　　实际上在加拿大文学的各个时期，加拿大文人对沟通或者是通信的关注由来已久。例如，加拿大当代著名的小说家休·麦克里南（Hugh MacLennan，1907—1990）曾经撰写过一本叫作《加拿大的七条河》（*Seven Rivers of Canada*，1961）的散文集，作者就是通过对贯穿加拿大的七条主要河流的描绘再现加拿大不同地区的地理、历史、文化思想以及相互之间的关系等。而实际上，书中所描述的七条河流就是加拿大不同地域沟通的媒介之一。

　　综上所述，弗莱在观察加拿大文学的传统时，立足于加拿大文学的基本大环境，认为一向被现代批评家诟病的文明与蛮荒的冲突恰恰是加拿大独一无二的特征所在。弗莱不仅为这种所谓"矛盾""落后"的文学特征正名，而且指出了加拿大文学之所以能够保持这种特点的原因所在。

建构加拿大文学的批评标准

在加拿大文学的历史长河中，从未出现过一位可以与T.S.艾略特或雷纳·韦勒克（René Wellek，1903—1995）比肩的文学批评家。而作为英语文学领域的重要组成部分，加拿大文学同样也没有产生适合自身特点的文学批评理论。加拿大的批评方法都是从欧美国家复制或借鉴而来的。但是不难发现的是，并非根植于加拿大文学自身的批评理论，无法与加拿大文学完美结合进而迸发出新的生命力。这也导致加拿大文学在建立自身传统的道路上困难重重。然而，就像艾略特所指出的那样："每一个国家、每一个民族都不仅有自己的创作习惯，而且还有自己的文学批评的习性。"① 作为加拿大当代最富盛名的文学批评家，弗莱在观察加拿大文学特征的过程中也注意到了这一尴尬问题。在他的学术生涯中，弗莱始终尝试通过自身理论的不断完善，努力建构加拿大文学自身的批评标准，从而让加拿大文学在世界文坛占有一席之地。弗莱认为："在加拿大，批评者们必须建立一个或多或少让人信服的结构，以趋势、学派以及类别为基础，从而才能够让每一个诗人与众不同的天分得以有发挥的空间。"② 由此可见，即使加拿大文学与欧美文学在同一个时期发展，自身却具有独树一帜的文学特点和发展路径，勉强运用欧美文学的批评方法并不能真正挖掘出加拿大文学的特质。正像弗莱所说，只有"加拿大诗歌的质量评析能够帮助加拿大读者在想象力方面更加了解加拿大真实的文学价值观，无论这种价值观是否与其他的价值观相冲突"③，因此建立加拿大文学自身的批评标准迫在眉睫。

弗莱的《批评的剖析》出版之后，其博大精深的理论观点、雄心勃勃的理论视野得到了全世界学者的关注和肯定。弗莱的神话－原型批评理论的提出也意味着统治西方文学批评界近30年的新批评派受到了极大的挑战。而对加拿大文学来说，弗莱凭借其不断提升的国际声誉，为加拿大文学建立了适合自身的批评标准。弗莱杰出理论家和资深加拿大文学批评

---

① ［美］托·斯·艾略特：《传统与个人才能》，参见《艾略特文学论文集》，李赋宁译，百花洲文艺出版社1994年版，第1页。

② Northrop Frye, "Poetry", in *Northrop Frye on Canada*, vol. 12th, eds. Jean O'Grady, David Staines (Toronto: University of Toronto Press, 2003), 284, published in 1958.

③ Northrop Frye, "Preface to an Uncollected Anthology", in *Northrop Frye on Canada*, vol. 12th, eds. Jean O'Grady, David Staines (Toronto: University of Toronto Press, 2003), 255 - 256, published in 1956.

家的双重身份，也使得这一努力有了可信性和可行性。基于此原因，在本章中，笔者试图透过对弗莱神话-原型批评理论的理解，深入探讨这一理论与加拿大文学的关系，及其对加拿大文学产生的深刻作用。弗莱有关加拿大文学批评标准的文章大多散布在各评论文章之中，并没有单独的文章进行系统说明，但大部分都集中在其加拿大文学批评的第一及第二个时期的文章之中，本章将对相关文章进行整理、总结与探讨。

第一节 关于文学传统的讨论

想要讨论弗莱是如何构建加拿大文学传统的，首先就要从探讨文学传统的功用这一话题开始。正如我们之前所说，加拿大文学虽然在20世纪进入成熟稳定的阶段并逐渐与世界文学接轨，但不可否认的是其独特的历史背景让它走出了一条与欧美文学完全不同的道路。那么，肯定文学传统的重要意义，对加拿大文学批评标准建构的意义十分重大。纵观弗莱的加拿大文学批评文章，他也曾经多次提到文学传统的重要作用及其在加拿大诗人创作过程中起到的深远影响。抛开加拿大文学本身，弗莱关于文学传统功用的讨论，实际上也是他宏大理论体系中的重要部分。

一、历史上关于文学传统的讨论

无论是浪漫主义批评家对文学传统的挑战还是20世纪西方评论界有关文学传统的争论，都表明了文学传统的重要意义。在西方文学理论中，对文学传统的讨论始终是批评家们十分热衷的话题。追溯西方文学的源头，人们很容易就会联想到古希腊、罗马乃至中世纪时期那些影响西方文学理论发展至今的名字，如柏拉图（Plato，公元前427—公元前347）、亚里士多德（Aristotle，公元前384—公元前322）、贺拉斯（Horace，公元前65—公元前8）及朗吉弩斯（Longinus，约1世纪）等。他们的观点和著作散发着永恒的生命力，不仅是西方文学批评发展的典籍文献，也是西方文学传统最根本的源头所在。

16世纪初，意大利批评家最先掀起了一股研究古希腊罗马批评的学术热潮，而后经过法国、英国和德国批评家的不断努力，到了17世纪，古典主义文学俨然已经成为当时文学思潮的主流。古典主义者通常从古希腊罗马文学中汲取艺术形式和题材，严格恪守其中的艺术规范和标准。以戏剧创作为例，古典主义者认为，戏剧的创作必须遵循情节、时间、地点的整一，即必须围绕单一的剧情进行，排除一切次要的插曲、在一天中进行、在一个地点进行，也就是所谓戏剧"三一律"。古典主义者恢复了古希腊罗马时期的文学传统，谨守古人的各种清规戒律，富于理性精神的文学主张对后来的西方文学理论产生了深远的影响。

进入18世纪，古典主义的故步自封已经满足不了人们对艺术情感的追求，进而出现了浪漫主义批评思潮。那么文学传统又开始迎接一轮全新的挑战。如果说17世纪古典主义诗人们是在恢复和发扬古希腊罗马时期的文学传统，那么浪漫主义批评的出现则彻底瓦解了古典主义近300年的理论体系。维克多·雨果（Victor Hugo，1802—1885）在他的《〈短曲与民谣集〉序》中就曾经不无尖锐地指出："可以说，自称为古典主义者的作家，就是远离了毫不屈服地追随前人的脚印而发展的，真与美之路，这些作家把艺术的旧法混淆了；他们把车辙当成了道路。这真是谬误。"①浪漫主义诗人在反映客观现实上十分侧重从内心世界出发，抒发对理想世界的热烈追求。显然这与古典主义所恪守的古希腊罗马时期的文学传统大相径庭。

无论是古典主义思潮对文学传统的亦步亦趋，还是浪漫主义对个人情感的追崇，西方文学批评家对于文学传统的讨论从未停止过。他们通过不断吐故纳新和自我反思，不仅推动了西方文学的发展，也在无形中逐渐丰富了文学传统自身的底蕴和扩大其内涵。进入20世纪，西方文学评论者们对于文学传统的评论风向突转，他们开始重新反思文学传统在文学发展中的重要作用，对其意义也纷纷进行了重新审视和评估。例如，著名文学理论家T. S. 艾略特在他的文章《传统与个人才能》（*Tradition and Individual Talent*，1917）中就强调："从来没有任何诗人，或从事任何一门艺术

---

① 杨义、高建平主编：《西方经典文论导读（下卷）》，安徽教育出版社2009年版，第481–482页。

的艺术家,他本人就已具备完整的意义。他的重要性,人们对他的评价,也就是对他和已故诗人和艺术家之间关系的评价。你不可能只就他本身来对他作出估价;你必须把他放在已故的人们当中来进行对照和比较。"①显然,艾略特对文学传统的看法是对浪漫主义的表现理论提出了挑战,他强调诗人的个人才能只有在传统的制约之下才能得以发挥,这就要求诗人自身具有强烈的历史意识,这种历史意识"既不是指那种用社会历史背景来解释一部作品的批评方法,也不是指那种以历史评价来取代审美评价的历史相对主义,而是旨在强调整个文学传统对诗歌创作的巨大制约作用"②。在艾略特的影响下,西方文学评论界对文学传统的意义又产生了全新的认识,并出现了以弗兰克·雷蒙·利维斯(Frank Raymond Leavis, 1895—1978)为代表的文学批评家及其杰出著作《英国诗歌的新方向》(*New Bearings in English Poetry*, 1932),以及《重新评价:英国诗歌的传统与发展》(*Revaluation*: *Tradition and Development in English Poetry*, 1936)等。

二、弗莱关于文学传统的观点

虽然弗莱与艾略特一样,都是在强调文学传统对诗歌创作的巨大制约作用,但与艾略特所要突出的文学传统中的"历史意识"不同的是,弗莱文学传统观点的意义在于他并不是笼统地阐释文学传统,而是强调贯穿于整个文学传统之中的神话-原型对文学所产生的影响。正如王逢振所说:"弗莱同'新批评'一样,相信文学的结构和意象是批评的主要考虑,但他的结构概念却极不相同。他不同意把一部作品孤立起来,而主张把它置于整个文学关系中来看待。"③叶舒宪曾经对《批评的剖析》做出了高度评价,他认为,在当代文学批评领域中"尽管有勃兰兑斯的《19世纪文学主流》那样引人入胜的文学史著作和瑞恰兹的《文学批评理论》那样别开生面的理论著作,但是还没有一部尝试将史的线索同论的逻辑有

---

① [美]托马斯·斯特尔那斯·艾略特:《传统与个人才能》,参见《艾略特文学论文集》,李赋宁译,百花洲文艺出版社1994年版,第3页。
② 杨冬:《文学理论:从柏拉图到德里达》,北京大学出版社2009年版,第215页。
③ 王逢振:《〈批评的解剖〉:弗莱的文学观和批评观》,参见王宁、吴持哲主编《弗莱研究:中国与西方》,中国社会科学出版社1996年版,第168页。

机统一起来的著作。弗莱的《批评的解剖》正是在这个方向上迈进了一大步"①。可以说,弗莱以其开阔的眼界分析了整个西方文学的发展脉络,运用神话-原型这一线索将整个西方文学发展贯穿起来,从而将有关文学传统的讨论提升到了一个新的高度。对于神话-原型如何联结和贯穿整个文学传统,弗莱在书中也给出了明确解释:"象征是可以交流的单位,我给它取名为'原型'(archetype),也即是一种典型的或反复出现的形象。我所说的原型,是指将一首诗与另一首诗联系起来的象征,可用以把我们的文学经验统一并整合起来。而且鉴于原型是可供人们交流的象征,故原型批评所关心的,主要是要把文学视为一种社会现象、一种交流的模式。"② 也就是说,原型将原本孤立的诗歌结合起来,寻找其中的内在联系,由此构建其中约定俗成的文学传统。而远古的宗教仪式、神话和民间传说则是文学最传统化的部分。不难看出,弗莱的神话-原型理念体现了文学传统的制约力量,强调文学批评的发展依赖于对文学本身规律性因素的把握,从而将文学变成一种特殊形态的社会交际。

弗莱在《批评的剖析》的第二部分"伦理批评:象征的理论"中主要就是把象征放入文学中进行系统考察,并重点提出了他对文学传统的看法和理念。他在书中提醒人们:"如果我们不承认把一首诗联系起来的文学意象中的原型的或传统的因素,那么从单一的文学阅读中是不可能得到任何系统性的思想训练的。"③ 即好的文学作品并不是凭空想象,而是在一定框架和规则下,寻求更好的表达。这种规则实际上就是长久以来相沿成习的文学传统,而文学的创作过程其实天然地承载着其行业背后的秩序和规则。因此,"文学虽然具有生活、现实、经验、特质、想象中的真理、社会状况或其它你愿加进去的成分,称之为内容;但是文学本身却并非由这些成分构成。诗歌只能从其它诗歌中产生;小说也只能由其它小说产生;文学塑造着自己,不是由外力能形成的;文学的各种形式同样也不存在于文学之外,就像奏鸣曲、赋格曲及回旋曲不能存在于音乐之外一

---

① 叶舒宪:《导读:神话—原型的理论与实践》,参见叶舒宪编选《神话—原型批评》,陕西师范大学出版总社有限公司2011年版,第12页。
② [加]诺斯罗普·弗莱:《批评的解剖》,百花文艺出版社2006年版,第142页。
③ [加]诺斯罗普·弗莱:《作为原型的象征》,参见叶舒宪编选《神话—原型批评》,陕西师范大学出版总社有限公司2011年版,第156页。

样"①。也就是说，一首诗歌的形成虽然一定会加入作者独特的经验和特殊性，但核心的部分，也是决定这首诗歌好坏的关键，是要看它是否符合诗歌创作的规律和模式。而这个规律和模式就是一部文学作品的形式（form）。关于形式的问题，笔者将在下一个章节进行系统讨论。

弗莱认为，批评家在对一首诗歌进行评价的时候，首先要做的就是要看这首诗歌对文学传统的传承有多少，以及它在形式上传承了哪些传统，因为"这种文学批评的最终目标，不是简单地把一首诗设想成对自然的一次模仿，而是应该考虑自然秩序作为一个整体，如何受到相应的词语秩序的模仿"。正如"丧钟为谁而鸣"引自约翰·邓恩（John Donne，1572—1631）的诗篇《紧急时刻的祷告》（*Devotions upon Emergent Occasions*，1623），"愤怒的葡萄"引自茱莉雅·沃尔得·豪威（Julia Ward Howe，1850—1920）的诗篇《共和国的战歌》（*The Battle Hymn of the Republic*，1861），而"喧嚣与骚动"则引自莎士比亚的悲剧《麦克白》（*Macbeth*，1606）的第五幕第五场，这些例子都说明"一位作家能从程式的公共财富中获得堂而皇之的体面和十分丰富的联想"。② 由此可见，任何文学形式的产生都不可能凌驾于文学传统之上。当诗人经历新生活或新环境的时候，这些新鲜的东西也许会为诗歌创作注入一剂新鲜的血液，但这并不能改变诗歌的根本形式，诗歌的形式只能来源于其他诗歌。通常情况下，诗歌由两个重要部分组成：一是表面上显而易见的诗歌内容和题材，而另一个则是诗歌的形式，即传统结构。诗人在创作诗歌的时候，是通过寻求具有启示意义的意象来完成的。这种诗歌在形式上是原始的、有隐喻的，有些类似于谜语和咒语。

三、文学传统在加拿大文学中的意义

弗莱关于文学传统的观点在他的加拿大文学批评中也有所涉及。弗莱认为自己在评论过程中不仅"对加拿大文化所处的时间及空间的背景获得了一定的认识，更为重要的是，这些评论形成了一组'实地考察'，构成了［他］更为广泛的批评观点的一部分，既修正了一些看法，又加深

---

① ［加］诺斯罗普·弗莱：《批评的解剖》，陈慧等译，百花文艺出版社2006年版，第139页。
② ［加］诺斯罗普·弗莱：《批评的解剖》，陈慧等译，百花文艺出版社2006年版，第140页。

第二章 建构加拿大文学的批评标准

了另一些看法"①。换句话说,弗莱是通过加拿大文学批评为神话-原型批评理论做了一番田野调查,不仅论证了其理论的正确性,也为加拿大文学研究开辟了一个新的视野,同时为其批评标准的建构做出了重要贡献。在加拿大文学批评的文章中,弗莱始终认为,加拿大与欧洲宗主国之间的文化传承早已变得微乎其微。加拿大诗歌在经历了几个时期的转型之后,已经逐渐形成了自身的文学传统。既然文学无法生存于文学之外,那么,加拿大诗歌的形式同样也只能扎根于加拿大传统之中,即在加拿大神话的原型中得以形成。基于这样的理论观点,弗莱在评述时也着重突出了加拿大文学传统的重要性。在与卡尔·克林克(Carl F. Klinck,1908—1990)合作编撰的《加拿大文学史》(*Literary History of Canada*,1956/1976)中,弗莱很清晰地以加拿大的文学传统为标准,将加拿大文学史分为"新大陆的发现""传统的移植""传统的出现"以及"传统的实现"四个部分,肯定了文学传统在文学史中的决定性地位。弗莱在1946年发表的《加拿大英语诗歌的叙事传统》一文中对加拿大文学的诗歌传统做出了更为详细的论述。他开篇便提出了虽然加拿大学者大多急于为加拿大文学寻找并确定文化传统,但加拿大文学的实际情况是极其复杂的,因为上千年的欧洲语言文化的影响很难让加拿大文学轻易改头换面。但与此同时,弗莱又提醒加拿大学者,在加拿大文学的发展过程中,早期殖民者所带来的古欧洲文学传统对它所产生的影响是不容忽视的。

由于长久以来的闭塞和对欧美文学的依附,虽然加拿大的经济发达程度已经能够与西方国家保持一致步调,但文学却始终恪守古欧洲的传统。追溯其特征源头,可能要回到比乔叟还要早的盎格鲁-撒克逊时代。这样原始的文学特征难免会在20世纪的文学舞台中显得有些格格不入,正如弗莱所说:"这些特征与古英语文学的特征如此相似,却反映了原始与高度文明之间矛盾的紧张状态。"② 由于浪漫主义盛行一时,加拿大文学这种仿佛是"历史倒退"的文学特征因无法得到20世纪批评家们的认同而备受诟病,因此,弗莱此时对加拿大文学批评标准的建构就显得意义更加

---

① [加]诺斯罗普·弗莱:《环境与批评》,参见吴持哲编《诺斯罗普·弗莱文论选集》,中国社会科学出版社1997年版,第291页。
② [加]诺斯罗普·弗莱:《寻觅称心的词句》,参见吴持哲编《诺斯罗普·弗莱文论选集》,中国社会科学出版社1997年版,第50页。

重大。弗莱认为:"对加拿大现今和未来的作家来说,对拜读这些作家作品的读者来说,加拿大文学中至关重要的东西,除了每部具体作品中独到的长处外,就要算是如何继承整个文学事业的遗产问题了。"① 由于加拿大文学特殊的成长背景,英语文学早期的形式要比19世纪浪漫主义的吟唱和20世纪的形而上学更适合加拿大文学的主题。而这种特征的表现形式便是大量使用叙事性诗歌写作,其中最显著的则是弗莱经常提到的诗人普拉特了。加拿大的罗伯特·克鲁齐(Robert Kroetsch,1927—2011)曾经这样评价:"诺斯罗普·弗莱的著作是对伟大的加拿大史诗持之以恒的评论,我们没有这部史诗的文本,但弗莱通过对它的详尽阐释使其意图、构思和成就无处不在……通过这种铭刻,通过不在场显现预言诗的在场,通过在其评论中提示出被否认的或至少被掩盖的故事,弗莱成为我们所没有的那部史诗的表达者。在其批评文集中,他揭示出那首不为我们所知的诗的诗魂。在讨论这首诗的过程中,他成了我们的史诗诗人。"② 但是由于英语文学史中并没有一套完整的叙事诗传统,这迫使加拿大诗人通过对神灵的虔诚、对自然的敬畏、对巨大甚至可怕事物的描述等形式来填补自身文学传统中的空白。当然,弗莱也并不是要加拿大文学墨守成规,因循守旧而不求改进。他认为加拿大文学的传统应该在结合自身特点的基础上,与现代主义思潮有机结合,因为"加拿大诗人对加拿大的印象已由一个人们共同直面自然的先驱性国家发展到一个定居的、文明的,在国际秩序下并开始考虑社会和精神问题的现代性国家。这一趋势不仅会发生在当下,也会毫无疑问地持续到未来继续发展的可能性;只是希望诗人将会以传统的叙事方式来维持他们这一兴趣"③。面对千头万绪、盘根错节的加拿大文学传统成因,加拿大身份问题也一再遭遇挑战和危机,弗莱对加拿大文学传统的诉求,无疑也从侧面帮助加拿大恰到好处地解决了这一难题。"所以归根到底,作家需要传统,尤其当他所面对的境况太过新奇以

---

① [加]诺斯罗普·弗莱:《〈加拿大文学史〉(1965年首版)的结束语》,参见吴持哲编《诺斯罗普·弗莱文论选集》,中国社会科学出版社1997年版,第289页。

② Robert Kroetsch, "Learning the Hero from Northrop Frye", in *Essays Selected and New*, ed. Kroetsch R (Toronto: Oxford University Press, 1898), 161.

③ Northrop Frye, "The Narrative Tradition in English Canadian Poetry", in *Northrop Frye on Canada*, vol. 12th, eds. Jean O'Grady, David Staines, (Toronto: University of Toronto Press, 2003), 63, published in 1946.

至于对其身份构成威胁时，传统就显得尤为必要。"①

此外，当批评者们在寻找加拿大文学的传统、诗歌的特质，阐释诗人对特殊环境的反应时，他们在寻找的实际上是神话的特质，即前文所说的弗莱神话－原型批评理论中的原型部分。既然加拿大早已中断了与欧洲文学的联系，那么加拿大的神话要从何而来呢？因此，我们首先要弄清楚的是什么是神话。"弗莱所理解的神话（Myth），实际上是故事、情节或者叙事，在人类社会抽象思维尚未形成之前，文化只有故事的形态，而最早的故事即是关于神祇的故事。"② 因此，弗莱认为在加拿大，19世纪的浪漫诗歌传统具有一定代表性，因为那时的诗人在不知不觉中与印第安人的文化鸿沟间建起了一座桥梁。印第安人源远流长且包罗万象的神话传说正是加拿大诗歌发展的重要源头，并逐渐被加拿大诗人加以运用。比如，《希帕斯诗集》（*Sepass Pomes*，1955）中所运用的创世纪故事和太阳神形象等都属于印第安人神话的一部分。著名加拿大诗人伊莎贝拉·克劳福德（Isabella Crawford，1850—1887）的长诗《马尔克姆的凯蒂》（*Malcolm's Katie*，1987）是加拿大神话诗歌的典范。因对神话的成功书写，她被詹姆斯·里尼（James Reaney，1926—2009）誉为思想深刻的神话时代的诗人，"因为她书写的是'整个关于印第安人生活方方面面的神话，她没有时间和心思去考虑怎样把诗写的真实可信，而把诗写得可信只是些低俗层面上（即现实）的东西'"③。然而值得注意的是，弗莱在追溯加拿大文学传统的过程中，真正关心的并非神话塑造诗歌的原则，而是每一个诗人自身具有的某种独特的想象力结构，这就像每个人的字迹一样是无可替代的。通过对自身想象力的不断建构，诗人就会创造出以神话结构为中心的诗歌来。而这些诗歌才是真正意义上的神话诗歌，也就是批评家们想要了解的作品想象力的关键。由此可见，文学传统的功用一方面要求诗人在传统构架内部进行创作，从而建立诗歌自身意义；另一方面要求诗人围绕核心结构，进行自我调节和自我更新，从而保持诗歌创作的流动性和传承

---

① 毛刚、钟莉婷：《弗莱论加拿大文学的发生发展》，载《兰州大学学报（社会科学版）》2011年第5期，第80页。
② 韩静、冯建文：《加拿大高校人文教育思维之拓展：从原型批评理论在美国文学作品中的再现和再生说起》，载《求索》2008年第7期，第167页。
③ ［加］威·约·基思：《加拿大英语文学史》，耿力平译，北京大学出版社2009年版，第39页。

性。应用到加拿大文学的发展中，就是要求每个加拿大诗人根据自己的文化背景对加拿大诗歌加以应用，创作出既能传承加拿大文学传统，又不失时代性与先锋性的诗歌。

第二节　文学形式的意义

"形式在西方文化中具有根本性的意义，因为它是进一步的具体化，是科学明晰性的产物。形式，即是客观规律的明晰表现，又是人对客观规律的认识把握，形式使杂乱的现象取得秩序，使原始的资料获得新质，使神秘模糊的内容呈现理性，使混沌的自然为人理解，形式是人在与自然的斗争中发展自己的自我确证，是客观规律和主观目的性的统一，是人的实践力量在具体历史阶段的体现。"① 西方文学批评在经历了"模仿"理论、"再现"理论、"表现"理论三次递进过程后，研究的重点也慢慢地由审美客观转向审美主体，即由对历史背景和外部环境的研究转向对文学自身价值的研究。20世纪英美新批评学派的出现就是这一变化的重要标志之一。文学形式的重要意义也由此吸引了文学批评家们的注意力，得到了极大的肯定和高度的重视，成为他们讨论的热点话题之一。弗莱关于形式的观点同样在其加拿大文学批评中显得极其鲜明。本小节试图讨论文学形式的发展脉络，发掘弗莱文学形式观点的理论来源及其对加拿大文学发展的现实意义。

一、文学形式的历史发展

对文学形式的解读，同样也能追溯到古希腊罗马时代。"最早是以毕达哥拉斯为代表的自然美学意义上的'数理形式'，继其后是柏拉图提出来的作为精神范型的'理式'（Form），然后是亚里斯多德的'质料与形

---

① 张法：《中西美学与文化精神》，北京大学出版社1994年版，第25页。

式',最后是罗马时代出现的'合理与合式'。"① 西方文学批评在后来几千年的发展过程中,关于形式的观点,也多半受这四种基本思想的影响和启发。例如,黑格尔的"内容与形式"就直接继承了贺拉斯"合理与合式"的思想,并逐渐发展成为黑格尔美学思想的重要基础。然而,在进入20世纪之前,西方文学批评领域却一直忽略了文学形式的重要性,更倾向于从外部研究入手,通过探讨文学与社会、文学与历史等的关系来探索文学的意义。一直到1915年,俄国文坛上出现了一股新型的、名为"俄国形式主义"的文学批评思潮,才真正开始了对形式的深入解读。俄国形式主义学者大部分是来自莫斯科大学和彼得堡大学的教授和学生,他们主张文学研究的主题应该是文学性,认为艺术内容不能脱离艺术形式而存在,并通过"陌生化"概念的提出,重新塑造对文学研究对象认知的难度和广度,从而拉长审美欣赏的时间,延长审美过程,并为读者创造出新鲜的审美快感。相对于传统文学机械地将文学分成内容和形式两部分,并坚守内容决定形式、形式反作用于内容的看法,俄国形式主义理论家日尔蒙斯基则反驳道:"艺术中任何一种新内容都不可避免地表现为形式,因为,在艺术中不存在没有得到形式体现即没有给自己找到表达方式的内容。同理,任何形式上的变化都已是新内容的发掘,因而,既然根据定义来理解,形式是一定内容的表达程序,那么空洞的形式是不可思议的,所以,这种划分的约定性使之变得苍白无力,而无法弄清楚形式因素在艺术作品的艺术结构中的特性。"② 到了20世纪二三十年代,在英国发起并于美国蔚成大势的新批评学派又将文学形式的重要性推向了新的高峰。新批评派强调文学本体论,认为文学作品作为一个完整且内涵丰富的艺术客体,是一个独立于其他因素之外的世界,文学作品本身就应该是文学活动的本源,因此,从文学作品本身出发来阐释文学的特征成为新批评学派的核心理念。作为文学作品最基本的元素,形式毋庸置疑地也成为新批评派学者最为关注的研究对象之一。

赵宪章曾经这样总结20世纪西方文学评论界关于形式含义的观点:

---

① 赵宪章:《形式美学与文学形式研究》,载《中南大学学报(社会科学版)》2005年第4期,第162页。
② [俄]维克托·日尔蒙斯基等:《诗学的任务》,参见《俄国形式主义文论选》,方珊译,生活·读书·新知三联书店1989年版,第211–212页。

"形式概念呈现出多元意义。首先是俄国形式主义将形式规定为文学之所以是文学的'文学性',然后是英美新批评将'文本形式'看作文学的本体存在,法国结构主义和叙事学则从'结构'和叙事模式的角度阐发文学形式。还有完形心理学美学的'格式塔'(Gestalt)、荣格和弗莱等人的'原型'(Form),以及卡西尔的'符号'(Symbol)等,都是形式概念在20世纪的变异和新生。"[①] 由此可见,弗莱对形式的看法多半是在俄国形式主义和新批评派的基础上发展出来的,具有一定的时代性和先进性。

二、弗莱对文学形式的解读

弗莱在《批评的剖析》中同样对文学形式阐发了个人的解读。学界通常认为弗莱的神话-原型批评理论中具有较为浓厚的形式主义色彩,正如英国马克思主义批评家伊格尔顿所说,弗莱的神话-原型批评理论良好地"保持新批评的形式主义爱好"[②]。然而,不同于新批评学派对艺术形式孤立和断层的理解,弗莱更看重文学形式的内在传统,看重从古至今文学形式的发展模式。而实际上,弗莱就是在其神话-原型批评理论视域下,对文学形式进行了深入考察,从而观测文学史上文学类型演变的轮廓,其中包括神话、浪漫传奇、高级模仿、低级模仿和反讽五种模式。此外,弗莱认为:"节奏或反复运动都是深深扎根于大自然的循环之中,而自然界中任何在我们想来与艺术品相似的东西,如花朵或鸟儿歌唱,都是从有机体与其环境尤其太阳年的节奏之间的充分一致中发展起来的。"[③]因此,弗莱将自然界的循环,春、夏、秋、冬分别对应为文学叙事结构的四种类型,即喜剧、浪漫故事、悲剧以及反讽和讽刺。弗莱运用这四种动态的文学演变总结了西方文学发展的大体脉络,认为文学演变循环的过程是以原型作为最基本的叙事结构,运用象征、反讽、隐喻等手法不断发展

---

① 赵宪章:《形式美学与文学形式研究》,载《中南大学学报(社会科学版)》2005年第4期,第163页。
② [英]特里·伊格尔顿:《当代西方文学理论》,王逢振译,北京大学出版社1988年版,第135页。
③ [加]诺斯罗普·弗莱:《文学的原型》,参见吴持哲编《诺斯罗普·弗莱文论选集》,中国社会科学出版社1997年版,第88页。

的结果,是对四季循环和昼夜轮回的形式模仿,继而形成了稳定的文学类型。这表明,弗莱对形式的理解是建立在掌握文学与神话、仪式等文化形态在形式上的异曲同工之处的基础之上的,即他试图从文学史的角度,在形式上对文学进行系统把握和研究。

在之前我们已经提到,弗莱曾多次指出诗人继承和发扬文学传统的重要意义,而实际上弗莱想要诗人们在传统中继承的就是文学传统的形式,即在文学史的长河中,由无数前人叠加起来的复杂多变的形式。当代一些评论家在评论一部作品的过程中,经常会选用这样的言语来赞扬作者:"该诗人(画家)能够深入生活,真正做到了艺术源于生活,而又高于生活的理想境界",而这些观点在弗莱看来完全是只见树木不见森林的错误论调。弗莱曾多次强调,"文学虽然具有生活、现实、经验、特质、想象中的真理、社会状况或其它你愿加进去的成分,称之为内容;但是文学本身却并非由这些成分构成。诗歌只能从其它诗歌中产生;小说也只能由其它小说产生;文学塑造着自己,不是由外力能形成的;文学的各种形式同样也不存在于文学之外,就像奏鸣曲、赋格曲及回旋曲不能存在于音乐之外一样。"① 诗人在创作诗歌的时候,应该做到真正走入文学本身,了解文学的形式,而不仅仅是盲人摸象般地单纯侧重其中的某一方面。由此可见,文学在弗莱看来始终是独立的个体,并不依附于任何外在的因素。一部好的文学作品的真正意义就在于要避免作者的个人局限性,将文学放置于整个文学历史中加以考虑。作者的职能只是文学艺术上的表达,并不能代表作品中真正的意义和特征。但是弗莱并不是完全否认了生活对于艺术的意义。他认为,生活是文学形式中的一个组成部分,已经被文学纳入自身范畴之中,诗人要做的便是将生活看作文学中众多形式的一种,清楚自身面对的并非单一的生活,而是文学史中形形色色的文学形式,当然也包括生活在内。"总体释义的批评观导致如下的这种文学观,即认为文学存在于自身的天地之中,但不再是对生活或现实的评论,而是将生活和现实纳入一种词语关系的体系中。从这种观点考虑,批评家就不再把文学看成一个小小的艺术殿堂,由里往外观望一个大得难以想象的'生活'海洋。对于批评家说来,'生活'已变成文学的苗圃,里面有大量的潜在文学形

---

① [加] 诺斯罗普·弗莱:《批评的解剖》,陈慧等译,百花文艺出版社2006年版,第139页。

式,其中仅有少数能成长为文学天地中的林木。"①

三、加拿大文学批评中的文学形式

弗莱关于艺术形式的观点同样也很好地运用在加拿大文学批评之中。正如我们之前所指出的那样,弗莱虽然承认生活给予诗人影响,也同意诗人在他/她的写作生涯中会遇到各式各样的人和事物,给予他/她一些创作上的灵感以及在诗歌中的新鲜内容,但是弗莱也多次明确说明,这些诗人个人的经验和生活并不能替代诗歌创作中最重要的因素——艺术形式。在加拿大文学中,诗人的想象力通常是原始且简单的,因此,他们通常会需要从浪漫主义的传统中来汲取形式的源泉。弗莱认为这样的诗歌才是加拿大诗人们应该积极效仿的对象。"在加拿大诗人中,最经常看到的解决形式问题的方式就是一些旁征博引的诙谐改编诗文。这些诗人坚持通过改编而不是简单的讽刺来进行创作,即使有时改编会产生一些可笑的弦外之音。"② 实际上这样的例子在加拿大文坛有很多,例如,加拿大诗人查尔斯·麦尔(Charles Mair, 1838—1927)的诗歌《冬天》(*Winter*, 1897)中就明显地带有莎士比亚诗歌的痕迹;而威廉·德拉蒙德(William Henry Drummond, 1854—1907)最优秀的诗歌之一《遇难的朱莉·普兰特》(*The Wreck of the "Julie Plante"*, 1879)也是一首让人称赞的模仿叙事歌谣的诗歌,诗人运用一以贯之的叙事、说教的结束语以及渐增反复的修辞等多种形式达到了很好的模仿效果。

通常情况下,人们会认为加拿大的诗人应该撰写一些和加拿大有关的或表现加拿大特征的诗歌,然而弗莱却认为,如果文学的发展仅仅是寻找本国的特征,那么文学将一定会面临枯竭的一天。"一个国家文学的特点并不是诗人们寻找出来的,而是创作出来的。"③ 而那些重视一个国家文学特点的人,也一定不会是一个本土人。因此,但凡总是寻求加拿大特征的

---

① [加]诺斯罗普·弗莱:《批评的解剖》,陈慧等译,百花文艺出版社 2006 年版,第 175 页。
② Northrop Frye, "Preface to an Uncollected Anthology", in *Northrop Frye on Canada*, vol. 12th, eds. Jean O'Grady, David Staines (Toronto: University of Toronto Press, 2003), 267, published in 1956.
③ Northrop Frye, "Culture and the National Will", in *Northrop Frye on Canada*, vol. 12th, eds. Jean O'Grady, David Staines (Toronto: University of Toronto Press, 2003), 275, published in 1957.

诗人，都并非真正的加拿大诗人，他可能是一个想象力上的外来者，他的作品也仅能被看作是旅游随感。那么，什么才是支撑一个国家文学永不衰落的因素呢？弗莱认为，形式和技巧才是诗人们永不衰竭的文学源泉，因为形式是无法在文学之外存活的，一个诗人只有依赖形式，依赖他从阅读中所吸取的养料，才能长久地从事文学创作事业，个人经验和感觉是靠不住的。

在当今文坛，我们经常会遇到一些只能够创作一部作品，之后就销声匿迹的作家。这些人虽然能够凭借自身现有的知识和观察促成第一部小说，然而，他的文学创作之路却很难再继续延伸下去。这是因为他在行文的过程中仅仅关心如何描述，而忘记了隐喻、象征、反讽等真正属于文学的修辞手法和形式。因此，弗莱认为真正出色的加拿大作家应该避免单纯的描写式写作，不断地去追溯和创新文学灵感的真正源头。"一百年前，加拿大是一个比现在更加年轻且缺少经验的国家，因此批评家们预言新的《伊利亚特》和英雄的传说将会从原始森林中显现出来。但是诗人们创作出来的诗歌却隐约透着汤姆·摩尔和些许班扬以及华兹华斯的特质。这是因为他们的经验是从阅读中吸取的。这就是为什么加拿大文学的最终标准一定会是世界性的。加拿大诗人所书写的形式都是由整个文学建立起来的，其中主要包括不列颠帝国以及美国的英语作品。"① 由此可见，弗莱将坚持在文学中追溯新的艺术形式看作是建立加拿大文学批评标准的重要因素之一，认为只要对文学形式持之以恒地追求，加拿大文学就一定会摆脱在世界文学强国边缘徘徊的尴尬局面。

此外，弗莱发现，在加拿大，一些年轻的学者和批评家们因为长期受到浪漫主义思潮的深刻影响，仍旧认为好的作品是强烈情感的自然流露，坚持一切伟大的文学想象力都是强烈情感的产物。而加拿大之所以一直没有出现伟大的文学作品，就是因为加拿大人自身过于守旧、理智、单调而且缺乏情趣，很难产生十分强烈的情感波动从而推动伟大文学作品的产生。弗莱对于这种观点给予了无情的抨击。他指出，真正杰出的作家并不是根据自身经历而进行写作的，强烈的情感波动和丰富的生活经验并不是文学创作的必需品。实际上，经常创作悲剧的作家并不代表每天都生活在

---

① Northrop Frye, "Culture and the National Will", in *Northrop Frye on Canada*, vol. 12th, eds. Jean O'Grady, David Staines (Toronto: University of Toronto Press, 2003), 276, published in 1957.

悲剧之中，而喜剧作家也不一定每天都是喜笑颜开的；相反，有许多经久不衰的文学作品是在作家完全自我封闭的情况下创作出来的，最著名的例子莫过于《人间喜剧》的作者、法国文豪奥诺雷·德·巴尔扎克（Honoré de Balzac，1799—1850）了。当然，弗莱在这里所强调的艺术形式，既不是新批评学派所关注的作品中每一个暗示、联想或上下文语境的形式特征，也并不要求诗人仅仅遵循诗歌技巧或约定俗成的惯例。他想要说明的是，每首诗歌的形式都来源于诗歌本身的创作原则，而诗歌原则中最重要的形式就是比喻，即把 A 比作 B。而追溯最纯粹、最原始的比喻，也就是文学史中最早的文学现象即神话-原型。在接下来的小节中，笔者将对弗莱的神话-原型批评理论进行深入探讨，从而进一步揭示弗莱关于艺术形式的思想观念。

第三节　神话诗歌的书写原则

既然我们已经肯定了弗莱在强调文学传统功用方面所做出的努力，也发掘出弗莱对艺术形式在文学创作中的作用的肯定，那么本小节将主要讨论弗莱是如何运用其神话-原型批评理论来构建加拿大文学书写原则的。实际上，无论是文学传统还是文学形式，弗莱归根结底都是在阐释神话-原型在文学中的重要意义。神话-原型批评理论随着《批评的剖析》的出版无疑成了贴在弗莱身上的重要标签之一。而弗莱气势磅礴的理论观点也的确是以神话-原型批评理论为最初起点得以延伸和发展的。然而不得不承认的是，神话-原型批评理论并非弗莱首创，弗莱的思想不可避免地受到了前人的启发和影响。因此，想要探讨弗莱的神话-原型批评理论的重要意义以及其对加拿大文学的深刻影响，首先就要梳理和总结"神话"与"原型"理论的历史演变。

一、"神话"与"原型"理论的历史演变

神话是对人类原始时期所发生的事件或故事的叙述。不同于古代的传说或民间故事，神话可以说是一切文学和文化的最初源头，是人类不可或缺的精神本源。而"神话理论和神话本身一样古老，其出现至少可以追溯到苏格拉底时期。然而，只是到了现代，特别是19世纪下半叶以来，神话理论才仿佛具有了科学的形态"①。随着现代艺术不同门类的相互影响和交叉渗透，现代神话学在人文学科中也日益引人注目，成为一门国际性的综合学科。通常情况下，神话学与哲学、宗教学、社会学、人类学、民族学、民俗学、文艺学、语言学、心理学等学科产生互动，从而获取研究模式和方法。追溯神话学的理论渊源，还是要从20世纪之后以弗雷泽（James George Frazer，1854—1941）为代表的剑桥学派的人类学研究者们开始说起。弗雷泽在他的代表作《金枝》（*The Golden Bough*，1890）中展示了神话与巫术仪式的密切关系，"《金枝》在理论上的建树是确立了交感巫术原理，从而为理解诸多早期文化现象提供了一把钥匙"②，并由此将神话带入了文学批评领域，奠定了从神话和仪式的角度来研究文学的基础。

与神话理论相比，"原型"一词的最初形成则更具学术色彩。它最初来自希腊文的"archetypos"，是由柏拉图首次提出并使用的。荣格在他的"集体无意识"学说中，进一步从分析心理学角度将原始意象或原型看作是存在于人类潜意识中的心理因素。他的这种观点无疑是将原型的存在提升为艺术和文学的基本创作主题，"原型"一词也由此成为后来文艺学中的重要术语。除此之外，德国哲学家卡西尔（Gary Cahill，1874—1945）在他的巨著《符号形式哲学：神话思维》（*The Philosophy of Symbolic Forms: Mythical Thought*，1932—1929）中也谈论了神话与哲学之间的联系，"认为神话既不是虚构的谎言，也不是任意的幻想，而是人类在达到

---

① [英]罗伯特·A. 西格尔：《神话理论》，刘象愚译，外语教学与研究出版社2008年版，第165页。
② 叶舒宪：《导读：神话—原型批评的理论与实践》，参见叶舒宪编选《神话—原型批评》，陕西师范大学出版总社有限公司2011年版，第3页。

理论思维之前的一种普遍的认识世界、解释世界的思维方式。这种思维方式给原始人带来一种神话的世界观，他有自身的特点和规律"①。

经历了与多种学科的融会贯通，神话-原型批评理论在文学批评家笔下就成了一个具有多种涵义的术语。弗莱的《批评的剖析》更是将神话和原型二者有机结合起来，被学界公认为神话-原型批评理论集大成之作。弗莱曾经这样定义神话与原型之间的关系："神话是主要的激励力量，它赋予仪式以原型意义，又赋予神谕以叙事的原型。因而神话就是原型，不过为方便起见，当涉及叙事时我们叫它神话，而在谈及含义时便改称为原型。"② 因此，通过弗莱对神话与原型的深刻阐发，"神话一词就彻底摆脱了原始的语义结构原则……使他们［即批评家们］能够把自古及今的文学现象看成一个自身完整的有机整体"③，而"原型"一词较最初的概念则加入了更多的符号性、历史性和社会性。

二、弗莱的神话-原型批评理论

弗莱的神话-原型批评理论是在威廉·布莱克研究的基础上形成的，因此带有强烈的宗教色彩。《批评的剖析》由四篇文章加上一个前言以及一个结论构成，分别通过历史演变、意义和叙事、原型理论、修辞等方法和角度来剖析文学，阐释神话-原型思想，并力图从宏观角度把握整个世界的文学现象。

弗莱在书中的第一部分"历史批评：模式的理论"中首先将所有文学作品分为两大类：虚构类和主题类。而后又以虚构类文学作品为例，将其分为五个基本模式，依次是神话、浪漫传奇、高级模仿、低级模仿和反讽。弗莱认为，无论是虚构类还是主题类的文学作品，都将在这五个模式中循环出现。第二部分是"伦理的批评：象征的理论"。弗莱在这一部分中又将象征看作是文学艺术的重要组成部分，并认为所有文学作品会分别

---

① 叶舒宪：《导读：神话—原型批评的理论与实践》，参见叶舒宪编选《神话—原型批评》，陕西师范大学出版总社有限公司2011年版，第6页。
② ［加］诺斯罗普·弗莱：《文学的原型》，参见吴持哲编《诺斯罗普·弗莱文论选集》，中国社会科学出版社1997年版，第89页。
③ 叶舒宪：《导读：神话—原型批评的理论与实践》，参见叶舒宪编选《神话—原型批评》，陕西师范大学出版总社有限公司2011年版，第9页。

产生五种层次的意义和叙述,依次为文字层次、描述层次、形式层次、神话层次和总释层次。"在这里,弗莱的眼界之宽阔表现在他力图多角度、多方位、多关系、多层面地来考察文学现象,努力摆脱'新批评'只见树木不见森林的小家子气。"① 在第三部分"原型批评:深化的理论"中集合了弗莱神话-原型批评理论中的精华部分。如果说第一、第二部分是在为神话-原型批评理论夯实基础的话,那么这一部分的评论则系统地将神话与原型有机结合,阐述了如何在神话视域下进行原型批评及建立批评的主要原则和标准。文章主要分为两部分进行阐述:一是原型的意义,二是原型的叙事结构。第四部分名为"修辞批评:体裁的理论",顾名思义,弗莱在这一部分主要从修辞角度分析文学作品的各种体裁。

弗莱通过剥茧抽丝、旁征博引的分析,将神话-原型批评理论推向了极致,几乎成为文学批评中的一个万能词汇。他认为,神话"不仅是一种文学体裁,而是所有的文学体裁都来源于神话——具体的说,是来源于英雄生平神话"②。文学作为一个整体,根植于原始文化,最早的文学形式也必须从远古的宗教仪式、神话和民间传说中寻找其真正的源头所在。"在太阳的日夜运转、一年的四季更迭以及人生的有机循环之中,都存在着意义深远的单一模式,神话便是根据这一模式构思一个关于某个人物形象的主要故事,这个人物部分是太阳,部分是作物的生产,部分又是神也即人类的原型。"③

那么,神话-原型批评理论是如何被应用到文学作品的分析中的呢?弗莱在《批评的剖析》的附录中的重要术语列表里将神话定义为:"一种叙事文体,其中某些人物是超人,他们所作所为'只能出现在故事中';因为这是一种程式化的或风格化的叙事体,它无法被接受为真实的或'现实主义的'。"④ 他认为,神话是一切文学作品不可或缺的组成部分,它潜伏在文本之中,潜移默化地给予读者对文学作品的主题和内涵更深层次的理解。在诗歌产生的过程中,"神话为作家提供一个现成的十分古老

---

① [加] 诺斯罗普·弗莱:《批评的解剖》,陈慧等译,百花文艺出版社2006年版,第7页。
② [英] 罗伯特·A. 西格尔:《神话理论》,刘象愚译,外语教学与研究出版社2008年版,第249页。
③ [加] 诺斯罗普·弗莱:《文学的原型》,参见吴持哲编《诺斯罗普·弗莱文论选集》,中国社会科学出版社1997年版,第89页。
④ [加] 诺斯罗普·弗莱:《批评的解剖》,陈慧等译,百花文艺出版社2006年,第530页。

的框架,使作家得以穷竭心计地去巧妙编织其中的图案"①。但无论作品的细节部分如何演变,每一部作品都是直接或间接地来源于某些特定的神话,透过作品内容的具体变化去抽取抽象普遍的内在联系,从而展现文学传统的制约力量。通过对文学作品中神话-原型的抽取,将文学史上单部作品连接起来,展示一个国家的文学,乃至整个人类文学史的内在联系。正如弗莱所说:"诗人如果是思想家(要记住,诗人是用隐喻和意象而不是用命题进行思考的),有深深关注人类起源、命运或愿望等问题,——关注文学所能表达的更广阔范围内的事情——那么,他们都会发现几乎任何一个文学主题都与某个神话不谋而合。因此才有如此众多的出类拔萃的诗人运用史诗及包罗万象的形式,创作出大批明显具有神话属性的气势磅礴的诗篇。"②

因此,在弗莱神话-原型批评理论整体观的透视下,"批评家所关注的不再只是文学中重现的文化典故,而是力求发现特定的文学表现程式及其演变规律"③。

三、神话-原型批评理论在加拿大文学中的应用

虽然弗莱本人并没有意图像人们有时所暗示的那样,成为一个文学批评领袖,权威性地指定用神话手法来创作诗歌,但实际上,他在这一时期的评论中,一直就在用这一标尺来评判加拿大文学作品的优劣。他指出:"神话是诗歌不可取代的语言之一,大部分英语诗人,包括现在最出色的诗人,都被要求和希望有一个深层次的神话知识系统。"④ 但与此同时,正如我们之前所谈过的,神话-原型批评理论并非要诗人在诗歌中直接书写神话,而是要通过简练的隐喻和暗喻,让读者通过诗歌的心领神会,加

---

① [加]诺斯罗普·弗莱:《虚构文学与神话的移位》,参见吴持哲编《诺斯罗普·弗莱文论选集》,中国社会科学出版社1997年版,第124页。
② [加]诺斯罗普·弗莱:《虚构文学与神话的移位》,参见吴持哲编《诺斯罗普·弗莱文论选集》,中国社会科学出版社1997年版,第127页。
③ 叶舒宪:《导读:神话—原型批评的理论与实践》,参见叶舒宪编选《神话—原型批评》,陕西师范大学出版总社有限公司2011年版,第9页。
④ Northrop Frye, "Letters in Canada: Poetry", in *Northrop Frye on Canada*, vol. 12th, eds. Jean O'Grady, David Staines (Toronto: University of Toronto Press, 2003), 172, published in 1957.

上每个人的不同知识背景,自然而然地回想到某一个神话或传说,从而加深诗歌本身的内涵及外延。因此,神话诗歌的巧妙之处在于,读者由于有着不同的知识结构,心中所产生的神话也不尽相同。

弗莱在这一时期所做出的努力,在加拿大文学发展中的重要地位不言而喻。他把神话-原型批评理论植入加拿大文学批评中,直接促使一批加拿大神话派诗人的出现,"他们通过刻意运用神话与原型,作为一种诗歌的构建基础,甚至是作为他们诗歌的主要题材"①。这些神话派诗人的出现不仅把加拿大的文学中心从蒙特利尔转移到了多伦多,也不断地将神话-原型批评理论运用到对加拿大历史和文化的描绘中去,进一步拓展了弗莱的神话-原型批评理论在加拿大文学中的实践。

弗莱认为:"文学应该有生活、现实、自然,或你想要加入的内容,但文学形式不能存活于文学之外,就像奏鸣曲和赋格曲不能在音乐之外生存一样。"② 每一个诗人都会被自己所处的环境影响,这是一个诗人想象力的最初源泉。对于加拿大诗人来说,从文明高度发达的不列颠帝国移民到荒芜寒冷的加拿大,几乎让他们回到了那个遥远的乔叟所处的盎格鲁-撒克逊时代。诗人们穿梭于现代与传统之间,其想象力也不仅涵盖宫廷艺术的高雅,还拥有铁路和工地上的咆哮和轰鸣。这便是加拿大文人一直急于寻求的拥有加拿大特征的主题。和想象力的内容不同的是,诗歌的形式是要和诗歌本身紧密相关的。而拥有出色的形式,最重要的就是对隐喻的充分运用。诗人在建立个人独特的韵律和原则的基础上,运用隐喻在诗歌中添加神话元素,使其对自己所处的环境进行很好的阐释。弗莱认为,即使是现代诗人创作的诗歌,只要合理运用神话-原型的文学形式,一样也可以创造出符合加拿大远古气质的文学作品来。弗莱把神话定义为"具有一定社会功能的故事、叙事或情节。每一个人类社会都拥有自己用语言构成的文化,在文学以前的阶段,由于抽象思维尚未形成,整个文化体系

---

① [加]诺斯罗普·弗莱:《寻觅称心的词句》,参见吴持哲编《诺斯罗普·弗莱文论选集》,中国社会科学出版社1997年版,第60页。
② Northrop Frye, "Preface to an Uncollected Anthology", in *Northrop Frye on Canada*, vol. 12th, eds. Jean O'Grady, David Staines (Toronto: University of Toronto Press, 2003), 265, published in 1957.

仅由故事组成"①。这就是弗莱心中最出色的诗歌,也是他力图在加拿大文学中构建的文学批评标准。虽然"弗莱本人适当地反驳说,他不像人们有时所暗示的那样是一个文学批评领袖,权威性地指定用神话手法来创作诗歌"②,但在他在权威刊物《多伦多大学季刊》中《加拿大专栏》的评论里,有些失望地提到1957年对诗歌来说并非丰收的一年,仅有一部杰伊·麦克弗森(Jay Macpherson,1931—)的《船夫》(*Boatman*,1957)是他的加拿大诗歌书架中比较有吸引力的诗集。他赞扬麦克弗森的诗集计划周密且整齐划一,肯定其大量运用诸如大洋女神欧律诺墨、耶稣信徒抹大拉的马利亚、《圣经》中的诺亚方舟和《所罗门之歌》的新娘等神话形象来暗示诗中的启示意义。弗莱在这一年的评论中清晰地指出:"神话是诗歌不可取代的语言之一,大部分英语诗人,包括现在最出色的诗人,都要求和希望有一个深层次的深化知识系统。"③但是神话并非诗歌的绝对组成部分,而是读者在了解诗人作品的想象力时一把通向诗人内心的钥匙。他并非要求诗人在诗歌中直接书写神话,而是要通过简练的隐喻和暗喻,通过读者对诗歌的心领神会以及个人的知识背景,自然而然地回想到某一个神话或传说,从而加深诗歌本身的内涵及外延。弗莱通过分析英国浪漫主义诗人塞缪尔·帕尔默(Samuel Palmer,1805—1881)的《熟睡的牧羊人》的片段来阐释这一理论:

哦,不要把他叫醒
否则他醒来一定会哭泣:
因为成群的鸟儿、蜿蜒的溪流和苍天古木
都在他泛着银色光芒的梦境中呈现黄金般的美妙。
(摘自《熟睡的牧羊人》,Ⅱ,5-8)

弗莱解释:"多少年来,尽管诗中牧羊人的苏醒始终伴随着悲剧的发

---

① [加]诺斯罗普·弗莱:《文学创作的神话方法》,参见吴持哲编《诺斯罗普·弗莱文论选集》,中国社会科学出版社1997年版,第291页。
② [加]威·约·基思:《加拿大英语文学史》,耿力平等译,北京大学出版社2009年版,第109页。
③ Northrop Frye, "Letters in Canada: Poetry", in *Northrop Frye on Canada*, vol. 12th, eds. Jean O'Grady, David Staines (Toronto: University of Toronto Press, 2003), 172, published in 1957.

生，诗人们却始终没有停止对梦中人孜孜不倦地呼唤。恩蒂弥翁①、《所罗门之歌》中熟睡着等待爱人的新郎、伊甸园里等待夏娃唤醒羞耻之心的亚当、布莱克笔下的阿尔比恩以及乔伊斯意识中的芬尼根都是牧羊人的副产品。神话的意象加深了诗歌的涵义，然而读者无论是对上述四行诗句的原意还是诗歌的延伸价值所产生的共鸣并不是诗歌的全部，其中真正的价值在于其自身深刻的内涵之上。"② 诗歌中的牧羊人因熟睡和可能哭泣而引发读者的联想，其角色背后的丰富内涵也在西方文学漫长的历史中不断激荡。

---

① 恩蒂弥翁是希腊神话中月之女神塞勒涅爱恋的英俊牧童，因熟睡面庞吸引了塞勒涅，但因人神不能相爱的禁令而受到了宙斯的责罚。

② Northrop Frye, "Letters in Canada: Poetry", in *Northrop Frye on Canada* vol. 12th, eds. Jean O' Grady, David Staines (Toronto: University of Toronto Press, 2003), 172, published in 1957

第三章

追溯加拿大文学的文化背景

在绪论中我们已经提过,弗莱的加拿大文学批评通常分为三个部分,其中第三部分主要论述加拿大文化的发展以及它对加拿大文学所产生的影响。笔者认为,弗莱对加拿大文化的论述并没有脱离文学本身,而是弗莱个人通过对加拿大文学的深入了解,试图从更深层次探讨加拿大文学的形成与发展前景,这是弗莱加拿大文学批评的灵魂所在。当然,在谈论弗莱对加拿大文化的评论之前,笔者认为有必要先要区分文学批评和文化批评在本书中的含义。

通常情况下,"文化"一词有广义和狭义之分。广义上的文化,一般会追溯到新批评派批评家们对"内部研究"和"外部研究"的区分。他们强调文学的内在本质,批评以背景、历史等因素作为文学批评的核心内容,认为文化是一切文化现象的概述,其范围远远大于文学本身。因此,新批评派学者并不认同文化批评可以代替文学批评而独立存在,例如,勒内·韦勒克在《文学理论》中,很明确地把传记、心理学、社会、思想和其他艺术等文化因素划分为文学的外部研究,并在书中的第三部分——"文学的外部研究"的引言中明确指出:"虽然'外在的'研究可以根据产生文学作品的社会背景和它的前身去解释文学,可是在大多数情况下,这样的研究就成了'因果式的'研究,只是从作品产生的原因去评价和诠释作品,最后把它完全归结于它的起因(此即'起因谬说')。"① 此外,威廉斯曾经这样辨析文化的三个现代含义:"它的第一个含义就是'心灵的普遍状态或习惯',与人类完美的观念有密切联系;第二个意思是'整个社会智性发展(intellectual development)的普遍状态';第三个意思是'艺术的整体状况';到了19世纪末产生了第四个意思:'包括物质、智性、精神等各个层面的整体生活方式'。"② 威廉斯认为,文化在广义的涵义中,是大于文学、凌驾于文学之上的范畴。

而从另一个层面说,狭义的文化实际上又是文学批评中的重要部分。有学者认为:"文化批评是文学批评内部研究、解读与批评文学现象(尽管有时候'文学'的界限也不易确定)的一种独特视角,与它相对的不

---

① [美]勒内·韦勒克、奥斯丁·沃伦:《文学理论》,刘象愚等译,江苏教育出版社2005年版,第73页。
② [美]雷蒙·威廉斯:《文化与社会:1780—1950》,高晓玲译,吉林出版集团有限责任公司2011年版,第4页。

是'文学批评',而是'审美批评'或'内部批评'。"① 由此可见,狭义的文化是涵盖于文学中的重要部分,是进行文学批评的重要角度之一。

虽然弗莱思想因受到结构主义的影响,十分重视文学的内部联系,强调文学内部的传承与发展,但是在加拿大文学批评中,弗莱又把文化因素当作探寻加拿大文学的重要部分,引起了很多学者的质疑。笔者认为,弗莱正是因为了解文化一词的真正含义,坚持认为一个国家的文学是与这个国家的社会密切相关的,伟大的文学是在特定的社会中由那些朝气蓬勃的社会精英们所创作出来的,所以在面对加拿大文学的时候才会运用文化来进一步阐释文学。他在《加拿大文学史》(1965年首版)的"结束语"中曾经这样评价加拿大文学并为自己的批评风向转移做出了解释:"没有一位加拿大作家使我们摆脱加拿大的环境,进入文学经验之核心,我们时刻觉察到的便仅是他作品的社会和历史的背景。对于这样一种文学来说,什么是文学这一观念就应大大地加以扩展。……即使对用传统的诗歌及小说体裁写成的文学作品,人们在研究它们时也更着重视其为反映加拿大的社会生活,而不把它们看作自成体系的文学天地的一部分。"② 正是基于此种缘由,弗莱在1960年之后,在对加拿大文学批评的基础上,开始了对社会文化的研究。实际上,这也显示了弗莱对加拿大文学的深层思考。与其简单地从现象出发挖掘这个国家文学发展的脉络,不如从根源入手,探究其文学形成的深层原因,从而更好地预测加拿大文学发展的未来。因此,弗莱关于加拿大文化的评论,可以说是其加拿大文学批评的精华。弗莱关于加拿大文化的评论论文多达50篇,跨越将近30个年头,不仅涉及加拿大英语文学文化,更包括了法语及少数族裔文化等众多领域,是弗莱对加拿大文学研究和探索后的进一步沉淀和升华。其中最有代表性的文章包括《加拿大文学史》(*Literary History of Canada*, 1965)的"结束语"、《美国:是对是错?》(*America: True or False?*)、《灌木花园》(*The Bush Garden*, 1971)的"前言"、《加拿大景象:探索者和发现者》(*Canadian Scene: Explorers and Observers*, 1973)、《加拿大:一个没有过革命的新兴

---

① 陶东风:《试论文化批评与文学批评的关系》,载《南京大学学报(哲学、人文科学、社会科学版)》2004年第6期,第115页。

② [加]诺斯罗普·弗莱:《加拿大文学史》(1965年首版)结束语,参见吴持哲编《诺斯罗普·弗莱文论选集》,中国社会科学出版社1997年版,第247页。

国家》(Canada: New World without Revolution, 1975)、《加拿大文学史》(Literary History of Canada, 1976) 的"结束语"、《加拿大文化中的国家意识》(National Consciousness in Canadian Culture, 1976)、《加拿大当今文化》(Canadian Culture Today, 1977)、《文化解析》(Culture as Interpenetration, 1977)、《批评和环境》(Criticism and Environment, 1981)、《安大略的文化与社会, 1784—1984》(Culture and Society in Ontario, 1784 - 1984, 1981)、《加拿大文化发展》(The Culture Development of Canada, 1990) 等。

1990年10月,也就是弗莱病逝3个月前,他发表了一篇名为《加拿大文化发展》的文章。他在文章中为文化一词做出了很好的阐释,他认为文化"包括三个方面:第一,文化是一种生活方式,表现为一个社会的饮食和衣着习惯,及该社会的行为规范。英国的酒吧和法国的酒馆就反映了两种文化在这类生活方式上的差别。其次,文化是主要通过共同语言流传下来并为人民共同拥有的历史回忆与风俗习惯。第三,文化还表现为一个社会所真正创造的东西,如文学、音乐、建筑、科学、学术成就以及应用工艺美术等"①。因此,本章要着重探讨的,便是弗莱在加拿大文学批评中的文化部分,并对加拿大身份的诉求、加拿大与欧美之间的文化关系进行具体评述。

第一节 加拿大身份的诉求

弗莱的加拿大文学批评的第三个阶段,侧重点由文学转移到对加拿大文化、历史等方面的关注。弗莱认为:"加拿大人早就已经习惯性地认定自身身份问题的不确定性,认为自己是有着让人困惑的过去和碰运气的未

---

① [加] 诺斯罗普·弗莱:《加拿大文化的发展》,参见吴持哲编《诺斯罗普·弗莱文论选集》,中国社会科学出版社1997年版,第311页。

来的国家公民"①，而在其文化发展过程中，"清教徒的清规戒律，拓荒者的生活，'一个来临得太晚的时代、寒冷的气候或无情的岁月'——这些也许都是构成加拿大文化的重要因素或条件，有助于说明这种文化的特有性质"②。其中最基本的，便是加拿大文学的自我定位，即加拿大身份问题。笔者认为，深入讨论和分析加拿大身份的影响因素，是厘清弗莱关于加拿大文化观点的有效办法之一。那么弗莱认为什么是加拿大身份呢？究竟要用怎样的一个词语或一句话来概括多元文化共存的加拿大文学呢？弗莱在加拿大文学批评文章中谈论最多的莫过于加拿大地理环境的复杂多变对加拿大文学的影响。

一、自然环境的影响

在加拿大文学乃至艺术领域中，自然环境的影响始终存在。从殖民时期的冒险文学作家到联邦时期的爱国主义诗人，再到20世纪的现代派诗人，自然主题一直被加拿大文人和艺术家们认为是抒发个人情感、表达内心感受的最佳方式，从而使得加拿大人在田园诗文、抒情作品以及山水画等领域的成绩历来比较突出。

随手翻开任何一本加拿大文学史，人们都会很惊讶地发现其中不计其数的作品是与自然环境息息相关的。加拿大幅员辽阔、风景秀丽，大自然的美景千变万化，让人心旷神怡且赞叹不已。作为国土面积仅次于俄罗斯的世界第二大国家，却有着不及西班牙的人口数量。由于地处北极圈内，加拿大北部的恶劣天气让90%的加拿大人不得不居住在与美国接壤、不足100千米的边界上，其余绝大部分地区都是荒无人烟的不毛之地。在加拿大，人类各个栖居地之间的道路通常是险阻且漫长的，即便是现代社会，人们乘坐汽车奔驰在空旷而凛冽的自然环境之中，物理环境带来的险阻也一定会在文化心理上留下痕迹。严寒的地理环境所呈现的冰霜惨烈与天凝地闭，始终与严峻、孤独、寂寞息息相关。不难想象，这种扑面而来

---

① Northrop Frye, "Canadian Culture Today", in *Northrop Frye on Canada*, vol. 12th, eds. Jean O'Grady, David Staines（Toronto: University of Toronto Press, 2003), 509, published in 1977.

② ［加］诺斯罗普·弗莱：《〈加拿大文学史〉(1965年首版)的结束语》，参见吴持哲编《诺斯罗普·弗莱文论选集》，中国社会科学出版社1997年版，第249页。

第三章 追溯加拿大文学的文化背景

的环境特征最终会成为加拿大人的"集体无意识"而逐步反映在日常生活的文化乃至文学创作之中。

实际上,奇特绚丽的自然风光的确是加拿大诗人们最为钟情的书写主题,这也是加拿大人与自然沟通的一种形式。加拿大早期作家如兰普曼、布利斯·卡曼、查尔斯·罗伯茨(Charles Roberts, 1860—1943)以及在绘画领域的"七人组"等均表现出对自然的关注。通常情况下,诗人们面对自然时,倾向于描写人与自然之间的和谐场面。例如,在陶渊明的"采菊东篱下,悠然见南山"中体现的是人在大自然中的自由清闲,以及英国浪漫主义诗人华兹华斯的《丁登寺杂咏》(*Lines Composed a Few Miles Above Tintern Abbey*, 1798)中对大自然的优美景色的赞叹等。而这些美妙的情感在加拿大文学中却很少出现。雄伟的落基山脉和前寒武纪的冰盾给加拿大诗人和画家留下的仅是粗犷的色彩和冰雪严寒的景色,其中最深刻的就是它极其缺少人性的孤立状态,即"对史密斯来说是'一个孤独的荒原'或对道格拉斯·勒潘来说是一个'没有神话的国家'"[①]。弗莱在论述加拿大的自然环境在加拿大文学想象中的作用时认为,加拿大文学作品中对于自然的征服通常都是险象环生的。想象力中充斥的对自然极度的恐惧逐渐在人们心灵中变化为对危险背后未知事物的恐惧。和美国诗人对自然的热爱和追崇相比,大自然在加拿大文学中通常都是以魔鬼或危险的形式出现的。这种潜移默化的过程通常可以分为三个形成步骤。起初人类对自然是毫无意识的,并没有主动地去了解或者改变自然。接着,随着与自然的更多接触,人类逐渐意识到自然的残酷,但此时自然仍旧并不存在特别的意义。最后,随着对自然的恐惧逐渐增加,大自然在加拿大人的潜意识中发展成为一切残酷事物象征的源泉。而这种残酷则让加拿大文学在想象力上赋予自然一种恐怖之美。弗莱认为,加拿大文学最出色的成就就是对恐怖之美的描写。这种恐怖当然不会是懦夫的畏惧,而是对一种特定情况下的景象的恐惧,即在人烟稀少的加拿大国土内表现出来的让人恐惧的孤独感。可以想象,当人类以所有的智慧、道德感以及对宗教的虔诚面对这个像狮身人面像一般神秘和不确定性极强的大自然时,人们是很容易

---

① Northrop Frye, "Preface to an Uncollected Anthology", in *Northrop Frye on Canada*, vol. 12th, eds. Jean O'Grady, David Staines (Toronto: University of Toronto Press, 2003), 256, published in 1956.

感受到孤独和无助的。人类一直以来创建了很多高度自律的价值观来约束自己，但这些道德观和价值观在面对自然的超人类的力量时，都会变得可笑和不值一提。所以，人类很容易就会开始抱怨并窃窃私语，并认为自然是残酷的。此外，弗莱也指出，加拿大文学的特点并非止步于以恐怖之美的方式描绘自然，因为"这里所说的，并不是指自然界的种种危险、困难甚至神秘为人们带来的恐惧，而是人们心灵对上述种种险象所蕴含的难以言状的东西感到不寒而栗。人类为了保持自己头脑的健全甚至清醒，只能坚持处世的道德及价值观，可是面对这个巨大而冷酷的自然界，我们这些道德及价值观似乎被无情地封印了。有一名十分机智的巡回牧师就说过，当身处人迹罕至的大森林中时，应该'把整个道德世界抛于脑后'"①。

因此，不同于加拿大浪漫主义作家对加拿大自然环境单纯的恐惧或者敬畏，弗莱认为，环境实际上对加拿大文学来说，最为重要的影响是瓦解了人们所建立的道德标准，从而让加拿大人失去了处于人类群体之中的安全感。由此可以看出，弗莱认为加拿大文学中对自然的反应，即对自然的恐惧，并非源于不确定的自然环境，而是有着更深层次的含义，即人类面对强大的自然环境而产生的强烈的稀缺感。人类居住环境的分散，不同地区人们之间、不同地区文化之间沟通的不畅通等都是自然环境给予加拿大人稀缺感的重要因素。根据这一系列的影响因素，弗莱在1965年的文章中，第一次提出了"戍边文化"（garrison mentality）这一总结加拿大文学及文人心理的词语，精辟地概括了环境对加拿大文人造成的深刻影响。

二、戍边文化心理

戍边（garrison）原本是驻守部队大本营的总称，通常是一个城市、村庄、堡垒或者城堡。弗莱在文章中运用戍边一词实际上是一种隐喻，用来帮助人们厘清加拿大身份是如何发展的。这一隐喻最初来源于对加拿大早期人们居住的堡垒的描述。由弗兰克斯·布鲁克（Frances Brooke, 1724—1789）撰写的加拿大第一本小说《艾米丽·蒙塔古往事录》（The

---

① [加]诺斯罗普·弗莱：《〈加拿大文学史〉（1965年首版）的结束语》，参见吴持哲编《诺斯罗普·弗莱文论选集》，中国社会科学出版社1997年版，第259页。

History of Emily Montague，1763），讲述一位加拿大牧师的妻子在魁北克堡垒生活的故事。这种堡垒生活表现了主宰加拿大文学中的飞地文化的特色。这种特色在加拿大文学中盛行了很多年，经久不衰并延续到今天。

弗莱在《加拿大文学史》中第一次创新性地提到了在加拿大文学中，存在一种明显的戍边文化心理。他把它定义为"一处处人数不多又彼此分散的居民群体，四周为自然的及心理的障碍所围困，又与美国的和英国的文化这两大源头隔绝；这样的社会按其独特的人伦规范安排全体成员的生活，并对维系自己群体的法律及秩序非常尊重，可是又面对着一个庞大冷漠、咄咄逼人的可畏的自然环境——这样的社会必定会产生一种我们暂且称为'屯田戍边'的心态"①。弗莱认为，在加拿大文学中，戍边文化心理是一种非常普遍的主题。受戍边文化心理的影响，加拿大文学作品中的人物经常胆战心惊地看待新生事物，对自己以外的世界有一种潜意识的敌意和防备心理，他们很容易在自身心里建设出一道想象中的围墙，以此来抵抗对外部世界的恐惧感。而这种心理多数来自加拿大人的想象力中，通常情况下是一种对加拿大空旷的自然环境的恐惧。此外，因为加拿大地处世界强国之侧，受超级大国的压迫而产生的恐惧感，特别是对美国的恐惧感反映在文学作品中，也是戍边文化心理表现的重要部分。

由于戍边文化心理的影响，加拿大诗人常常倾向于描述一群人处在紧张或危险的状态下，例如营救、灾难或殉难的人们。这一群人为了集体的利益通常会表现出很高的道德意识，面对困难和危险，勇于牺牲自我以保全集体利益，因为对他们来说，真正的恐惧并非来自敌对力量，即使有机会打败这个敌对力量。当每一个个体发现自己处在孤立无援的状态时，才是真正的恐惧：他们被集体所遗弃，丧失了集体给予他们的保护力量。在加拿大文学作品中，由这种恐惧感产生的矛盾冲突的比例甚至要高于正义战胜邪恶的斗争。在埃德温·普拉特的诗歌中就描述了很多这样的场景。以诗歌《泰坦尼克号》为例：

---

① ［加］诺斯罗普·弗莱：《〈加拿大文学史〉（1965年首版）的结束语》，参见吴持哲编《诺斯罗普·弗莱文论选集》，中国社会科学出版社1997年版，第259—260页。

>一位夫人把外衣
>围在女佣的身上
>把她安置在救生船里
>人们催促她也上船
>她却犹豫
>关键时刻她的自尊
>使她忘记危险
>她很快决定自己的命运
>没有一滴眼泪
>没有一声呻吟
>她回到丈夫的身边
>"我们共同生活了20年
>你到哪里我也到哪里。"①

这首诗描述了人类在泰坦尼克号沉船的时刻所表现出的高尚品德。他们大义凛然、勇敢，并时刻做好准备为别人而牺牲自己。这其实也反映出了加拿大文学中的生存主题。人们在放弃自身利益的同时，也是为了保全集体利益的完整性。这实际上也表现出人类在面对自然的侵袭时的一种自我保护行为。只有保证每一个堡垒的完整性，才能够在自然中得以生存。

弗莱提出戍边文化心理对加拿大文学来说意义重大。虽然几十年过去了，加拿大学界已经开始出现质疑的声音，但是对当时的加拿大来说，戍边文化心理的出现，无疑让加拿大文学跳出了被美国文学同化的漩涡。众所周知，美国梦根深蒂固地扎根在每一个美国人心中，美国文学总是带有强烈的个人主义色彩。文学作品中的个人英雄主义是美国人乐观、积极、充满想象力和创造力的综合表现。然而，漫长的殖民历史以及恶劣的自然环境都使加拿大人无法拥有美国人的乐观。他们谨慎、保守、步步为营，只为在浩瀚的自然和漫长的冬季中求得生存和发展。此外，威廉·赫伯特·纽曾经表示，弗莱戍边文化心理的提出"具有心理学涵义，即任何生产于基督教的比喻，又来自弗莱自身的如下信念，即任何文学都不涉及生活，而是涉及其他的文学，也就是说，它通过重新表现以前作品的模

---

① 逢珍：《加拿大英语诗歌概论》，民族出版社2008年版，第80—90页。

式，为文化遗产再一次编制一套代码。言外之意是，这种文化表现的形态因为是循环，所以才是承上启下、因袭传统的；这样的解释是拿欧洲文化作为思想上的参考系来解释加拿大，并预料'神话'模式的重现"①。

在弗莱的成边文化心理提出后不久，玛格丽特·阿特伍德在《生存：加拿大文学生存主题》(Survival: A Thematic Guide to Canadian Literature, 1972) 中，对这一主题做出了进一步的探讨和阐释。她认为在加拿大"'生存'主题更明显的表现形式是人们总是在提心吊胆"②，人们总是在夹缝中求生存，在困境中求发展，在不断地与周围事物抗争的过程中建构自身的文学传统。由此可见，弗莱对成边文化心理的提出，不仅清晰地区分了美国文学与英国文学，也敦促着加拿大文人对加拿大文学未来发展进行深刻的反思和挖掘。

三、加拿大文学的想象力

加拿大土著文明是印第安人和因纽特人的祖先留下的原始文明。他们穿过白令海峡，从亚洲的西伯利亚迁移到现在的美国阿拉斯加地区，并成为北美大陆第一批移民者。由于印第安人对自然的热爱和依赖，他们认为自然界中所有的生物和现象都是具有神性的，并创造出大量赞美自然的诗句和歌曲。这些诗歌实际上就是加拿大土著文学发展的萌芽。1971年以后，加拿大特鲁多总理宣布推行双语和多元文化政策，加拿大土著文明随之开始蓬勃发展，加拿大土著也表现出强烈的意愿和愿望，进一步推动和发展自身民族珍贵的文化遗产。

加拿大曾经先后经历过法国和英国的殖民统治，这对加拿大文学产生了深远的影响。曾经有人说过，在加拿大有两种完全相悖的角度来评价其历史，即法裔加拿大人和英裔加拿大人。从魁北克地区的人们眼中，加拿大的历史就是一部法国人如何在英国文明强大的同化作用下求得生存并发展的历史；而对英裔加拿大人来说，加拿大只不过是大英帝国公正和自由

---

① [加] 威廉·赫伯特·纽：《加拿大文学史》，吴持哲等译，北京大学出版社1994年版，第306页。

② [加] 玛格丽特·阿特伍德：《加拿大文学生存谈（下）》，赵慧珍译，载《外国文学动态》2002年第4期，第5页。

的议会中产生的民主制度的发展和延伸。

到了20世纪初期,大量移民的涌入,给加拿大文人带来了全新且充满异国情调的文学素材,加拿大文学开始呈现多种文化共同繁荣的局面。加拿大文化除了有土著文明、法裔文化、英裔文化,还迎来了华裔文化、乌克兰文化、意大利文化以及黑人文化等外来文化的加入。然而值得一提的是,由于受到区域主义的影响,这些文化大都各自集中在加拿大的某一个省或地区,并主宰着该地区的文化,例如魁北克地区属于法裔文化,而安大略省则属于英裔文化。

为了将各个民族凝聚在一起,加拿大政府提出,将不会效仿美国"大熔炉"的文化表现方式,而是推崇"马赛克"的形式,鼓励多种文化共同和平等发展。由此,加拿大多种民族文化百花争艳般地存在于这个移民国家。"多元文化"也逐渐成为加拿大的代名词。

那么,到底什么是加拿大身份呢?对于这一问题,弗莱更倾向于用"加拿大想象力"来代替"身份"一词。弗莱并不赞同盲目的爱国主义,他认为爱国主义通常意味着侵略,和19世纪的沙文主义、20世纪的第三世界革命类似。因此,文化只需在众多支流中寻找属于自己的身份,并不需要到处树敌。特别对加拿大来说,它的文化发展并非是国家性的,而是由一系列区域文化组合而成。没有任何一个区域文化是可以代表加拿大的,正如弗莱所指出的:"加拿大是由两种类型的人建立的,并没有人能够完全准确地概括出加拿大,而这种分化的韵律,实际上是加拿大文化发展的重要空间。"[①] 他认为,对加拿大身份提出疑问的人实际上都没有真正理解这一问题。加拿大身份问题其实并非加拿大这个国家的问题,而是一个区域性的问题。在加拿大,一个人的写作本能与这个人所在的区域有着密不可分的关系。就像美国作家并非单纯的美国作家,他们同样也是密西西比的、新英格兰的,或者是南部的作家。即使在国土面积更小的英国威尔士,人们也很难发现一个单纯属于英国的作家,哈代(Thomas Hardy, 1840—1928)属于威赛克斯(Wessex),而狄伦·汤玛斯(Dylan Thomas, 1914—1953)属于南部威尔士。因此,加拿大身份并不仅仅是加拿大的问题,而是区域性的问题。加拿大复杂的地理环境让其文学中的

---

① Northrop Frye, "Canadian Culture Today", in *Northrop Frye on Canada*, vol. 12th, eds. Jean O'Grady, David Staines (Toronto: University of Toronto Press, 2003), 518, published in 1977.

想象力产生了一种矛盾的现象:任何人在他/她的儿时或者童年时期被一种环境所影响之后,就很难再以同样的方式被另一种环境所左右。也就是说,一个出生并成长在城市里的人,即使他/她突然对广阔无垠的原野感兴趣,并迁移到那里,被那里的人接受、同化,但是当他/她想要描绘或者撰写当地的风土人情时,他/她在想象力上始终都只是一个外来者。但是从另一个方面来讲,同属于一个国家之内的两个人,即使一个整天生活在平原或城市,每天满眼看到的都是一望无际的地平线;另一个生长在森林和高山峭壁之间,也肯定也会有一些相同点。因此,弗莱指出,想要真正了解加拿大想象力,就必须要弄清楚两个重要的名词——身份(identity)和国家(unity)。不得不说,这两个名词之间的区别并非显而易见,甚至微小到很容易被忽视。但是弗莱指出,加拿大文学批评中,这两个词的意义尤为重要。实际上,身份是一个本土性和区域性的名词,是根源于想象力和文学作品的文化资源。而国家是一个国别名词,是从国际角度来讲的,具有很浓厚的政治色彩。弗莱指出,一旦这两个词语发生混淆,加拿大想象力将无法存活。如果把身份问题同化成国家的,那就会造成孤立的盲目爱国主义,而如果把国家的同化成身份的,那将会造成可怕的分裂主义。人们不可能因为一个国家各个地区的人拥有不同的特点而分裂这个国家,同样也不会认为一个国家不同地区和背景的人们都必须拥有同一个特色。因此,真正的加拿大想象力,就是这个本土的身份问题和政治上的国家问题相互结合、相互制约的产物,即所谓的加拿大文化的特色。

弗莱这一观点的提出,有效地解决了加拿大因为多元文化共存,无法用单一文化代表整个加拿大文化的问题。在现代学术界,身份问题始终是学者们探讨的热门话题,但是"往往不同民族文化在寻求自身的文化特色时,往往将某种历史的记忆或者遗产并非活生生的移植,而是僵死的设置保护圈,作为一种死文化进行维护,反而使得文化遗产本身失去了价值和意义,成为空洞无物的摆设"[①]。弗莱这一观点的提出很好地避免了这一难题。无论是在安大略的加拿大英语文化区域,还是在魁北克的法语文化区域,都能够同时保留本地区的文化特征,也不会随波逐流于英美国家,从而建立了加拿大自身独特的文化特质。

---

① 江玉琴:《理论的想象:诺斯罗普·弗莱的文化批评》,中国社会科学出版社 2009 年版,第 208 页。

第二节　加拿大与英美的文化关系

说起加拿大文化的源头，就不得不从它与英国、美国之间的文化关系开始。之前我们已经提到过，加拿大最初是作为英法的殖民地出现在历史舞台的。同样作为17世纪的殖民强国，英国和法国在加拿大的殖民发展不可避免地产生了尖锐的利益冲突。1756年，长达7年的英法战争在欧洲战场如火如荼地进行，军事冲突急速升级。1760年9月，英国军队战胜了新法兰西的军事力量，正式接管了整个加拿大地区。1763年，英法签署的《巴黎合约》宣告加拿大历史进入了英属殖民地时期。从1763年到1867年加拿大自治独立，英国100年的殖民统治在加拿大人心中树立起了绝对的权威。在现代文明发展中，加拿大对英国传统的继承随处可见。然而随着不列颠帝国的日渐衰退、美国的强大、加拿大的成长，特别是移民涌入造成的人口结构的变化，加拿大人也逐渐开始有意识地摆脱殖民色彩，强调自身国家主权的重要地位，英国文化的影响也日渐薄弱。即便如此，加拿大人仍对当年英国殖民事务的冷淡态度耿耿于怀，那些早期移民加拿大的英国保守党人士甚至也因此产生了强烈的激进思想，这种激进的国民性格也成为英国对加拿大文化的间接影响，一直作用于加拿大的文化中。

而加拿大与美国的关系就相对简单得多。美国是加拿大唯一的邻邦，两国共同拥有世界上最长的边界线（8892千米）。在众多英裔加拿大人中，有很大一部分是美国独立战争时期从美国逃难而来的亲英保皇派。这一群人在加拿大民族构成、人口比例、语言结构上扮演着重要的角色。他们与美国千丝万缕的联系，也让独立后的加拿大面临着与邻国同宗同族的尴尬局面。进入20世纪，面对超级大国的强权政治，加拿大不得不采取友好的外交态度来缓和两国之间的文化冲突。特别是第二次世界大战的珍珠港事件以后，加美共同打击日本在太平洋上的军事势力使加美关系进一步升温。但在文化上，加拿大对美国始终是爱恨交加的：一方面他们和美国说同样的语言、看同样的电视节目，另一方面又害怕和抵触这种文化上的侵袭和同化。

加拿大文化与英美文化之间的关系问题，也是弗莱对加拿大文化思考的重要部分。在他看来，加拿大文化早已摆脱了对宗主国英国的膜拜和模仿，而受到的更多是来自美国的冲击。他认为，"加拿大对美国的态度是典型的小国对待一个大得多的邻国的态度，分享着后者的物质文明，但又急于想避免威慑这一庞大帝国的大规模群众运动"①。因此，不同于对英国的不满情绪，加拿大通常采取兼顾双方利益的妥协和权宜之计来解决与美国产生的争端。

总之，弗莱提出，与英美两国错综复杂的文化关联，使加拿大在自身文化生成初期形成了"两种情绪的更迭，一种是罗曼蒂克、拘泥于传统及理想主义的，另一种则精明机灵、见微知著又诙谐幽默"②，甚至在国民意识中对国家发展的憧憬也同样飘忽不定，时而"沾沾自喜"，时而又"妄自菲薄"。在弗莱看来，加拿大与英美两国的关系决定了加拿大自身文化的形成，同时也是其文学特色形成的重要原因。在下面的部分里，笔者主要想要探讨的是，弗莱是如何通过分别探讨英美文化对加拿大文化建构产生的影响，来阐释加拿大自身的文化定位的。

一、从依赖到排斥

加拿大与英国的关系无疑要从殖民时期说起。长达10年的英法战争以法国失败而告终，英国因此成功地从法国手中获得了加拿大的殖民统治权。从1607年英国殖民者乘坐"五月花"号轮船进入北美大陆到1926年英国授权加拿大以英联邦成员的身份成立共和国，几个世纪的殖民统治让加拿大人无法避免地继承了英国的文化传统，甚至一部分加拿大人会将英国的文化传统看作真正应该追溯的文化根源。然而，随着加拿大从英联邦的统治逐渐脱离，与邻国美国的交好，加拿大人曾经的效忠宗主国的心态

---

① ［加］诺斯罗普·弗莱：《〈加拿大文学史〉（1965年首版）的结束语》，参见吴持哲编《诺斯罗普·弗莱文论选集》，中国社会科学出版社1997年版，第252页。
② ［加］诺斯罗普·弗莱：《〈加拿大文学史〉（1965年首版）的结束语》，参见吴持哲编《诺斯罗普·弗莱文论选集》，中国社会科学出版社1997年版，第252页。

也逐渐被争取主权独立的决心所取代。可以说，加拿大人对不列颠帝国的态度是随着时代的变迁和加拿大国际地位的提升而变化的，从最初对宗主国的依赖逐渐转变为一种排斥心态。

弗莱对于英国文化对加拿大文化产生的影响始终保持着十分保守的态度。他曾经无不嘲讽地提到，也许所有人都会认为加拿大与英国的关系应该是十分亲密的，但当他们知道加拿大人可以畅通无阻地穿梭于加美边境却需要办理签证才能进入英国境内时，都会惊讶无比。实际上，弗莱在他的评论文章中不止一次地指出，加拿大与英国之间的关系早在19世纪过后就已经宣告结束。从19世纪开始，加拿大人就已经公开表现出对英国拙劣的殖民地政策的厌恶和抵制态度。弗莱认为这种态度上的转变多半是因为英国对加拿大事务的冷漠，"英国对自己的帝国始终保持着地方性保护，但是它对加拿大自身的利益却反应迟缓。无论是1814年的根特条约事件还是持续了整个19世纪的边境争端，英国的态度始终让加拿大人感觉不到可以从中获得支持和帮助，从而解决自身错综复杂的身份问题"①。甚至有人提出，殖民时期的加拿大人与黑人唯一的区别只是皮肤的颜色，而丧失人权的情形几乎一致。弗莱曾经以加拿大作家托马斯·哈利伯顿（Thomas Chandler Haliburton, 1796—1865）的作品为例分析这一问题。他认为，"从哈里伯顿及其他一些作家的作品中，我们都可清楚地见到，许多加拿大人感到，由于自己国家不是个独立国家，所以到国外去受不到别人的尊重，而英国受过教育的人士强烈倾向于认定（多数人甚至是有意识的）殖民地基本上仅是供流放刑事犯的地方"②。然而，正是由于这种漠视和不尊重，也从另一个层面激发了加拿大人对文化的追求。弗莱曾经洞察："本世纪中叶，加拿大法语地区因为开展了所谓的'寂静的革命'，和向更为世俗化的文化转轨，他们富于想象力的生活才趋于丰富和成熟，而正是这些事件激发了加拿大英语区在1960年前后也出现类似的进

---

① Northrop Frye, "National Consciousness in Canadian Culture", in *Northrop Frye on Canada*, vol. 12th, eds. Jean O'Grady, David Staines (Toronto: University of Toronto Press, 2003), 496, published in 1976.

② ［加］诺斯罗普·弗莱：《批评与环境》，参见吴持哲编《诺斯罗普·弗莱文论选集》，中国社会科学出版社1997年版，第301页。

展。"① 无论是联邦时期的爱国主义诗人还是 20 世纪多元文化背景下的"文学大爆炸",无不说明加拿大人正在逐步摆脱英国文明对他们的直接影响,走出一条自身的文化道路。

二、妥协与对抗并存

通常情况下,人们很难清晰地区别美国和加拿大的不同。甚至对很多英美文学与文化的学习者来说,也很难用一句话来概括美国人和加拿大人的不同。美国与加拿大同属于北美大陆,都属于多民族移民国家,甚至两国的国民都操着同样的美式英语。人们很喜欢用北美大陆文化一词来概括美国人与加拿大人的相似。但是,当我们仔细追究加美两国文化的深层含义时,又会发现加拿大并非美国的翻版,两国的文化风格迥异。实际上,强调加拿大与美国文化的不同,同样也是在建构加拿大自身的文化特色,使其独立于世界强国之间,在世界舞台寻求自身的存在方式。

在北美大陆历史的初期,美国与加拿大一样,同样经历着被欧洲列强瓜分和殖民的命运。两国在文化上真正开始产生分歧,是在美国独立战争开始之后。在美国人民反抗英国殖民者、为民族独立而战的时候,加拿大恰恰成为效忠于英王的保皇派大本营。不同于美国以《独立宣言》为基础的社会以及以拯救民族命运为使命的美国人民,加拿大无论是从军事、外交还是法律制定上,始终保持着中立、温和、独立自主的形象,他们更加崇尚的是法律、秩序和民族群体权力。在民族政策方面,不同于美国"大熔炉"式的文化霸权,加拿大选择了多元文化主义政策,保护各民族的文化遗产,尊重各民族之间的文化差异,鼓励多种民族文明共同发展,即通常人们所说的"马赛克"文化。同样作为多民族移民国家的加拿大,与美国不同的政策选择和文化倾向也表现出了加拿大人的民族性格,"虽然加拿大实行多元文化主义政策存在着一些政治上的因素,但多元文化主义政策的推行和实施乃至如今的蓬勃发展,与加拿大人更为平和、中庸的国民性格,更偏向于阴柔性的人生观念存在着很大的关联"②。

---

① [加]诺斯罗普·弗莱:《批评与环境》,参见吴持哲编《诺斯罗普·弗莱文论选集》,中国社会科学出版社 1997 年版,第 302 页。
② 李桂山:《加拿大社会与文化散论》,北京航空航天大学出版社 2008 年版,第 145 页。

弗莱在评论文章中也多次提到美国文化与加拿大文化的不同。他曾经说，自己在美国和在加拿大教书的感受是完全不同的："美国的学生所处的环境使他自幼便认为自己是一个世界强国的公民，而加拿大学生却自幼便习惯于承认祖国不明确的国际地位，它的过去充满困惑，而未来也令人不安。"① 实际上，这种不安不仅来自加拿大在世界上的国际地位，也与加拿大自身的特色有关。弗莱认为，加拿大地理形态复杂，领土分布零散，仅仅由圣劳伦斯河顺流而下，途径五大湖水域就可以直通加拿大的内陆地区。相比较于美国一马平川的锦绣山河以及整齐划一的海岸线，加拿大的地理环境则显得更加复杂和难以捉摸。因此，弗莱曾经这样形容加拿大与美国的不同："美国以正面迎着欧洲客人，而加拿大却是包围着他，困住他，或者过去曾是这样一直等到飞机的发明后，这种情况才有所改变。"② 关于地理形态的复杂多变带给加拿大人的文化心态，本书之前已经有所讨论。而变幻莫测的地理环境的影响还远不止于此，加拿大环境的复杂同样也给加拿大文化带来了很严重的分离主义情绪。虽然弗莱肯定加拿大地域之间的差异，并认为这种差异恰恰是加拿大身份的重要组成部分，但分离主义的形成对加拿大文化的发展无疑产生了严重的负面影响。在加拿大，由于"对特殊性的过分强调，客观上造成了群体分离和社会分层，妨碍了统一的民族文化的形成"③，而这种缺乏权威性和统帅意义的文化实体，则很容易在加拿大民族文化的形成和发展过程中产生严重的内部障碍。弗莱把这种现象称为"文化民族主义心态"。弗莱对这种思想是极其不赞同的，他认为，民族主义意味着侵略，有很强烈的进攻性，它似乎只有通过寻求敌对面，才能建立自己区别于他人的特点，"但文化本身只是寻求它自己的，而不是敌人的存在，敌意只能使它自己混乱"④。此外弗莱还认为，文化的发展并不像产生那样仅仅依赖于某一个特定的区域或民族，文化只有输出和交流，才能更保持生机和活力。从弗莱对这一

---

① [加]诺斯罗普·弗莱等：《在同一个大陆上》，参见马新仁等译《就在这里：加拿大文学论文集》，中国文联出版公司1991年版，第111页。
② [加]诺斯罗普·弗莱等：《在同一个大陆上》，参见马新仁等译《就在这里：加拿大文学论文集》，中国文联出版公司1991年版，第112页。
③ 蓝仁哲：《加拿大文化论》，重庆出版社2008年版，第121页。
④ [加]诺斯罗普·弗莱等：《在同一个大陆上》，参见马新仁等译《就在这里：加拿大文学论文集》，中国文联出版公司1991年版，第118页。

问题的评论中不难看出，弗莱对美国的文化渗透始终带有加拿大式的乐观态度，认为美国文化的影响并不只是加拿大一个国家的问题，而是全球性的，而加拿大因为其地理环境的独特，并不会真正丧失自身的文化特色，所以不足为惧。

此外，弗莱在探讨美国文化与加拿大文化的区别时，还提到了另外一个重要因素——历史进程的不同。无论是独立战争还是南北战争，美国人始终是通过战争的方式来获取自身利益。而同样以殖民地身份进入世界历史舞台的加拿大，却是在一个没有过革命、平稳过渡的历史背景下获得的国家主权。弗莱认为，加拿大是一个缺乏革命精神的国度，以至于它对于外来文化的侵入同样也以一种非革命性的态度来处理。美国和加拿大"因历史发展的不同特点使美国形成了'大熔炉'式的移民特点，始终保持着努力建立一个同类社会形态的目标；与美国不同的是，加拿大因为长期在共存共荣的模式下发展，已经变得很少去为了同化其他种族而做任何事情"[①]。众所周知，加拿大是一个多元文化社会，除了最初的英裔、法裔和土著居民以外，还有大量的意大利人、乌克兰人、中国人等。这些来自世界各地的人们在加拿大聚集并获得平等的发展，拼凑成了加拿大"马赛克"式的文化氛围。从1971年到1981年的10年间，加拿大政府不断推出和完善多元文化主义政策以及相关法律法规，并最终使之成为加拿大法定的国策之一。他们鼓励各个民族文明的共同发展，希望拥有不同文化背景的人能在加拿大找到归属感。多元文化的制定不仅丰富了加拿大自身的文化特色，更为加拿大文化找到了自身的发展方向。以土著文明为例，加拿大与美国对多元文化的不同态度同时也让北美大陆的土著人在加拿大的命运要比在美国好得多。弗莱认为，相较美国对印第安人的驱赶式文化政策，加拿大人的方式就相对显得温和得多。土著文明在加拿大不仅得到尊敬，很多加拿大人也和与土著印第安人一样，产生了一种对自然的敬畏和爱护之心，厌恶因工业发展而进行的肆意砍伐和开垦。现代工业的发展对自然的破坏和侵占让加拿大人痛心疾首，表现在文学中就总是带有些许怀旧的忧伤情调，弗莱就曾经这样评价过早期加拿大文人的作品：

[①] Northrop Frye, "Canadian Scene: Explorers and Observers", in *Northrop Frye on Canada*, vol. 12th, eds. Jean O'Grady, David Staines (Toronto: University of Toronto Press, 2003), 421, published in 1973.

"19世纪那些注重辞藻的诗人所写的最好诗篇就是表达他们对死者的哀悼、乡愁及其他近乎死亡感的心境……在加拿大，它大部分严肃的文学作品，特别是诗歌，所有具有的忧郁情调是太强烈了。"① 由此可见，弗莱对加拿大文化的现状是肯定和鼓励的。通过与美国文化的对比，弗莱清晰地指出加拿大自然环境的客观因素是其文化发展的根本，而多元文化主义政策的实施是加拿大文化跳出美国文化影响的正确选择。因此，弗莱提出："显然，对加拿大文化来说，古老的帝国主义用语'落地生根'又回来安家栖身了。我们不再是占领者，我们本身就是土著。"②

总结弗莱眼中加拿大文化与美国文化的关系，笔者认为，弗莱十分清醒地了解美国文化霸权对加拿大文化的影响，并且承认这种影响给加拿大文化带来的弊端。但是弗莱也认为，这种影响同时也是加拿大发展自身文化的原动力。弗莱对美国文化侵入的态度是温和的，并带有加拿大式的乐观精神，认为加拿大人应该看清自身特点，从自身出发挖掘其中的文化潜质，不要单纯地抵制外来文化。而外来文化又是加拿大文化发展的重要部分，加拿大人不仅不应该抵制，反而应该全盘吸收，从而更好地建立自身的文化特色。弗莱的这种妥协中带有反抗的温和文化观也同样在他的加拿大文学批评里对本土性与现代性的争论中有所体现。

加拿大前总理克雷蒂安在他的自传《心中的话》的中文版序言中曾经这样高度概括了加拿大文化的形成，他说："加拿大没有中国那样古老的文化，然而在我们短暂的125年多的历史里，我们形成了一个独特的社会，有些特点同中国有相同之处。像中国人民一样，加拿大有着很强的家庭价值观念和要求独立和富强以及为国际社会做出积极贡献的迫切愿望。我们建立具有自己特征的加拿大，不是基于某一种文化和语言，而是有赖于欢迎和拥抱来自全球各个角落的人民，靠他们做出的贡献，这包括土著居民，法国和英国的欧洲传统文化，以及过去300多年来定居和开发我们辽阔土地的其他数不胜数的人们。"③ 克雷蒂安的话很好地将加拿大文化与中国文化做出了比较，其中兼容并包的共同点实际上也是加拿大最为突

---

① ［加］诺斯罗普·弗莱：《在同一个大陆上》，参见马新仁等译《就在这里：加拿大文学论文集》，中国文联出版公司1991年版，第124页。

② ［加］诺斯罗普·弗莱：《在同一个大陆上》，参见马新仁等译《就在这里：加拿大文学论文集》，中国文联出版公1991年版，第125页。

③ 邹德浩、李玫：《加拿大》，重庆出版集团2004年版，第357—358页。

出的文化特色。弗莱在1981年发表的《批评与环境》一文中做出了这样一番评述:"从文化上讲,我们可能饱尝各种影响,因为人类的一切空间和时间的资源我们都唾手可得。……不同文化在空间或者时间上都是彼此联系的……凡是对我们有价值的事物,都是从不同的个别文化之间的相互冲突和影响中成长起来的。有些文化是以造反的姿态,突破空间的束缚而崛起的,如配力克里斯时的雅典文化以及伊莉莎白时代的英国文化,便是分别背叛波斯统治的天下及罗马教庭与帝国称霸的世界而兴起的。有些文化要竭力在时间上重新创造一种文化,如文艺复兴运动便是想重建希腊、罗马晚期的文化。……未来文学批评的一项更重大的任务已呈现在我们的视野之中,那就是:充分认识我们的文化与任何其他民族的文化在时间和空间上都是相连接的。意识到制约我们文化的特定条件,然后参与斗争,消除人们意志中阻碍创造力发挥的消极和麻痹的东西。"[1] 在面对英国文化的影响以及美国文化的霸权时,弗莱很好地总结了加拿大文化应该表现出来的姿态,而这种姿态恰恰为加拿大文学提供了独一无二的文化背景。

---

[1] [加] 诺斯罗普·弗莱:《批评与环境》,参见吴持哲编《诺思洛普·弗莱文论选集》,中国社会科学出版社1997年版,第308-309页。

第四章

弗莱论加拿大诗人

加拿大文学本身并非根植于本土，而是从欧洲文学引入，结合自身发展而形成的。在加拿大文学产生、传承与发展的过程中，诗歌起到了举足轻重的作用。它形成于加拿大文学的最初时期，见证了加拿大文学发展的每一步，推动了加拿大文学的几次重大变革运动。时至今日，诗歌仍旧在加拿大文学各领域中独领风骚。因此"从某种意义上讲，加拿大是诗的国家，诗的文化，诗的历史。其自然风光、发展历程、文化蕴含乃至人文个性都充满了诗意"①。本书之前已经谈过，弗莱的加拿大文学批评一直都是以加拿大本身的特色作为出发点并贯穿着神话－原型批评理论的思想。因此，弗莱的加拿大文学批评中，对诗歌乃至诗人的评论同样也带有明显的偏重和针对性，其中以埃德温·普拉特、阿瑟·史密斯以及神话派诗人最受推崇和青睐。虽然相关文章过于零散和分散，但通过对这些诗人和诗作的评论，我们可以从中窥见弗莱对加拿大文学的基本观点和态度。弗莱对这些诗人的看重，不仅是因为他们在加拿大文学历史的长河中扮演了重要的角色，还因为他们的诗句表现出了加拿大文学在不同时期反映出的独具一格的特色。鉴于这种情况，我们有必要对弗莱关于加拿大诗人及其诗歌的文章做一番阐发，以期窥探弗莱的加拿大文学批评之全貌。

弗莱关于加拿大诗人和诗歌评论的文章最核心的部分便是 1951 年 4 月到 1960 年 6 月，弗莱在担任《多伦多大学季刊》的编辑期间，为专栏所撰写的 10 篇关于加拿大诗歌的年鉴。这 10 篇意义重大的年鉴不仅涵盖了弗莱在每一年选择出来的优秀作品的评析，而且是弗莱神话－原型批评理论能够逐渐成型并发展的试验田。除此之外，弗莱的加拿大诗人评论还包括了一部分散见于各个相关文集中的文章，其中包括《加拿大诗人：厄尔·伯尼》(*Canadian Poets*：*Earle Birney*，1942)、《加拿大及其诗歌》、《加拿大英语诗歌的叙事传统》(*The Narrative Tradition in English Canadian Poetry*，1946)、《加拿大诗人》(*Canada Poet*，1947)、《加拿大的德莱塞》(*Canadian Dreiser*，1948)、《佩勒姆马勒衔·埃德加》(*Pelham Edgar*，1952)、《一本没有完成的文集的前言》(*Preface to an Uncollected Anthology*，1956)、《诗歌》(*Poetry*，1958)、普拉特诗集的前言和简介(1958)、《内德·普拉特：个人的传奇》(*Ned Pratt*：*The Personal Legend*，1964)、《在大地之上沉默》(*Silence upon the Earth*，1964)、埃·约·普

---

① 逄珍：《加拿大英语诗歌概论》，民族出版社 2008 年版，第 2 页。

拉特纪念馆的开幕词（1964）、《一位诗人和一个传奇》（*A Poet and a Legend*, 1965）、《埃德文·约翰·普拉特》（*Edwin John Pratt*, 1965）、《在大海中沉默》（*Silence in the Sea*, 1968）、《雷斯特埃·鲍威尔·皮尔森，1897—1972》（*Lester Bowles Pearson, 1897 - 1972*, 1973）、《埃·约·普拉特》（*E. J. Pratt*, 1982）、《玛格丽特·埃莉诺·阿特伍德》（*Margaret Eleanor Atwood*, 1983）以及《海蒂·瓦多尔》（*Viola Whitney Pratt Papers*, 1990）的后记等。笔者将对这些文章中所蕴含的弗莱思想做一番剥茧抽丝的阐析。

虽然众多批评家更愿意将弗莱划入关注科学、概念语言和非诗歌等因素的结构主义阵营，弗莱的理论思想也的确在关系、系统和整体的把握上表现出明显的结构主义倾向，并认同"神话-原型蕴含了叙事结构，是文学叙事的基本结构"的理论观点。然而由口头文化、宗教以及启示性真理构成的理论思想背后，同样也饱含了弗莱对神话、浪漫主义、诗歌以及暗喻等因素的热爱。弗莱虽反复申明并无意指引或领导任何诗歌潮流，但他也曾多次肯定与其理论息息相关的神话派诗歌的现代性特征，赞扬他们的诗歌是"非强制性的、轻松的文化传统感的发展"。而对于紧随《批评的剖析》兴起的神话派诗人来说，"存在于宇宙之中的想象的连贯型态"释放了他们对于艺术理论的想象，是他们致力于想象的图像研究的源泉。由此可见，弗莱与神话派诗人不约而同地以神话想象的模型重塑文学世界，对二者关系的讨论不仅能为弗莱研究者提供全新的视角；透过弗莱对诗歌的选取和解读，阐释诗歌书写中神话意象的功用及其与文学传统的关系，也能够从中窥见弗莱的文学偏好，是了解弗莱庞大理论思想形成的重要方式之一。

第一节　论埃·约·普拉特

在20世纪前半叶，普拉特在加拿大文坛上决定性的影响是毋庸置疑的，几乎可以与T. S. 艾略特在美国文坛上的地位并驾齐驱，因为普拉特

第四章 弗莱论加拿大诗人

质量上乘的诗歌不仅结合了加拿大联邦诗人的看法和设想，而且具有现代主义者的原则和实践。实际上，如火如荼的现代主义思潮并没有对加拿大文学产生剧烈的影响，这就使加拿大文学在世界文学的舞台上始终处于滞后的状态。然而生活在世纪之交的普拉特则能够游刃有余地穿梭在两个世界中，正如加拿大批评家威·约·基思（W. Keith）所说："普拉特早期的诗通俗却不晦涩，其中可见新意却又决不新奇，现在看来正是在传统和现代中建立起了一座桥梁"[1]，从而在加拿大文学中"填补了维多利亚时代的设想与20世纪的经历之间的距离"[2]。弗莱对普拉特的相关评论文章的数量占据了其所有诗歌评论的一半以上，这足以表现出弗莱对这位跨时代的诗人的赞叹和肯定。

一、道德的标尺——加拿大英雄主义的建立

作为加拿大从浪漫主义过渡到现代主义的诗人普拉特，他的诗歌虽然已经开始尝试运用现代主义手法进行创作，但仍旧保有联邦时期爱国主义诗人的一些特点，如强调加拿大本土特色、写作的浪漫主义色彩以及对道德标准的提倡等。弗莱对普拉特的诗歌中表现出的强烈的道德观大加赞扬，认为普拉特深受传统思想的影响，并认为诗人的职责就是宣扬道德规范。这种道德观并非标新立异，而是要能够被大众耳熟能详并很容易执行和遵守，从而与读者产生共鸣。大多数情况下，普拉特笔下的人物都处于十分危险或紧急的状况，而这种情况通常是制造英雄的时刻，人们并没有太多的心思去探讨和质疑这种道德观。这种道德观，在弗莱看来，正好迎合了如今加拿大因经济高速发展而产生的工业化民主。普拉特笔下的人物大多是能够在最危急的情况下表现出沉着、勇敢和无私奉献等高贵精神的人群。他们恪守人类社会的道德秩序，为了维护集体利益不惜牺牲个人。普拉特通过对这种高贵人性的描写极力渲染英雄主义的行为。但同时，弗莱也认为，普拉特笔下的英雄并非个人主义者，他们生活在人群中，可能

---

[1] ［加］威·约·基思：《加拿大英语文学史》，耿力平等译，北京大学出版社2009年版，第65页。

[2] ［加］威·约·基思：《加拿大英语文学史》，耿力平等译，北京大学出版社2009年版，第71页。

是人群中的任何一个。所以"当普拉特任命一个个体为英雄的时候，比如布雷勃夫，他认为英雄主义就像被嘉奖英勇勋章的战士一样，是人们的代表，而非单枪匹马而孤立存在的"①。例如，在《泰坦尼克号》的故事中，普拉特并没有像一般诗人那样去关注命运的偶然，而是首先描述泰坦尼克号上的头等舱中极尽奢华但人与人之间的关系又不堪一击的上层社会，描述在面临灾难时所迸发出来的人道主义关怀和强烈的道德情感。这种强烈的反差，正是普拉特要强调的英雄主义在人群中的普遍性。在诗歌《泰坦尼克号》中有这样一段描写：

> 一个十岁的小男孩
> 站在一群男人的队伍中，
> 虽然已经有了他的座位，但他已经下定决心放弃，
> 虽然他因年纪和体型以及他的身高
> 而拥有特权，但他将
> 这个位置送给了一位匈牙利女人和她的孩子。
> 他似乎立即长高了几英寸。

小男孩放弃了自己因年纪小而得到的优先的求生机会，加入成年男子的队伍中继续等待救援。诗中着重刻画小男孩做决定的决心，而并没有过多地表现出因放弃求生机会而产生的伤感情绪。因此，弗莱提出，在普拉特的诗歌中，英雄们"在做出行动的时候通常都是无意识的，通常是在紧急情况下的下意识动作。这种动作的发出甚至早于行为者自身的意识"②。

普拉特诗中所表现出来的这种集体英雄主义的特点无疑可以追溯到诗人所在的加拿大早期的历史状况。殖民时期的加拿大，拓荒者们只有联合集体的力量，才得以在危机四伏的自然环境中生存下来，因此，个人的力

---

① Northrop Frye, "Preface and Introduction to Pratt's Poetry", in *Northrop Frye on Canada*, vol. 12th, eds. Jean O'Grady, David Staines (Toronto: University of Toronto Press, 2003), 298, published in 1958.

② Northrop Frye, "Preface and Introduction to Pratt's Poetry", in *Northrop Frye on Canada*, vol. 12th, eds. Jean O'Grady, David Staines (Toronto: University of Toronto Press, 2003), 298, published in 1958.

量在加拿大人看来往往过于单薄。显然，这种集体力量大于个人力量的想象空间与美国文学中所提倡的个人英雄主义背道而驰。之前我们已经提及，弗莱认为自然环境是影响加拿大文学的重要因素之一。在普拉特的诗歌中，自然主题同样无处不在。例如，普拉特的第一本诗集《纽芬兰诗集》（*Newfoundland Verse*，1923）表现出诗人和社会的统一，以及社会和自然的统一。"节奏牵引着大海拍打着岩石，同时也牵引着在诗人心中流淌的血液；甚至是摆在村屋中的床也能与屋外的风声交相呼应。"[1] 弗莱认为，普拉特的这种和谐统一的文风与加拿大很多表现人类与自然相抗衡的诗句有很大不同，在普拉特笔下，人类为在自然中求生存和发展而进行斗争，由此产生的对自然的敌意通常是不存在憎恨情绪的。人们通常通过集体的团结和合作来化解与自然之间的矛盾，这也是普拉特式英雄主义得以发展的原因之一。在普拉特的诗歌中，最为常见的表达方式就是描写拥有控制死亡力量的、冷漠的、无意识的自然与人类之间的冲突。这种冲突是无法避免的，因为人类需要运用自己的勇气和智慧与自然抗争，从而创建人类模式下的生存空间和上帝的乐园。因此，在普拉特的诗歌中，能够很容易找出自荷马史诗起就已经开始流传的主题——英雄主义。但是与现代英雄主义不同的是，普拉特笔下的英雄并没有任何对社会的反抗和抵制情绪，他们积极、勤劳、充满正义感，完全符合传统意义上的英雄应有的特征。也许，"他对英雄行为的强调看起来已经过时，但是对那些在过去40年来在散文和诗歌中发现和再创加拿大历史的作家而言，我们现在可以称他为是这些人的先驱"[2]。

普拉特的诗歌中除了描述人与自然的关系之外，后期也加入了一些描写人与人之间相互沟通的话题。从弗莱的加拿大文学批评看来，对生活在加拿大不同地域的人群来说，他们的生产生活中最为重要的因素便是彼此之间的沟通。"在哈罗德·英尼斯和唐纳德·克雷顿的作品中，沟通意识的确是在加拿大历史上的重要问题。这开始于类似皮毛生意和坐方舟对水路的深入探险之类的事情，并通过对运河和铁路的建设等行为来推进雷达

---

[1] Northrop Frye, "Preface and Introduction to Pratt's Poetry", in *Northrop Frye on Canada*, vol. 12th, eds. Jean O'Grady, David Staines (Toronto: University of Toronto Press, 2003), 297, published in 1958.

[2] ［加］威·约·基思：《加拿大英语文学史》，耿力平等译，北京大学出版社2009年版，第69页。

沟通和水下沟通。"① 而由于本书之前谈到过的加拿大人戍边文化的心理特征，在加拿大，人与人之间的沟通、群体与群体之间的沟通无论是在客观环境层面，还是在主观意愿层面都不会非常顺畅，因此，沟通在弗莱看来就是一个意义深刻并值得深入讨论和探索的主题。普拉特写过很多关于这一主题的诗歌，并得到了弗莱的大力赞扬。弗莱认为普拉特笔下的沟通可分为两个层面。一个层面是有意识的，也就是实质上的。弗莱认为普拉特的很多诗歌让他印象深刻，原因是普拉特十分擅长运用例如政治、科技或社会学等领域的语言来写诗。他曾多次在文章中提出普拉特擅长把一些现代科技素材运用到诗歌中，例如，《原木之后》（*Behind the Log*，1947）中的雷达和潜艇探索器、《泰坦尼克号》中的无线电报等。在弗莱眼中，普拉特最擅长的是通过命令的言语进行实质上的沟通。弗莱指出：人类所有有意识的语言信号都是有意义的，特别是那些为人类的进步"建功立业"的命令式词汇。就像"二战"时期的暴政得以推行，源于希特勒令人惊叹的男中音，而丘吉尔倡导的自由理念得益于其语言节奏的简洁明了。普拉特发现了这些词汇的内核，强大的道德修辞也始终贯穿在他随后的创作之中。如描写铁路建设的诗歌《6000》（*The 6000*，1932）中，运用人们耳熟能详的词汇来描述加拿大贯穿东西的铁路建设从而表现人们真实的情感世界，这种方式无疑是成功的。沟通主题的另一个层面则是无意识或精神层面的沟通，像人们之间的信任、友谊、同志关系甚至包括与敌人之间的憎恨等。例如，在《走开，死亡》（*Come Away, Death*,）中，现代人窥测死亡的真正面目时，通常都在潜意识中怀有一种类似于面对祖先时的敬畏。

二、神话－原型批评理论视域下的普拉特诗歌

弗莱对普拉特的高度关注，除了因为其宏大的歌颂加拿大英雄主义的诗篇外，笔者认为，另外一个原因是普拉特与弗莱有着极为相似的经历——他们都与宗教有着不解之缘。普拉特出生于纽芬兰西部湾镇，父亲是一名卫理公会牧师。和弗莱一样，普拉特求学初期在维多利亚学院学习

---

① Northrop Frye, "E. J. Pratt", in *Northrop Frye on Canada*, vol. 12th, eds. Jean O'Grady, David Staines (Toronto: University of Toronto Press, 2003), 603, published in 1982.

第四章 弗莱论加拿大诗人

过一段时间神学之后转行投入了文学研究领域。宗教对普拉特的影响是毋庸置疑的，弗莱曾经说："普拉特的宗教思想从来不是突兀的，而是隐藏在他的每一首诗歌的血液之中。"①

虽然弗莱在文学研究初期就已经写过一些评价普拉特的诗歌的文章，但最具代表性的都是在进入20世纪50年代以后完成的。这一时期，弗莱的神话-原型批评理论思想已经完全成熟，对普拉特的诗歌的评论也逐渐从关注其写作风格和技巧转移到诗歌与宗教的联系中来。

普拉特在很多诗歌中，多次表现出了对人类社会道德建设的肯定和支持，强调高尚品德的重要性及在人类社会中的作用。他通过构建人群中的英雄形象来宣扬高尚的道德标准。弗莱认为，普拉特的诗歌中所表现的这种主题，是对加拿大神话的重铸，同时也是对那些质疑加拿大是否存在神话的人的有力反击。那么，什么是神话呢？弗莱认为："神话是神的故事，是历史的回忆录，是人类对自身宿命和传统的关注，是建立在隐喻基础上的"②，是诗人在特定的语境下，通过隐喻的手法来传播被广泛认同的人类文化遗产。加拿大作为一个独立时间不长的年轻国家，诗人们在写作过程中无疑会将民族意识的建构作为重要话题来讨论。在普拉特的诗歌中就存在大量展现集体力量和社会责任感的形象。普拉特作为加拿大过渡时期的重要诗人，他的写作风格毋庸置疑受到之前联邦诗人，也就是浪漫主义诗人的影响。和大多数浪漫主义诗歌一样，普拉特的诗歌中的人物都是充满革命和理想主义色彩的，他们总是要追求自由的最大化，提倡高度的道德观念，从而建立理想王国。而弗莱认为，普拉特的诗歌并不仅仅体现了加拿大式的英雄主义，更为重要的是对加拿大神话进行了重新的界定和建构。他提出："对浪漫主义来说，当诗人的社会的孤独感达到了一种极端并开始回溯的时候，诗歌就变成了神话。"③ 通常情况下，浪漫主义分为两种：一种是对自然充满诗情画意的赞叹；而另一种则是激进的、充

---

① Northrop Frye, "Preface and introduction to Pratt's Poetry", in *Northrop Frye on Canada*, vol. 12th, eds. Jean O' Grady, David Staines (Toronto: University of Toronto Press, 2003), 302, published in 1958.

② Northrop Frye, "Silence in the Sea", in *Northrop Frye on Canada*, vol. 12th, eds. Jean O' Grady, David Staines (Toronto: University of Toronto Press, 2003), 394, published in 1968.

③ Northrop Frye, "Silence in the Sea", in *Northrop Frye on Canada*, vol. 12th, eds. Jean O' Grady, David Staines (Toronto: University of Toronto Press, 2003), 395, published in 1968.

满革命色彩的，他们想要冲破枷锁，建立更加美好的理想国度。而当这种浪漫主义者得不到社会的认同时，与社会脱离的孤独感就会产生，当孤独感积聚、增强时，就会产生一种高于普通人类社会的精神含义。18世纪英国浪漫主义诗人雪莱就是这样一位勇士。弗莱洞察出，普拉特实际上受到了雪莱的极大影响，其诗作明显表现出对雪莱笔下的普罗米修斯的钟爱。"普罗米修斯是科技的象征。是由于人类在关注更完善的人类生活时所发展出来的。这种现代智慧在普拉特的诗歌中也被推崇，甚至比同时代的诗人更有说服力。"[1]

在确定了普拉特对加拿大神话的构建作用后，接下来笔者将详细讨论在弗莱眼中，普拉特是如何运用神话来表达社会意愿的。首先，弗莱认为："基督教的核心内容是他们通过受难、被迫害以及超与常人的忍耐力等方式来认定上帝。这实际上是一种交叉的、可笑的甚至可耻的象征，即一个被驱逐的宗教征服了世界上最强大的帝国。但是征服本身的关注力已经从基督教转移到一个确定的上帝。他能够创造和主宰自然的规则。"[2] 普拉特的诗歌抓住的就是这样的对比：人类的英雄主义和忍受力与自然对道德的无感。其中，人类的高贵遗产和宿命被清晰地反映出来。例如在诗歌《斯多葛派学者》(*The Stoics*) 中：

> 斯多葛派学者想要回答的是
> 对那些把我们标记在神经的抖动的迷宫中
> 危险的弯曲处的人们。

普拉特表达出斯多葛派学者想要在自然中发现道德的标准，并试图平衡人类的英雄主义和自然冷漠之间的冲突的想法。

之前我们已经说过，普拉特笔下的人物总是处在危险或紧急状态中，人们需要经历忍耐、坚持以及痛苦的过程。弗莱认为，普拉特诗歌中人们的苦难，实际上映射着《圣经》中"基督受难"的故事。而和他对立的

---

[1] Northrop Frye, "Silence in the Sea", in *Northrop Frye on Canada*, vol. 12th, eds. Jean O'Grady, David Staines (Toronto: University of Toronto Press, 2003), 395, published in 1968.

[2] Northrop Frye, "Silence in the Sea", in *Northrop Frye on Canada*, vol. 12th, eds. Jean O'Grady, David Staines (Toronto: University of Toronto Press, 2003), 392, published in 1968.

第四章 弗莱论加拿大诗人

则是失去上帝的宿命，无所顾忌的、无意义的世界，即彻底的海洋世界。

前文我们已经提过，弗莱认为加拿大诗人内心深处的戍边文化心理给加拿大文学带来了一种想象力上的冲突，即诗人极容易被自己年幼时期的成长经历所影响，并深刻表现在他/她后来的文学作品中。普拉特的家乡是在加拿大东南部的纽芬兰省，面向北美五大湖区和大西洋。自幼以海为伴，朝不保夕、异常艰苦的海边生活让普拉特对大海有着别样的感情，大海亦成为他一生诗歌创作中经常出现的主题。比如，在诗歌《大海的海涛声》（*The Ground Swells*）中就表现出了大海与诗人的感应：

> 我们一天三次听见它那
> 低沉的、令人侧耳的声音：中午的潮退，
> 夜幕降临，昏月上升时分的潮涨，
> 还有午夜的又一次回归。
> 虽然我们走进屋子，关好门，放下窗帘，
> 它还是悄悄地爬上海岩，
> 重重地叩击窗棂，
> 然后如同突发的疼痛一般
> 悄悄离去。
> ——在永恒的世界磨好致人伤痛的利刃之前，
> 在上帝的轻风把成熟的谷物
> 撒在冬日的海上去挫败暗礁的饥饿之前。①

宗教色彩对普拉特诗歌形成来说是十分重要的。弗莱洞察到："大部分来源于宗教的张力使普拉特的诗歌无论是在范围的广度还是在角度的深度都避免了仅仅成为历史的尴尬。"②

普拉特在加拿大神话的建构过程中，一直在试图寻找人类英雄主义和自然的冷漠之间的平衡点，这为加拿大文学的自然主题提供了一个全新的角度。在这种新的神话中，"英雄变成了劳动者而不是占领者，诗人塑造

---

① 黄仲文：《加拿大英语文学简史》，南京大学出版社1991年版，第173-174页。
② Northrop Frye, "Edwin John Pratt", in *Northrop Frye on Canada*, vol. 12th, eds. Jean O'Grady, David Staines, (Toronto: University of Toronto Press, 2003), 382, published in 1965.

神话的同时也塑造了一个比现实更加完美的人文社会"①。

三、加拿大史诗的开创者——加拿大"桂冠"诗人

弗莱在《英语加拿大诗歌的叙事传统》一文中曾经提出:"对19世纪浪漫主义的吟唱和20世纪的形而上学的成功者来说,应用于英语文学早期的诗歌形式似乎更加适合加拿大诗歌的写作。"② 这种早期的诗歌形式实际上就是指叙事长诗或英雄史诗。史诗可以说是人类最早的精神产物——追溯西方文学的根源即要从荷马史诗开始说起。史诗是一种能够凝聚民族精神的文学体裁,一般发生在本土文学发展的早期阶段。在加拿大经历了很长一段时间的封闭殖民统治之后,文学的发展一直都缺少民族精神的觉醒,即使到了后来联邦诗人快速崛起,也仅仅是把诗歌带入了现代主义思潮,而民族史诗始终一片空白。因此,在现代诗风靡全球的19世纪末20世纪初,弗莱敏锐地洞察到,虽然"加拿大诗人对加拿大的印象已经由一个人们共同直面自然的先驱型国家发展到一个定居的、高度文明的,并在国际秩序之下生存,开始考虑社会和精神层面问题的现代性国家"③,但他仍旧坚持认为作为一个新兴的国家,加拿大的文学缺少深厚的文化底蕴,而发展加拿大本土史诗对建立加拿大自身的民族文化有着不可忽视的重要作用。

普拉特是加拿大文学历史上第一位以史诗形式撰写诗歌的诗人,他十分擅长创作这种鸿篇巨制的作品,诗歌《布雷布夫和他的教友们》(*Brebeuf and His Brethren*, 1940)、《最后一颗道钉》(*Towards the Last Spike*, 1952)以及《泰坦尼克号》都是他笔下十分完整且出色的加拿大式叙事长诗的代表作。大部分普拉特的史诗创作都根植于加拿大的历史事件。如在诗歌

---

① Northrop Frye, "Silence in the Sea", in *Northrop Frye on Canada*, vol. 12th, eds. Jean O'Grady, David Staines (Toronto: University of Toronto Press, 2003), 397, published in 1968.

② Northrop Frye, "The Narrative Tradition in English-Canadian Poetry", in *Northrop Frye on Canada*, vol. 12th, eds. Jean O'Grady, David Staines (Toronto: University of Toronto Press, 2003), 148-149, published in 1946.

③ Northrop Frye, "The Narrative Tradition in English-Canadian Poetry", in *Northrop Frye on Canada*, vol. 12th, eds. Jean O'Grady, David Staines (Toronto: University of Toronto Press, 2003), 154, published in 1946.

《布雷布夫和他的教友们》中，普拉特重现了在1649年一群耶稣教会传教士在加拿大被易洛魁族人迫害而发生的兼有冒险和痛苦经历的动人故事，展现了普拉特对复杂人性的高超且深刻的洞察力。相对于《布雷布夫和他的教友们》浓厚的悲剧色彩，《最后一颗道钉》则更偏向于喜剧范畴。诗歌通过描述建造横跨北美大陆的加拿大太平洋铁路，用一种全新的角度来展现在加拿大文学中显得几乎有些陈旧的话题：人性与自然的冲突。不过此时的大自然已经不是可怕的或危险的敌人，而是通过人类的聪明才智可以战胜并加以利用的巨大力量。此外，诗中"不仅包含了国家统一的经历，同时它对科技进步的关注和最重要的对于交通联络的关注，赋予它以明显的现代气息"①。因此，普拉特的史诗被弗莱认定为无论是在技巧还是叙事写作的形式上都是加拿大史诗的代表作，他指出："20世纪的诗人们很好地继承了在19世纪产生的叙事传统中所有的哲学意义上的厌世主义和道德上的虚无主义，发展到普拉特的《布雷布夫和他的教友们》就已经达到了顶峰，并且很难再有进一步的超越。"②

实际上，普拉特独立于潮流之外，像这样大胆使用几乎已经过时的史诗体裁进行写作的行为，由来已久。普拉特的诗歌其实一直游走于流行与过时的文学形式之间。当联邦诗人们都在热衷于写作精细和复杂的抒情诗时，普拉特却在用最直接的方式书写叙事长诗，当人们都在钻研怎么用自由诗体写诗时，普拉特已经发现了无韵诗和八音节对句的奥妙。他敢于使用一些别人看来完全和诗歌写作无关的元素，铺陈直叙中夹杂个人见解，并很好地运用到诗歌中。例如在前文已经提到过的普拉特对科技语言的应用，在诗歌《人与机器》（*The Man and the Machine*，1932）中亦有体现：

---

① ［加］威·约·基思：《加拿大英语文学史》，耿力平等译，北京大学出版社2009年版，第70页。

② Northrop Frye, "The Narrative Tradition in English-Canadian Poetry", in *Northrop Frye on Canada*, vol. 12th, eds. Jean O'Grady, David Staines (Toronto: University of Toronto Press, 2003), 154, published in 1946.

> 受伤的血脉
> 与机器一起搏动，
> 汽车爬着陡坡，
> 痉挛的神经和痉挛的肌肉紧紧相连，
> 多么协调统一，
> 从贮油箱到活塞栓。
> 机器带着美洲狮的风度，
> 人的面孔沾着煤渣。①

诗人用机器的运作与人类的脉搏之间的比较来表现在工业大肆发展的20世纪初期，人类与机器之间的亲密关系。此外，第二次世界大战期间，在反战情绪高涨，诗人们纷纷跳出来指责战争给人类带来伤害时，普拉特仍旧我行我素地创作出一系列赞扬英雄主义的诗歌。弗莱认为，普拉特这样的行为完全立足于加拿大自身的国情，了解加拿大人对民族独立的渴望，是一种客观的爱国主义行为。

普拉特的诗歌对加拿大读者来说始终有特殊的含义，从起始的纽芬兰地区，到孕育史诗创作的不列颠哥伦比亚省，其诗歌的范围始终都没有离开过加拿大这块沃土。对于很多加拿大诗歌的读者来说，普拉特的诗歌通常是他们的启蒙。他的诗歌也许会存在对自然的漠视，但从未将之贬为悲观主义，他的诗歌在描写人类不屈不挠的勇气和忍受力时，也从未将之贬为无病呻吟的陈词滥调。但是与此同时，普拉特在国际上却并没有受到应有的关注，这归结于他长期钟情于叙事诗和相对过时的无韵诗和八音节对句。但是不得不承认，普拉特的确用一种特别的方式阐释了加拿大文学的想象力。归根结底，弗莱认为普拉特运用史诗撰写诗歌的最终意义在于建设和填补了加拿大的文学传统，增加了加拿大国家文学的主体性与文化自信，从而确立了加拿大文学的自身定位。这与本书之前谈过的弗莱建立加拿大文学传统的初衷是一致的。从这个层面来说，普拉特可以被誉为加拿大的惠特曼、民间的"桂冠"诗人。

---

① 黄仲文编：《加拿大英语文学简史》，南京大学出版社1991年版，第177–178页。

第二节　论阿·詹·马·史密斯

阿瑟·詹姆斯·马歇尔·史密斯是加拿大当代诗坛举足轻重的人物。他与弗兰西斯·斯科特联合创办的《麦吉尔双周评论》（*The McGill Fortnightly Review*，1925—1927）掀起了加拿大现代诗歌的浪潮，打破了之前弥漫在加拿大诗坛多年的陈腐、守旧的维多利亚文风和保守主义，大大推进了加拿大现代诗歌的发展并使之与世界文学接轨、同步，是加拿大现代派诗歌的先驱。这一举动后来被加拿大学者称为麦吉尔运动。史密斯对加拿大诗歌的影响应该从两个方面进行分析。一方面，史密斯本人是一位十分出色的诗人，他的诗歌被加拿大学术界称为玄学派诗歌。他"淡化时间观念，强调客观描写，提倡非个人化的、绝对的、纯粹的诗歌"①。另一方面，史密斯在批评和编撰加拿大文学方面同样也做出了不懈努力。他编撰的文集《加拿大诗歌集》在建立加拿大文学传统方面起到了不可估量的作用。总之，无论是在文学创作方面，还是在文学批评以及加拿大文学编撰方面，史密斯都孜孜不倦地为加拿大文学的发展努力着，并发挥着决定性的作用。

弗莱对史密斯的评论数量虽然远不及对普拉特的，但是史密斯的很多观点都是被弗莱认可和推崇的。在建立加拿大文学传统及面对加拿大文学的传统主题——自然的态度方面，弗莱显然受到了史密斯的很多启发。因此，虽然史密斯并非完全意义上的诗人，他的贡献更多来自文学批评及加拿大文学的编撰工作，但是把史密斯作为弗莱论加拿大诗人的代表之一有利于发掘弗莱加拿大文学观点的起源，对进一步了解弗莱的加拿大文学批评有着至关重要的作用。

---

① 朱徽：《加拿大英语文学简史》，四川大学出版社2005年版，第110页。

一、加拿大现代诗歌发展的先驱

作为加拿大现代诗歌绝对倡导者的史密斯在自己的创作中也时刻不忘突显现代诗歌的特征。实际上,史密斯的现代诗发表得并不是特别多,大多刊登在《加拿大论坛》上。他的第一部诗集叫作《长生鸟的信息及其他诗》(*News of the Phoenix and Other Poems*,1943),获得了很大的成功,并荣获总督文学奖。1954 年,史密斯才出版了第二本诗集《有点忘我:新诗及诗选》(*A Sort of Ecstasy*: *Poems New and Selected*,1954),包括《长生鸟的信息及其他诗》中的一部分诗歌及 20 多首新作品。这本诗集出版之后,史密斯在 1978 年出版了最后一部诗集《古典之风:诗选》(*The Classic Shade*: *Selected Poems*,1978),同样也是在原有的作品基础上,添加了 20 首新作。

加拿大学者普遍认为,史密斯的诗歌受到了玄学派诗歌的影响,从他的诗歌中能够看出明显的约翰·邓恩的痕迹。弗莱对此也持同样观点,他曾经多次引用加拿大文学评论家威廉·科林(William Edwin Collin,1893—1984)在《白色的草原》(*The White Savannahs*,1936)中对史密斯诗歌的评价:"深奥而孤独的音乐。"[①] 弗莱对史密斯的评述还包含了第二层含义。在史密斯发起的麦吉尔运动之前,加拿大诗歌的形式大多数以联邦诗人的浪漫主义诗歌为主。史密斯领导的麦吉尔运动倡导加拿大诗歌应该走向世界,向英、美的现代诗歌学习。他们一面创办文学杂志,向加拿大读者推荐诸如艾略特、庞德、叶芝等欧美现代派作家,把西方的意象主义、结构主义等思潮引入加拿大;另一方面,他们自身又积极创作现代派诗歌,包括自由诗歌、玄学诗歌和意象诗歌等。史密斯的玄学诗歌就是创作于这样的背景之下,是推动加拿大现代诗歌发展的重要组成部分。但加拿大文学的主流意识还在浪漫主义中故步自封,大部分诗人固守加拿大文学的本土性的重要地位,认为加拿大诗歌的发展应该建立在加拿大自身的建设基础上。他们拒绝吸收欧美最先进的文学思潮,固执己见地认为引进欧美文学理念将会冲击加拿大本土特色,影响加拿大文学传统的建立和

[①] Northrop Frye, "Letters in Canada: Poetry", in *Northrop Frye on Canada*, vol. 12th, eds. Jean O'Grady, David Staines (Toronto: University of Toronto Press, 2003), 129, published in 1954.

发展。史密斯领导的麦吉尔运动及推崇现代诗歌的诗人们也因此受到了不小的冲击和压制。面对这一现实，弗莱在加拿大学界颇具影响力的《多伦多大学季刊》中公开肯定史密斯的玄学派诗人身份，这一举动实际上是着眼于加拿大诗歌发展潮流的，是对加拿大现代诗歌发展趋势的肯定和鼓励。

史密斯与玄学派诗歌的渊源要从他在英国爱丁堡大学攻读博士学位时，师从玄学诗研究权威格里尔森教授开始说起。史密斯的博士论文在格里尔森教授的影响下，选择了17世纪玄学派诗人作为研究对象，其中约翰·邓恩则毋庸置疑地成为其论文研究的重点。史密斯的诗歌风格变换多样，语言流畅幽默，通常带有对社会现实的批判和讽刺。"当今拜读史密斯诗作的读者会很快被他对艺术和技巧的强调所感动。这种强调远非频频直接或间接地引证其他作家和他们的作品。他的诗作就像一些精致的成品，像一些古典雕塑，需要我们绕走一圈，从各个角度去欣赏。"① 例如，在史密斯最具代表性的诗作《孤寂的大地》(The Lonely Land)中，诗人用孤寂大地中的勃勃生机展现玄学诗思中的美的力量：

> 柏树和冷杉高举挺拔的枝干，
> 直指那堆云层的灰暗苍天，
> 劲风在海湾里吹起层层水花，
> 岸旁的棵棵青松都指向一边。
> …………
> 这种美就是力的美，
> 纵然经历力的摧残，
> 却依然是坚毅刚健。②

相比较于加拿大传统诗人倾向于描写加拿大粗狂原野的自然风光，史密斯的诗歌中对自然主题的描写通常是细致入微的。例如，在《田野漫步时看见一朵白色紫罗兰》中：

---

① [加]威·约·基思：《加拿大英语文学史》，耿力平等译，北京大学出版社2009年版，第935页。

② 朱徽：《加拿大英语文学简史》，四川大学出版社2005年版，第111页。

一朵白色的紫罗兰
　　初放羞涩的白色
　　一枝灰绿色的花茎
　　从起起伏伏的
　　叶的绿色、草的绿色中抬起
　　依偎在
　　古老的灰黑大地
　　母乳色的
　　胸口。①

　　诗人运用意象与玄学诗相结合的方法，两者相互牵引，不仅增加了意象的生动性，也表现出了生命与大地母亲的依恋。

　　人们很容易发觉，史密斯诗歌的内容和语气实际上也充满本土的气息，但诗人却选择使用现代诗歌的方式来展现，这与他对加拿大诗歌的看法有着密切的关联。史密斯作为一位诗人，他在诗歌创作中的贡献无疑是被加拿大学界所肯定的，也是成功的。然而，真正让史密斯在加拿大文坛上名声大噪的原因是他在引进欧美文学盛极一时的现代派诗歌时，对加拿大诗歌所做出的批评和编撰方面的贡献。

二、对加拿大文学的批评和编撰

　　史密斯在他的学术生涯中一直置身于加拿大文学批评和编撰的事业之中，并先后推出过一系列推动诗歌现代化的论文集和作品集。其中较有代表性的论文集包括《加拿大文学观照：1928年至1971年的批评论文选集》(*Towards a View of Canadian Letters：Selected Critical Essays 1928 – 1971*, 1973) 和《论诗和诗人：史密斯论文选集》(*On Poetry and Poets：Selected Essays of A. J. M. Smith*, 1977)。史密斯参加编撰的作品集有《加拿大诗歌：批评和历史选本》(*Book of Canadian Poetry：A Critical and Historical Anthology*, 1943)、《牛津加拿大诗歌集（英、法文）》(*Oxford Book of Canadian Verse：In English and French*, 1960) 以及《现代加拿大诗歌》

---

① 逢珍：《加拿大英语诗歌概论》，民族出版社2008年版，第108页。

(*Modern Canadian Verses*,1967)等。这些论文集和作品集不仅涵盖了加拿大英语文学的经典之作,更重要的是,史密斯将一些法语的优秀文学作品也收集在册。史密斯这种不遗余力的努力很快使他的文学观点和主张被更多的加拿大文学读者所熟知和接收,并被选入了大学的文学教材。其中,与克莱恩(A. M. Klein)、肯尼迪(Leo Kennedy)和普拉特等人一起编撰的《新天地:几家诗作》(*New Provinces*:*Poems of Several Authors*,1936),因其产生的重大影响被加拿大学界认为堪比英国诗人华兹华斯和柯勒律治(Samuel Taylor Coleridge,1772—1834)的《抒情歌谣集》(*Lyrical Ballads*,1798)。学界对史密斯的文学批评及编撰工作一向给予高度评价:"诗人伯尼曾经说过:作为一位编选者,他并不是信手拈来,他的才学与智慧使他能确定编选类型,并根据诗的题材和主题来分门别类进行选择。所编选的诗歌具有很大的感染力和深刻的意境。"① 弗莱也曾在《灌木花园》的前言中提到,史密斯编撰的《现代加拿大诗歌》一书是把他引入加拿大文学领域的最初导师。

本书前文已经提到,20世纪初,加拿大文学激烈争论的焦点之一莫过于究竟是应该无限扩大加拿大文学的本土性,还是应该加入现代主义发展的大潮,与世界文学共同进退。对于加拿大诗人来说,加拿大错综复杂的历史、地理、人文等因素造成的加拿大独有的文化特色是他们赖以生存和创作的最初源泉,其中以自然主题最为著名。加拿大早期文学家围绕自然主题创作出大量的文学作品。但是随着文学的不断发展以及英美文学的不断强大,加拿大文人日渐发觉在世界文学的范畴内,加拿大文学始终处于默默无闻的尴尬地位的重要原因就是故步自封,缺少与外界的联系和融合。史密斯恰恰是这群加拿大文人的代表之一,他所领导的麦吉尔运动就是对这一争论的积极响应。麦吉尔运动的支持者发表了一系列评述加拿大诗歌的文章,鼓励加拿大诗人不要墨守陈规,要积极地走出加拿大,加入世界文学的大潮之中。而史密斯本人除发表了一系列具有现代特征的诗歌以外,在推进加拿大诗歌现代化进程的过程中最突出的成就莫过于在对加拿大诗歌的批评和编撰上。

弗莱在如何在意象、象征、主题、风格等方面展现加拿大特色和构建加拿大文学传统方面或许走在了史密斯的前面,但对于加拿大本土性与现

---

① 黄仲文主编:《加拿大英语文学简史》,南京大学出版社1991年版,第211页。

代性之争论，弗莱的观点是与史密斯一致的，他对史密斯的贡献也是十分肯定的。他在1943年出版的《加拿大及其诗歌》中开篇就提到："阿瑟·詹姆斯·马歇尔·史密斯编辑的新诗歌选集的问世，对加拿大文学界来说是一件重大的事件。像大多数编辑一样，如果把这本诗集与之前的选集相比较，史密斯先生用他孜孜不倦的努力和坚定不移的原则为整个英语学界提供了一份最前沿的研究资料。"① 史密斯所编撰的文集和文学批评通常被加拿大学者认为是加拿大现代诗歌的先驱，并在本土性与国际性之间选择了国际性。而通过阅读弗莱对史密斯的批评文章，可见弗莱认为史密斯对本土与国际的划分并没有学界想象中那么清晰，他真正想要表达和倡导的是通过"让加拿大诗人去模仿艾略特和其他现代派诗人……让他们去取得相等的艺术水平和重要地位"②。由此可以看出，弗莱认为史密斯的文学编撰和批评并不是想全盘否定加拿大自带的鲜明特色，而是在学习和融入世界现代主义的大潮之后，为加拿大文学寻找一条全新的发展道路。

在弗莱对史密斯的诗歌评论中最主要的文章便是发表在《加拿大论坛》上的《加拿大及其诗歌》一文。弗莱在后来的文章中曾经提到，这篇文章是他加拿大批评集中最早、最有影响力的文章。实际上，弗莱后来对加拿大文学的态度和观点，都是在这篇文章中第一次正式提出并在日后不断完善和深化的。可以说，弗莱对史密斯的评论，为弗莱迈向加拿大文学批评领域做出了重要的奠基作用。在文章中，弗莱首先肯定了史密斯运用现代主义思潮解析加拿大联邦诗人的做法，指出了加拿大诗歌一直以来发展缓慢的根源所在，认为加拿大的独特气质并不能仅仅依赖浪漫诗人那种单纯通过自然环境来抒发情感的方式。加拿大文学的发展实际上是困难重重的，既要摆脱久远的殖民历史对文学发展的制约，又要解决如何取舍欧洲文学的问题，同时还要在美国文学蓬勃发展的现实中寻求自我生存的方式。对于加拿大文学不可避免的自然主题，弗莱在评论史密斯的文集中提到，自然主题很容易被加拿大人描写为危险或者魔鬼，这是源自加拿大

---

① Northrop Frye, "Canada and Its Poetry", in *Northrop Frye on Canada*, vol. 12th, eds. Jean O'Grady, David Staines (Toronto: University of Toronto Press, 2003), 26, published in 1943.

② [加] 威·约·基思：《加拿大英语文学史》，耿力平等译，北京大学出版社2009年版，第75页。

人心中对这片荒无人烟的自然环境的恐惧心理。人们维护社会秩序的道德标准在自然面前很容易变得毫无用处，而这则更加剧了这种不安心理。同时，弗莱后来提出的加拿大成边文化心理的雏形也在这篇文章中出现，由此可见其观点是通过阅读史密斯的文集而产生的。

弗莱的史密斯诗歌评论对加拿大现代诗歌的发展起着毋庸置疑的推动作用，就弗莱自身而言，对史密斯的评论打开了弗莱迈向加拿大文学批评的大门，同时也推进了弗莱自身的学术发展。当然，弗莱在加拿大批评的第二个时期，成就已经远远超越了史密斯单纯的现代主义思想。弗莱在评论文章的最后一部分提道："史密斯先生在无意识的情况下表现了这种内部统一的特点，从而让加拿大的自然诗歌以一种完美的姿态展现出来。"① 实际上，这种内部的统一就是弗莱眼中的融合加拿大自身特点而产生的加拿大特性。

第三节　论加拿大神话派诗歌

在《批评的剖析》的出版发行之后，诺斯罗普·弗莱的神话-原型批评理论得到了众多学者的肯定和赞赏，同样也成为加拿大诗人们争先推崇和效仿的对象。在此之后"加拿大诗歌创作中出现了一种新的发展趋势。20世纪50年代涌现了一批诗人，他们通过刻意运用神话与原型，作为一种诗歌的建构基础，甚至是作为他们诗歌的主要题材"②。这些诗人的出现和发展壮大，不仅是对弗莱神话-原型批评理论的支撑，也为弗莱剖析加拿大诗人提供了丰富而有针对性的素材。弗莱在撰写《多伦多大学季刊》的《加拿大专栏》年鉴过程中，不可避免地对这一批神话派诗

---

① Northrop Frye, "Canada and Its Poetry", in *Northrop Frye on Canada*, vol. 12th, eds. Jean O'Grady, David Staines (Toronto: University of Toronto Press, 2003), 38, published in 1943.

② [加] 威·约·基思：《加拿大英语文学史》，耿力平等译，北京大学出版社2009年版，第93页。

人进行了点评。人们已经很难辨析究竟是因为弗莱对他们神话－原型运用技巧的肯定进而鼓励他们成为神话派诗人，还是因为他们都热衷于撰写神话诗歌而自成一派。但可以确定的是，神话派诗人的形成与发展同弗莱的关系密不可分，且在弗莱对加拿大诗人的评论中占有不可忽视的地位。虽然弗莱在文集《大地经纬，和声乐章：关于加拿大文化的论文选》中不止一次强调，"不存在一个弗莱神话诗歌流派；文学批评和诗歌不可能有那样的关系"①，但他对加拿大诗人的影响是毋庸置疑的。对于加拿大诗人来说，"弗莱的想象力上的深化结构，那种存在于宇宙之中的想象的连贯型态，艺术不仅可以利用而且实际上是艺术的一部分的理论，起着创造力释放的作用"②。纵观众多加拿大神话派诗人，杰伊·麦克弗森（Jay Macpherson，1931—2004）和詹姆斯·雷尼（James Reaney，1926—2008）是其中最具代表性的两位。

一、神话意象的重述

加拿大女诗人杰伊·麦克弗森因其对神话－原型批评理论的熟练运用，对形式和韵律的考究以及在诗歌中表现出显著的现代性特征而备受推崇。弗莱对麦克弗森的诗评，不仅是弗莱的加拿大文学批评标准建立的重要实践依据，也展现了弗莱让人敬佩的文本分析能力。

从她所创作的评论和诗歌中很容易发现，麦克弗森可以说是弗莱神话－原型批评理论的追随者。她的作品中最为杰出的是1957年出版的组诗《船夫》（*Boatman*，1957）及其同名诗歌《船夫》。诗歌以《圣经》中诺亚方舟的故事作为暗喻来向读者阐释诗人如何构思作品的内在含义以及如何将整个世界纳入个人统一视野的心理状态。诗歌大多短小精炼，通常运用童谣、民歌等形式进行讲述。威·基思在提到麦克弗森的这部诗集时候，赞叹之词溢于言表。他说："诗中对传统的象征（方舟、迷宫、花园、海岛）和传统人物（亚当和夏娃、田园牧羊人、美人鱼、女巫）都

---

① ［加］威·约·基思：《加拿大英语文学史》，耿力平等译，北京大学出版社2009年版，第109页。

② ［加］威·约·基思：《加拿大英语文学史》，耿力平等译，北京大学出版社2009年版，第109页。

进行了探索并使他们一一复活。技巧高于一切,麦克弗森的技巧无懈可击。"① 麦克弗森在《船夫》中所表现的高超技巧,在她后来出版的另外一本诗集《欢迎灾难》(*Welcoming Disaster*, 1974)中得到了进一步的体现,并且表现出了更加强烈的个性化和自我意识。诗人写道:

> 我在那地窖中
> 放下我惨遭杀害的弟弟,
> 放下我悲愤的母亲,
> 放下我薄命的妹妹,
> 让他们躺着,躺着,躺着。
> …………
> 我也躺下来,陪伴他们,
> 他们的希望就是我的希望,
> 他们的忍耐就是我的忍耐,
> 直到最后审判,直到光明来临,
> 在那个地窖,
> 这就是一切,一切,一切。②

作为一位女性诗人,麦克弗森同时也对女性在文学上噤若寒蝉的状态表现出了担心,她在《欢迎灾难》中写下了这样的诗句:

> 有些人从不屑于阅读我们的诗篇,
> 从不给我们回信,也从不说一句
> 我们已等待良久的话,他们敬而远之,不愿目睹我们的哭泣,
> 我们虽爱这些人,心中却深受奚落。③

曾经有学者这样评价过麦克弗森:"也许归根结底,她是一个诗人的

---

① [加]威·约·基思:《加拿大英语文学史》,耿力平等译,北京大学出版社 2009 年版,第 112 页。
② 逢珍:《加拿大英语诗歌概论》,民族出版社 2008 年版,第 225 页。
③ [加]威廉·赫伯特·纽:《加拿大文学史》,吴持哲等译,北京大学出版社 1994 年版,第 306 页。

诗人，她可以用才智、精华和深刻为那些能欣赏纯粹巧妙之美的人带来愉悦。"①

这样一位深谙神话诗歌写作技巧的加拿大女性诗人，也同样受到了弗莱的高度关注。弗莱关于麦克弗森的评论基本上都发表在《多伦多大学季刊》的年鉴中，并且他曾在不同年份的评论文章中多次提及麦克弗森的作品，并洞察出："麦克弗森女士的神话就像她的暗示一样，流入她的诗歌之中，而诗歌本身并不指向它们。"②麦克弗森的诗歌第一次出现在弗莱的评论文章中是在1952年诗集《十九首诗歌》出版之后，弗莱在当年汗牛充栋的诗集中敏锐地发现了这位诗人的与众不同。他提道，杰伊·麦克弗森的短篇诗集《十九首诗歌》是这一年中的佼佼者，她的写作风格在当时的加拿大诗坛中独具一格。弗莱敏锐地洞察到，麦克弗森是一位典型的传统主义者。通常情况下，她会使用四行诗式的共鸣诗节来创作诗歌，对经典的神话故事更是能够灵活巧妙地使用。诗歌以怀旧的挽歌为主，有时也会出现一些意想不到的幽默感。

20世纪50年代正值加拿大诗歌的蓬勃发展，弗莱之所以能够在同时期汗牛充栋的作品中披沙沥金，肯定麦克弗森的与众不同，所看重的是其作品中神话意象的再现和重述。弗莱在《伟大的代码》中曾经提到："由于所有的词语结构都有某种连贯性，即使它们不一定被连贯起来读（如电话号码簿），从基本意义上来看它们也是具有神话性的，这种意义实际上即是某种重述性。"③作为加拿大现代诗歌的标志性人物，麦克弗森的作品正是因为恪守西方文学传统并能够巧妙精致地重述例如《圣经》中的神话意象，才使诗意颇具启示意义。例如，诗人在《夏娃的沉思》（*Eve in Reflection*）中写道：

---

① [加] 威·约·基思：《加拿大英语文学史》，耿力平等译，北京大学出版社2009年版，第112页。

② Northrop Frye, "Canada and Its Poetry", in *Northrop Frye on Canada*, vol. 12th, eds. Jean O' Grady, David Staines (Toronto: University of Toronto Press, 2003), 172, published in 1943.

③ [加] 诺斯罗普·弗莱：《圣经文学与神话》，参见叶舒宪编选《神话—原型批评》，陕西师范大学出版总社有限公司2011年版，第329页。

第四章 弗莱论加拿大诗人

> 可爱的面容失去光彩,
> 毁在滔滔血潮中。
> 亚当走在冰冷的夜里,
> 荒原孤寂,朽木丛生。①

被驱赶出伊甸园的夏娃生活发生了巨大变化,她的孤寂和落寞象征着当今人类社会的冷漠和自我放逐。

此外,在提到麦克弗森的另一本诗集《船夫》时,弗莱认为,《船夫》是诗人最杰出的代表作,是诗人对诗意经验的实验性探索。诗集分为六个部分,第一部分叫作"可怜的孩子",包含了诗人第一部诗集《十九首诗歌》中的内容。诗歌试图从以死亡为主题的"不幸的风"(*The Ill Wind*)发展到悲伤的"第三只眼睛"(*The Third Eye*):

> 三只眼中,我宁肯用两只换一只,
> 尽管那一只几乎暗淡无光。
> 只因为两只所见是绿树蓝天,人来人往,
> 而第三只眼能透视一切,如穿过玻璃。②

而第二、第三部分诗歌包括《哦,大地回归》(*O, Earth Return*)和《黑暗中的农夫》(*The Plowman in Darkness*),这两首诗歌除了展现了诗人高超的神话诗歌的写作能力,同时也显露出了她受英国浪漫主义诗人威廉·布莱克的影响之深。布莱克在诗歌中,经常会把"大地"(earth)比喻为女性堕落的象征,而在麦克弗森的这两首诗歌中的神话原型都是与"大地"相关的,即因不同原因而"堕落"的女性形象,其中包括夏娃、大洋女神欧律诺墨、抹大拉的玛利亚、《所罗门之歌》中的新娘以及示巴女王③等。此外,弗莱还认为,麦克弗森在诗歌的形式上也受到布莱克的影响,即在诗歌的结构上通常会建立两个相互对称但又互为矛盾的部分。

---

① 逢珍:《加拿大英语诗歌概论》,民族出版社2008年版,第224页。
② 转引自逢珍《加拿大英语诗歌概论》,民族出版社2008年版,第225页。
③ 欧律诺墨是十二泰坦神中的老大,大洋与河流之神俄刻阿诺斯的女儿;抹大拉的玛利亚是耶稣十二门徒中唯一的女性信徒;示巴女王是《圣经·旧约》中的人物,暗恋所罗门王。

弗莱洞察到，虽然麦克弗森的诗歌中，矛盾色彩并不如布莱克的《天真和经验之歌》那么突出，但通过保持一定的美学距离，以及耳熟能详的对比，在主题上也展现出了鲜明的冲突感。最后两个部分的诗歌，包括《睡眠者》（The Sleeper）和《渔夫》（Fishermen），出现了与前文提到的女性角色相对应的男性形象。例如，在《睡眠者》中出现的是希腊神话中的月之女神以及被她所爱的英俊牧童恩底弥翁，影射的则是美少年阿多尼斯和亚当。随后，又出现了诺亚和他的方舟，从而分别影射上帝以及他所创造的这个世界，即万物都是在创造者的内部，就像诺亚在方舟内，而夏娃也曾经是亚当的一块肋骨一样。诗中的方舟有着人一样的思维和话语，它会与它所承载的所有人，包括它自己对话：

> 我睡了你才能清醒
> 黑沉沉的海
> 才不会在你下面张开大口
> 如同吞我一般。①

随着诗歌中方舟的意象延伸到影射洪水泛滥的世界，《圣经》中的巨轮、自然中的规则以及整个诗歌所想要表现出来的体系也就形成了。诗歌从一个生活在充满敌意和神秘世界中的可怜孩童开始说起，最后发展到一个重新获得天堂般纯真无邪的青少年作为结束。不得不说，弗莱对麦克弗森这首《船夫》在结构上剥茧抽丝的分析着实让人叹为观止，而这也从另一个侧面窥测出弗莱对文本阅读的方式方法。弗莱认为，文本阅读通常应该选择的是向心式阅读，而非离心式阅读。向心式阅读是指在阅读文本的过程中，忽略文本与社会环境、历史背景等外部结构的关系，单单从词语、意象、隐喻、象征等内在结构出发，探究文学之间内部的联系。值得注意的是，虽然弗莱与新批评派所持批评方法一样，都十分注意文本的内在结构，但是弗莱所关注的是透过隐喻等内在结构，考察文学传统在文学中的意义以及在文学作品中的作用。后期出版的著作《伟大的代码》，就是一部运用向心式阅读方法对《圣经》进行文学意义探究的杰出著作。

在对诗集《船夫》第二、第三部分的诗歌《哦，大地回归》和《黑

---

① 逄珍：《加拿大英语文学发展史》，上海外语教育出版社2010年版，第343页。

第四章　弗莱论加拿大诗人

暗中的农夫》的评论中，弗莱对麦克弗森在结构上的出色安排给予了肯定。弗莱认为麦克弗森的四行诗中"充满了专业的多变的时间点，并且表现出了对神话的兴趣和热爱。这也让诗人跻身于正式诗人的行列之中"①。由此可见，在弗莱眼中，只有对神话或传统中常规主题适当应用，才能够很好地避开那些流于个人经验之谈的二流诗歌。

在对神话诗歌的写作方面，弗莱还注意到了麦克弗森诗歌中的另一个特色，那就是对共鸣（echo）的应用。弗莱认为，每一个人都会因各自不同的知识背景而对诗歌产生不同的理解。如果仅仅是从《圣经》或是古老神话中直接引用，并不能让读者对诗歌的内涵心领神会，从而与诗人产生共鸣。因此，在书写神话诗歌时，共鸣的使用就变得尤为重要。弗莱列举了在麦克弗森的诗歌中多种神话的来源，类似于维多利亚时期的抒情诗（如"当夜莺无限的伤痛"听起来就很像情歌的开篇），布莱克的抒情诗、赞美诗（如《不要向我收回你的圣灵》②），盎格鲁-撒克逊的谜语、天主教颂歌、童谣、对句和新闻文体等。对共鸣的适当应用，能够打破时间的界限，让不同历史时期的神话故事很好地为现代诗歌服务，从而减少歧义。具体来说，人们很容易从书本上了解亚当、夏娃或者诺亚方舟的故事，但是如果诗歌本身并不具备深刻的寓意，就很难让读者产生共鸣或相应的联想。弗莱洞悉，在麦克弗森的诗歌《船夫》中，就是因为诗人时刻注意与读者之间产生神话上的共鸣，仔细推敲诗句中的每一层含义，才让诗歌永远一目了然，让读者心领神会。弗莱的这一观点，无疑与其关于神话-原型在文学作品中的地位的观点相符。弗莱认为，神话并不是研究文学的最终目的，文学批评的最终目的实际上是通过对神话的寻找和阐释，窥见不同历史时期、不同种类的文本内部之间的相互联系。至此，本书所讨论的问题又归结到了文学传统在文学中的作用这一话题中来。

显然，弗莱十分看重麦克弗森对于神话意象的使用，并不断地尝试对其进行重新阐释和解读，使文本焕发全新的活力。而其中的神话意象不仅追本溯源至《圣经》，同时也包含诗人自身的文学背景（诗人与布莱克的

---

① Northrop Frye, "Letters in Canada: Poetry", in *Northrop Frye on Canada*, vol. 12th, eds. Jean O' Grady, David Staines (Toronto: University of Toronto Press, 2003), 147, published in 1955.

② *Take Not Thy Holy Spirit from Me*，是一篇由罗马天主教教皇约翰·保罗二世（John Paul II, 1920—2005）撰写的赞美诗。

关系）等。弗莱强调，对诗歌意象的分析研究，都应着眼于其中相互关联的因素，这可以是隐喻、象征的，也可以是结构或主题的。这些相互的关联一方面体现了人类集体智慧的文学想象，在模式或程式上又是有限且不断重复的。自人类文明存在以来，不同社会之间的思维方式和反应模式千差万别，但万变不离其宗的是人类的身体状态和心理结构的本质。西方文学的发展源远流长，但无论如何向前延展，都将始终带有人类最初的文学形式——神话中的意象和叙事形式的痕迹。正如亚里士多德强调，诗歌的叙事与历史最大的区别在于诗歌是表现典型或普遍的事件，并非个人的或是特定的节点。弗莱认为，诗人只有对神话或文学传统中常规主题的适当应用，才能区别于那些流于个人经验而昙花一现的诗人，清晰把握文学的总体轮廓。然而，神话-原型批评理论视域下的神话也并非简单追溯到古希腊神话抑或《圣经》之中就能够阐释清楚。在弗莱对麦克弗森诗歌的评论中，我们也可以发现，在对神话意象的关注之外，弗莱还提到了英国诗人布莱克对麦克弗森的影响。显然，尽管弗莱与新批评派同样认为文学文本的内在肌理不容忽视，但弗莱所关注的是透过对神话的隐喻等内在结构，传递诗人想象力之间的共鸣。

二、文学想象力的共鸣

共鸣贯穿了读者与诗人的联系，其最终目的则是为了文学传统的传递和继承。弗莱在对另一位加拿大诗人詹姆斯·雷尼的评论中更直接地表达了这一观点。雷尼是加拿大当代文坛上一颗闪耀的明星，出版发表了多本出色的文集。他曾先后三次获得加拿大文坛的最高荣誉——总督文学奖，获奖的文集分别是《红色的心》（*The Red Heart*，1949）、《荆棘衣》（*A Suit of Nettles*，1958）[①] 以及《写给小镇的十二封信》（*Twelve Letters to a Small Town*，1962）。到了20世纪60年代后期，他的创作兴趣转移到了戏剧领域之中，同样也获得了斐然的成绩。不得不说，诗人雷尼在加拿大文坛上无疑是一颗闪耀的明星，每一部诗集都能获得加拿大读者的认同，而且屡获大奖的现象在加拿大文学历史上并不多见。实际上，雷尼在诗歌

---

① 国内也有人翻译为《沾着荨麻子的衣服》《一堆麻烦事》《荆棘为衣》等，本文采用的翻译版本是来自2008年民族出版社出版的《加拿大英语诗歌概论》，作者是逄珍。

第四章 弗莱论加拿大诗人

上的成就不仅代表着他个人的成功,也意味着在麦吉尔运动中所强调的诗歌理念得到了更加多元化的发展,诗歌创作中心也从蒙特利尔转移到了多伦多。

诗集《红色的心》是雷尼的成名之作,其中收录的诗歌全部来自他早期创作的作品,共计42首,大部分为抒情诗。诗歌选用第一人称,由一个来自安大略省的孤独男孩来讲述阅读时所发掘出的神话故事。雷尼的这些诗作时而让人胆战心惊,时而又天马行空;时而同时拥有健康的和不健康的想象,时而又天真烂漫;时而古灵精怪,时而则极其敏感。在诗歌《学校的地球仪》中,作者借陪伴他度过童年时期的地球仪来缅怀自己儿时的美好时光,但又由此联想到了当今世界动荡不安的局势,他在诗歌中写道:

　　重新给我昔日的世界,
　　哪怕是一个空壳让我紧握。
　　我拿这个真实、悲伤的大千世界
　　与昔日的那个交换,
　　今日这个世界,
　　没有孩子记忆中的美好天空,
　　只有充满血腥、恐惧、死亡和谎言。①

《荆棘衣》是雷尼的第二部代表作。诗集由12首田园牧歌组合而成,每首诗代表一年中的一个月份,而代表每个月份的是一群被饲养在安大略省普通农场的鹅。诗人用拟人手法赋予每只鹅以不同身份和性格,其中不仅有富有激情的诗人、沉静的哲学家、天分卓越的音乐家,也有教师、学生,等等。它们彼此之间可能是恋人、父母抑或子女关系。作者通过两只名为穆卜修斯(Mopsus)和布伦威尔(Branwell)的鹅之间的对话作为诗歌的开端,并因布伦威尔失恋而引出荆棘衣的由来,暗示人类生活在欲望和纯爱并存、刺激与不安同在的复杂世界之中。诗歌以宏大的叙事史诗结构、对加拿大历史和吟游诗人乃至西方文学典故的援引,吸引到弗莱的关注,使其在1959年的诗歌评论开篇就提到了雷尼的这一作品。弗莱在文

---

① 转引自逄珍《加拿大英语诗歌概论》,民族出版社2008年版,第214页。

中对诗歌各个部分的主题、结构乃至象征意义进行了一番深度挖掘。他指出雷尼的诗集与英国文艺复兴诗人埃·斯宾塞（Edmund Spenser, 1552—1599）关系密切。《荆棘衣》中所有鹅的意象是对斯宾塞的《牧羊人的日历》（*Shepherd's Calendar*, 1579）巧妙的模仿。此外，这部诗中提及的抒情诗、挽歌、歌唱游戏、对话、寓言以及反讽诗或死亡之舞都与斯宾塞的创作题材息息相关。显然，神话象征并非文学批评的终点，批评家要通过发现文学历史长河中对同一个神话意象的不断重述、意象内涵的不断叠加，从形式上建立文学作品之间的历时关联，从而使文学传统得以延续和继承。

实际上，雷尼十分擅长将对文学经典的敬意隐藏在诗歌之中。在象征四月的诗歌中，两个歌唱春天的歌手——雷蒙德象征着诗人雷蒙德·尼斯特（Raymond Knister, 1899—1932），而瓦伦希则代表另外一位名为伊莎贝拉·克劳福德（Isabella Crawford, 1850—1887）的诗人。雷尼运用得细致入微且经得起推敲的共鸣当然也受到了弗莱的肯定。在象征九月的诗歌中，诗人讲述了"愚人"集市（Mome Fair）中的故事。弗莱指出，Mome 就是让不同历史时期的诗人产生共鸣的意象：在斯宾塞的作品中它的意义为乡巴佬；李维斯·卡洛（Lewis Carroll, 1832—1898）则将其意义延伸至远离家乡；而雷尼的诗歌中，"愚人"集市中人声鼎沸的民间杂耍、浪漫的摩天轮、幽默的小丑、梦幻的旋转木马让不起眼的乡村小镇热闹起来。诗歌虽并没有明确指出 Mome 与斯宾塞或卡洛诗歌的关系，但读者很容易心照不宣地产生联想，集市中所描述的一切就显得尤其的意味深长。弗莱同时洞悉，"愚人"集市中的摩天轮以及诗歌"十二月"的内在联系并以死亡终结的循环结构模式将读者的想象力引向了《金枝》；而旋转木马暗示人类智慧从古希腊哲学发展到马丁·海德格尔的历史循环又与《芬尼根守灵夜》（*Finnegan's Wake*, 1939）中的恶性循环异曲同工；而整个游乐场则是暗讽打算通过火车观光掌握加拿大历史以及地理风光这一想法的荒谬。当看到这群鹅经历了 12 个月的饲养，最终在圣诞节前面临被宰杀的命运时，读者也很容易联想到那段在欧洲列强利益之争下，加拿大成为砧板上任人宰割的鱼肉的历史。此外，雷尼与斯宾塞在结构方面，特别是写作技巧上的共鸣尤其值得一提："一月"至"三月"诗歌的音韵是十行一节带四个韵脚的长音节，结尾是亚历山大式的。这恰恰也是斯本塞最为常用的音韵。作为雷尼的曾经的导师，弗莱准确地发现："诗人在诗歌中很少会把真诚的情感与学识区分，这样的诗歌直观且显示了诗人的博学。诗人巧妙的灵感让人赞叹，体裁也丰富多样。闹剧、寓言、宗教、批评、反讽等都在诗人的脑海中融会贯通。雷尼先生并不愿意迎合时下的潮流而做任何写作上的变动，这是我所钦佩的，起码之前不善言辞的南安大略省并没有人能够有如此杰出的想象力。"①

诗人天马行空的想象力和游刃有余的写作技巧让这部诗集充满了奇妙的吸引力，也让诗人第二次获得了总督文学奖。1969—1971 年，雷尼又以类似的方式创办了一份名为《字母表》的刊物，打算出版发行 26 期，象征英文字母的数量。每一期都会以一个古代神话中的人物为主题，向他们献诗。在第一期中，诗人发表了一首名为《字母诗》的诗歌，很好地反映了作者在想象力和意象运用方面的卓越能力，也反映出了雷尼的个人风格：

  哪里是露珠的田野？
  我无法追寻，
  只听见它们的欢声笑语。
  是初升的太阳
  把它们当浆果采摘，
  结果都变成晶莹闪亮的碧玉！

诗人在 1962 年出版的《写给一个小镇的十二封信》同样也得到了加拿大诗坛的极大认同。他在第一篇诗歌《至加拿大斯特拉特福上面的艾冯河》(*To the Avon River Above Stratford, Canada*) 中"确立了一种独一无二的但又有代表性的加拿大的差异感。他不用喋喋不休的民族主义说教，而是坚定地成熟地独立坚持于界定和表现其自身的地位"②。诗人在诗中写道：

---

  ① Northrop Frye, "Letters in Canada: Poetry", in *Northrop Frye on Canada*, vol. 12th, eds. Jean O'Grady, David Staines (Toronto: University of Toronto Press, 2003), 189, published in 1958.
  ② [加] 威·约·基思：《加拿大英语文学史》，耿力平等译，北京大学出版社 2009 年版，第 111 页。

> 在我
> 喝咖啡或喝茶之前
> 我双手托腮
> 先品尝了你
> 窝成捧杯状
> 在我看来你并没有英格兰味。

如此闪耀的文坛新星无疑也会得到正在撰写加拿大诗歌年鉴的弗莱的注意。毫无疑问,弗莱对雷尼的评述与大多数对神话派诗人的评述一样,全部集中在《加拿大专栏》年鉴中。雷尼这一部诗集出版发行后得到了弗莱的极度赞许。弗莱认为雷尼在结构方面十分擅长将对文学经典的敬意隐藏在诗歌之中。弗莱曾经赞扬过雷尼自己编辑诗歌结构并且加注,并不是因为诗人在卖弄学问,而是因为他的水平是超凡脱俗的,要远远高于那些迂腐的学术作风。

可以说,通过对雷尼的评论,弗莱对共鸣在文学作品中的作用和重要地位进行了进一步的分析。弗莱将神话的定义进行了延伸,并不囿于那些人类最初的叙述形式,而将视野放在西方文学中的每一部经典著作甚至是历史事件上。通过这种方式,弗莱意图强调共鸣的功用在于文学传统在读者与诗人想象力之间的传承。雷尼的诗歌也并不是简单地创作新的神话,或对远古神话的改写,他的神话联想让历史单薄的乡村环境变得厚重,同时也加深了乡愁的文化内涵。而弗莱对文学创作中共鸣的讨论,归根到底是在钩沉西方文学历史的长河中文本内部之间亘古不变的相互联系。"《荆棘衣》具有神话史诗的宏大结构,也追溯了自远古以来的加拿大历史和从吟游诗人到如今的西方文学,暗引了大量的神话传说和历史典故。但雷尼的诗歌不是创作与神话平行或改写神话的神话诗歌,他的神话联想只是用来加强乡村环境的历史感和怀乡诗情的深厚文化内涵。"[①]

三、文学传统的传承

无论是17世纪的古典主义思潮对古罗马文学传统的重申,还是18世

---

① 逄珍:《加拿大英语诗歌概论》,民族出版社2008年版,第215页。

纪浪漫主义诗论中"个人强烈情感的自然流露",多年来,西方文人对这一问题不断吐故纳新,思考讨论,推动并丰富了文学传统的发展和内涵。20世纪以来,西方文学批评家对于文学传统的功用众说纷纭。其中,艾略特在《传统与个人才能》中抨击浪漫主义直抒胸臆,认为诗人的个人才能只有在文学传统的强大制约下才能得以发展,并倡导将其放在"已故的人们当中来进行对照和比较"①。与艾略特对"历史意识"的关注有所不同,弗莱虽然同意文学传统对诗人想象力的制约力量,但并不赞同新批评过分关注文本使其脱离完整语境的分析模式,而是借用荣格的"集体无意识"理论将关注重点放在了对文学内在规律的诉求上,并将西方整个文学史看成是一种特殊形态的社会交际。弗莱一贯反对文学批评家做任何形式的价值判断,更强调诗歌创作只能从诗歌本身出发,正如"奏鸣曲、赋格曲及回旋曲不能存在于音乐之外一样"②,而批评家所关注的不仅不应该是文学之外的历史、意义甚至是个人的真诚与否,以及文学中不断被重述的文学经典中的意象,而应该以发现一定模式下的文学表现及其演变规律为己任。因此,虽然诗人想象力的最初源泉或动力或多或少来自个人经历,但无论是对个人经验的依赖还是神话意象的肆意堆砌都无法支撑创作的持久性。弗莱提出,无论诗歌的细枝末节如何演变,诗人穷竭心计编织的图案也只能出现在神话给予的现成且永恒的文学结构之上。应该注意的是,弗莱对于诗歌的评论并不局限于意象的产生和改写,还包含在结构、叙事、形式等方面所产生的共鸣之中。因此,诗歌与神话之间并非简单地一一对应,而是诗人的诗歌经验与文学经典发生共鸣的产物,是诗人创作的基本语境。正如弗莱在《文学即整体关系:析弥尔顿诗〈黎西达斯〉》(*Literature as Context*:*Milton's Lycidas*,1958)中曾经提道:"创作冲动只能来自作家过去与文学的接触;而形式方面的灵感,如何环绕着新的事件结晶成诗的结构,则都得从其他诗歌中获得。因此,每一首新诗一方面是一种新的独特创作,另一方面又是对所熟悉的文学传统的再创作,否则就无法确认它是什么文学作品了。"③那么诗人与文学传统,

---

① [美]T.S.艾略特:《传统与个人才能》,参见李赋宁译《艾略特文学论文集》,百花洲文艺出版社1994年版,第3页。

② [加]诺斯罗普·弗莱:《批评的解剖》,陈慧等译,百花文艺出版社2006年,第175页。

③ [加]诺斯罗普·弗莱:《文学即整体关系:析弥尔顿诗〈黎西达斯〉》,参见吴持哲编《诺斯罗普·弗莱论文选集》,中国社会科学出版社1997年版,第347-348页。

与之前同类的作品之间就始终保持着一种微妙的联系。此时的诗人,既是新诗歌的创作者,也是文学经典的阅读者,同时也是文学传统得以绵延不断的守护者。

诚然,弗莱的诗歌评论并没有跳出神话-原型批评理论的视域,其最终目的还是强调神话系统对文学传统的创造性意义。然而,在神话意象不断被重述和改写的过程中,共鸣不仅维系了读者与诗人心灵之间的联系,而且也成为神话意象与文学传统相互作用的重要桥梁。回忆 M. H. 艾布拉姆斯(Meyer Howard Abrams,1912—2015)在《镜与灯》中提出的文学批评四要素,不难看出,弗莱之所以被学界称为新批评的挑战者,除却其运用神话-原型批评理论加强了文学作品内部之间的相互联系,对作品与读者(诗人)之间关系的讨论也具颠覆意味。此外,对加拿大神话派诗人的评述也从根本上反映了弗莱对其批评标准的建构过程。回顾弗莱个人的学术经历,加拿大神话派诗歌与弗莱以及他的神话-原型思想是密不可分。可以说,世界文坛一方面因弗莱的国际声誉而了解加拿大文学以及神话派诗人,但从另一方面来讲,加拿大诗歌同时也成了弗莱思想的田野调查,是弗莱理论思想形成的佐证和重要组成部分。由此可见,弗莱在《批评的剖析》中所表现出来的与现代科学或社会科学相媲美的理性认知并非其理论思想的全部,正如美国当代批评家文森特·里奇(Vincent B. Leitch)所描述的,弗莱也经常"以一位热情的朗吉纳斯式读者的面目出现,为艺术的神秘力量,美妙生动的语言和它令人惊奇的领悟欢呼雀跃"[①],而考虑其背后的成因,相信也应该与弗莱对加拿大诗歌乃至英国浪漫主义诗人的热爱不无关系。面对这样一位兼具科学的严谨和艺术的热情的文学批评家,认真解读弗莱对神话诗歌中神话意象的分析、对共鸣的强调以及对文学传统的坚持,不仅有利于加深人们理解神话-原型批评理论的内在张力,而且也能够从中看到弗莱从整体把握文学类型的共性与演变规律的宏大理论视野。

---

① [加]文森特·里奇:《20世纪30年代至80年代的美国文学批评》,王顺珠译,北京大学出版社2013年版,第140页。

弗莱思想在加拿大文学史的传播与接受

1957年，诺斯罗普·弗莱出版《批评的剖析》并成为首位赢得广泛国际声誉的加拿大文学理论家，他的双重学术视野也受到了加拿大本土批评家的关注。本书之前说过，尽管弗莱无意成为文学批评领袖，权威性地指定用神话式的方法来创作诗歌，但加拿大文坛也的确在弗莱之后，涌现了一批刻意运用神话与原型作为诗歌建构基础的神话派诗人。戈留普在《弗莱加拿大文学批评及其影响》（*Northrop Frye's Canadian literary criticism and its influence*, 2009）的前言中也提出，弗莱的加拿大文学批评试图合并加拿大文学中的不同声音，梳理成章，共同表现加拿大身份问题。弗莱以其深厚的人文修养和创新、改革式的想象能力，将加拿大的文学传统深扎于加拿大的文化语境当中，以其独一无二的敏锐目光，揭示加拿大的过去与现在、与英国和美国在文化上的不同。在其著名的篇章《加拿大及其诗歌》和《加拿大英语诗歌的叙述传统》等的论述中，弗莱检验并评估了加拿大文学的特质：漫长的殖民地经历让加拿大文学充满着对新大陆的乐观和向往，但在面对充满敌意和冷漠的自然时，却表现得萧瑟和孤独。

　　回顾近代加拿大批评史中的弗莱研究，人们不禁猜想，到底是什么让弗莱的理论思想被关注和讨论？难道仅仅是因为弗莱享誉世界的国际声誉？如果加拿大批评家对弗莱的关注是一种必然的话，那么他的见解究竟在哪些方面满足了人们所期待的视野？而这些关注背后，又存在哪些误读和曲解？对这些问题的深入探讨，不仅有利于了解弗莱的理论思想在加拿大的传播，也能从中窥见加拿大近代批评发展的进化过程及其学术倾向的转变。正如，威·约·基思在《加拿大英语文学史》中曾评价现代加拿大文学发展的始末："在20世纪60年代中期到80年代中期的岁月中，加拿大文学和政治中出现了鲜明的爱国主义运动。其中部分原因是加拿大文学在文化方面有了更多的自信，但同时亦反映出一个人口稀少的国家被夹挤在大国如林的世界中的不安。这个运动是有益的，因为它有助于民族目的性的醒悟，但它也不是没有危险的副作用。"[①] 对弗莱的加拿大文学批评的研究也正是在这样的背景之下逐一展开。

[①] ［加］威·约·基思：《加拿大英语文学史》，耿力平等译，北京大学出版社2009年版，第5页。

第一节　风景与认同：弗莱与加拿大文学的自然书写

自然景观进入诗人的想象空间，并与其情感产生密切关系的历史，几乎可以追溯至文艺复兴时期自我意识的觉醒。随着18世纪浪漫主义文学思潮在欧洲大陆的长足发展，以威廉·华兹华斯为代表的英国"湖畔诗人"对自然和完美人性的追寻，也逐渐跨越了大西洋影响了美国文学的发展。拉尔夫·沃尔多·爱默生（Ralph Waldo Emerson，1803—1882）、亨利·戴维·梭罗（Henry David Thoreau，1817—1862）等美国超验主义诗人也以自然景色与人类潜意识认知的密切关联，参与建构了美国建国初期的国家文学想象。进入20世纪80年代，西方文艺思潮的第三次转向——"空间转向"快速席卷了人文与社会学科的多个领域，风景研究作为"空间"和"地方"的基本分析范畴，让文学在视觉想象、抒情传统乃至民族认同等方面，与绘画、音乐、雕塑等艺术学科有了多方位的交融和实践。正如在《风景与认同：英国民族与阶级地理》中，温迪·达比（Wendy Darby）写道："如同其他物质结构一样，风景也是在意识形态的语境中被创造，被毁灭。"①

应该说，弗莱研究在加拿大文学的发展过程中，同样与加拿大寻找国家定位、建立国家文化声音的过程齐头并进。对文学定位的迫切需求，体现在早期批评家坚信文学职责在于共同想象和国家建设之间的平衡。而弗莱对加拿大历史、环境、文化等诸多因素的持续探讨，也让他的支持者大多受感召于其理论的丰富。神话原型对历史、宗教、仪式等问题的追溯，无疑吻合了这个具有丰富土著文明的国度的审美趣味。早期的加拿大文学批评与其说说教意味浓重，充满道德评判，甚至或多或少地表达着对维多

---

① 温迪·J.达比，《风景与认同：英国民族与阶级地理》，张箭飞、赵红英译，上海译林出版社2007年版，第14–24页。

利亚时晚期文学趣味的向往和缅怀，不如将其总结为，加拿大文学作品的审美指征始终与国家、民族精神息息相关。

弗莱在1965年《〈加拿大文学史〉的结束语》中为加拿大文学建立了一种略显悲观的戍边文化心理，这也是弗莱研究者不断探讨的核心内容。让我们重新回看弗莱对这一心理模式的定义："一处处人数不多又彼此分散的居民群体，四周为自然的及心理的障碍所围困，又与美国的和英国的文化这两大源头隔绝；这样的社会按其独特的人伦规范安排全体成员的生活，并对维系自己群体的法律及秩序非常尊重，可是又面对着一个庞大冷漠，咄咄逼人的可畏的自然环境——这样的社会必定会产生一种我们暂且称为'屯田戍边'的心态。"① 显然，这一定义不仅包含了影响加拿大人文心理的若干因素，诸如自然环境、社会环境、英美文化，背后似乎还隐藏了个人与群体、群体与国家规则之间微妙且复杂的关系。

实际上，加拿大批评家对自然环境的关注由来已久，这一现象成为加拿大文学传统的坚实基础，也成为加拿大文学无法超越的想象藩篱。在加拿大弗莱研究的探讨中，面对弗莱将自然景色与国家身份动态捆绑的思维模式，批评家们各执己见。这种争议一方面体现加拿大批评家对国家意识建构的迫切，另一方面也延续和发展了弗莱在加拿大文学批评的生命力和影响力。正如芭芭拉·贝利亚（Barbara Belyea）坦言，加拿大文学的定位是一个艰巨的话题，不仅由于加拿大身份中包含不同的语言和文化背景，而且因为文学研究与国家身份的过渡衔接，过分强调社会学科中的文化价值，从而抹杀人文学科的思辨与反思。但值得注意的是，这一看似西方马克思主义与形式主义的理论之争，在加拿大却始终与弗莱及其神话-原型批评理论息息相关。②

一、自然书写与"如画风景"：从"全景画"到"人物特写"

加拿大的弗莱研究最为聚焦的话题之一，莫过于弗莱对加拿大文学与

---

① [加] 诺斯罗普·弗莱：《〈加拿大文学史〉（1965年首版）的结束语》，参见吴持哲编《诺斯罗普·弗莱文论选集》，中国社会科学出版社1997年版，第259–260页。

② Barbara Belyea, "Butterfly in the Bush Garden: 'Mythopoeic Criticism of Contemporary Poetry Written in Canada", *Dalhousie Review*, 56 (Summer 1976), 366.

自然书写传统的构建。无论是支持还是反对,加拿大批评家似乎都赞同加拿大文学厚重的自然书写传统,认为它是个体与现实空间流动的重要参照系。最初加拿大文学的自然书写文体风格多样,其中包括欧洲移民者的日记、传教士的报告、探险家的游记以及早期拓荒者的书信和纪实作品,其历史更可追溯到16世纪甚至更遥远的"大航海"时代。威·约·基思在《加拿大英语文学史》开篇便提出:"加拿大英语文学活动最初的清晰迹象,是在旅行者和探险家的作品中发现的。"① 他认为,早期探险家虽无心为加拿大文学著述,但他们的文字记载已经远非"朴实无华、不加修饰"的观光游记那么简单。在2004年出版《剑桥文学指南:加拿大文学史》中,伊娃-玛丽·克雷勒(Eva-Marie Kröller)再次重申:"探索和旅行的文学作品包含了历史、文体、学科以及读者群体等方面的内容,它通常以描述加拿大地方特征为核心,而北美文化身份也在此时登场。"② 1989年,威廉·赫伯特·纽撰写的《加拿大文学史》清晰地记录了1984年I. S. 麦克拉伦(Ian Maclaren)评述赫恩的探险日志《从哈德逊湾威尔士王子要塞到北冰洋的旅行记》③,认为作者承袭了欧洲大陆18世纪对自然风景的关注,自然的风貌更多以人类情感出发,用"风景如画"的"风景美学词汇去描述人的陌生的地形地貌的做法,有助于创建一种价值同等却充满想象构思的绘图学"④。从加拿大文学批评史的视角来看,批评家们对加拿大自然景色的描写,以对浪漫主义人类情感与自然同频同声的继承,开启了加拿大自然书写的风景美学传统。这一传统不仅摆脱了欧洲大陆自然书写漫长的思想桎梏,也深深地根植于加拿大当代文学批评家的血液之中,成为加拿大文学特色的重要部分。

正如格奥尔格·齐美尔(Georg Simmel,1858—1918)在《风景的哲

---

① [加]威·约·基思:《加拿大英语文学史》,耿力平等译,北京大学出版社2009年版,第1页。英文原版出版年份为1985年。

② Eva-Marie Kröller, "Exploration and Travel", in *The Cambridge Companion to Canadian Literature*, ed. Eva-Marie Kröller (Cambridge: Cambridge University Press, 2004), 82.

③ 加拿大内陆探险三部重要的日志之一。另外两部为汤普森的《1784—1812年北美洲西部旅行记》、马更些的《1789—1793年从圣劳伦斯河畔的蒙特利尔横穿北美大陆直抵太平洋、北冰洋的航行》(加拿大西北部的马更些河因此日志而得名)。这三部日志代表了加拿大自然书写的初期特征。

④ [加]威廉·赫伯特·纽:《加拿大文学史》,吴持哲等译,人民文学出版社1994年版,第56页。

学》(The Philosophy of Landscape) 中提到，当自然成为风景时"它需要一种属于自己的地位，这可能是视觉的、美学的或以情绪为中心的"①。也就是说，自然写作只有摒弃宏大叙事，不惜向自然中的细微末节抒情，人们的眼光也就从崇山峻岭的全景画转向了半景、近景或者"人物特写"。二者的差别则在于附着在细节中的情感，承载着作者的情感外露和表达。实际上，加拿大文学批评家的自然写作似乎的确一直秉承着情感表达和隐含意图，诗人坚定不移地将人类而非生态环境作为核心要素，对环境的关注始终与人类诗意的栖居和情感在场息息相关。克里斯托夫·伊尔姆舍 (Christoph Irmscher, 1962—) 在追溯加拿大早期动植物的想象时发现，即便是一般的植物学著作，也可以清晰地感受到作者实用主义的自然观——植物存在的终极目的是供人类观赏乃至消费。书中通常以如何将野生花转移到更为有序和人造的温室花园中培育为主②，而这种情感主义的自然观附着在加拿大弗莱批评者的文章中，也就不足为奇。

约翰·里德尔 (John Riddell) 在《北方的口吻：现代加拿大诗歌中的神话和地域主义思想》(This Northern Mouth: Ideas of Myth and Regionalism in Modern Canadian Poetry, 1975) 一文中，曾围绕神话和地域问题，重申了加拿大文学独特的自然风景书写及其与加拿大身份与认同的密切关系。文章肯定了麦吉尔运动对推动加拿大文学发展的重要意义，也并不否认现代主义思潮对传统加拿大文学创作的冲击，但也认为这种盲目的拿来主义对加拿大本土文学的伤害不容忽视。里德尔进一步分析，早期加拿大略显幼稚的自然描绘一方面源于欧洲移民者书写能力的不足，更为重要的是，与欧洲相差甚远的自然环境激起欧洲拓荒者情感上的震惊，同时引发了他们从自然回归文化的心理倒退。从这个层面上，里德尔认同弗莱提出的戍边文化心理，并进一步阐释这背后更深刻的文化含义——班杨式的先驱精神：他们如同《天路历程》的基督徒一般，用对上帝虔诚且恐惧之心来面对自然，也体现着拓荒者对新世界移民生活故意铺陈夸大的微妙心态。由此可见，里德尔对自然的观看方式转向了与个人情感的互动之中，

---

① Georg Simmel, "The Philosophy of Landscape", Theory, Culture & Society, 2007, vol. 24, 8: 21.

② Christoph Irmscher, "Nature-writing", in The Cambridge Companion to Canadian Literature, ed. Eva-Marie Kröller (Cambridge: Cambridge University Press, 2004), 116.

并强调对个人心理的关注。

里德尔的文章虽仅在文章末尾提及弗莱思想,但整篇论文围绕神话理论,例证说明加拿大文学文本实践中神话建立的发展脉络,并试图进一步证明弗莱观念的正确性以及可行性。当然在他的论述中也不乏对当时加拿大文学批评声音的回应,并否认加拿大一味遵循欧美原则才有出路的论调。面对弗莱安放于加拿大文学想象中的诸多神话,里德尔认为这种过于庞杂的隐喻的确会让加拿大诗人面对多样且浩瀚的加拿大想象因素,有如盲人摸象、管中窥豹。但里德尔认为,这种为加拿大人量体裁衣的风景书写,意义就在于对不同个体诗人意识的流动和投射。风景不仅是诗人内心的"避难所"(Garrisow)①,也是诗人对抗现实的孤寂与冷漠的精神魔法,"神话的意义源于自我启示的过程,而它源于与生俱来的权力"②,而一个国家神话的多样性也恰恰由诗人"有限"的地域经验组成。里德尔赞扬诗人约翰·纽洛夫(John Newlove)以"什么是人?"回答加拿大人对过去和未来的愿景,认为这是"人类自由栖居"的新神话(new myth of man at home freely),是生存想象(imagination of survival)过程的新尝试。而在艾尔·珀迪(Al Purdy)③的诗歌中,对森林、河流、高山、草原、车厢等风景的关注,表现诗人有意模糊地标性的地理意象,仅借概括的抽象意象表达诗人当下的感受及自我揭示。里德尔认为,加拿大本土神话的重点与其放在准确无误的地理名词上,不如以景抒情,准确表达个人情感,这样更有意义。加拿大神话传达对某一特定区域的情趣,而非整个自然的情感,弗莱对加拿大想象在包含了个人与集体、意识与无意识的共同架构的基础上,才能够得以实现。

里德尔将神话作为一个既有概念,探讨加拿大不同诗人如何以"如画风景"的书写来探求内心的自我意识。实际上,通过表达内心情感的方式向风景抒情,在加拿大文学史上并非首次出现。"在19世纪后期,受美国和英国浪漫主义和维多利亚时代诗人的影响,后联邦时期的诗人开

---

① Garrison 本身具有堡垒的意味。
② John Riddell, "This Northern Mouth: Ideas of Myth and Regionalism in Modern Canadian Poetry", *Laurentian University Review*, 8 (Nov. 1975), 65.
③ 1962年,加拿大评论家乔治·鲍威林曾把珀迪称作"加拿大诗人的领军人物"。

始通过自然来观察景观的细节，去寻找情感和精神上的粮食。"① 值得注意的是，里德尔选取诗歌的自然意象中，山川、河流、草原、高山、极地等广阔无垠且不可抗拒的自然风景通常是冷漠且无生命的，而溪流、树叶、寒冬树木，如北极柳树、雪松等具体意象则频频以人类意识的象征出现。这些意象通常是灵动的、秀美的，诗人不断向这些细致、微小的形式抒情，以表达人类面对荒野、崎岖、超越人类想象的自然风景时的无助和挣扎。可以说，里德尔的文章是对弗莱加拿大自然神话体系的延伸，其背后，与其说是对弗莱加拿大文学批评的探讨，毋宁说是以弗莱加拿大文学批评为例，对风景与国民精神关系的一次纵深的实践。加拿大诗歌想象的确如里德尔所说，在1965年弗莱提出戍边文化心理之后的10年，发生了巨大的改变。而这种更加趋向内心与自我的诗篇，在里德尔看来，才是加拿大诗人真正的自由（home free）。

二、"如画风景"与共同想象：精神花园的乌托邦

在众多加拿大文学史的著作中，文学与国家意识的紧密关系似乎是加拿大文学批评家达成的不言而喻的共识。在风景哲学中，风景与国家意识的关系也始终是与绘画、雕刻、文学领域并列的常见选项。因此，加拿大文学的自然书写从最初关注个人情感，逐渐发展为共同想象和意识，也是自然书写发展的必然过程。当自然与国家意识产生了强烈的联系之后，自然本身的象征意义也随之发生了改变。它不再是与人类相对立的客观存在，已然转换成个人情感的载体，甚至是时代精神的容器，是塑造梦想和希望的乌托邦。正如加拿大文学史上的核心问题"这里是什么"（What is here?），在弗莱的加拿大文学批评中转换为"这里是什么地方？"（Where is here?）批评家们相信，加拿大复杂多样的地理环境是加拿大共同想象发生与发展的重要因素。诚然，随着"如画风景"书写背后的浪漫主义哲思对人类主体性的巨大的解放，"如画风景"书写的视线也更加聚焦在主体的场所精神。美国华裔地理学家段义孚曾经提出"恋地情节"（topophilia）来阐释人与物质世界，乃至空间与地方的经验情感："当我们感到

---

① Janice Fiamengo, "Regionalism and Urbanism", in *The Cambridge Companion to Canadian Literature*, ed. Eva-Marie Kröller (Cambridge: Cambridge University Press, 2004), 281.

对空间熟悉时,它就变成了地方。如果空间较大,那么动觉经验、知觉经验和形成概念的能力对于空间的变化是必须的。"① 可以想象,加拿大人的共同经验很容易来自对熟知且不容忽视的环境的感知和想象。这一想象不单造就了弗莱的加拿大文学批评的隐喻素材,加拿大的弗莱研究者们也同样置身其中。

以《岩石上的蝴蝶》(*Butterfly on Rock*)著称的加拿大文学批评家D.琼斯(D. G. Jones)在《神话、弗莱与加拿大诗人》(*Myth, Frye and Canadian Writers*)中认为,弗莱的神话-原型批评理论思想不仅将加拿大英语文学推向了一个新的高潮,同时也对一直游离于主流之外的法语文学起到了重要的启示作用。琼斯开篇便祝贺罗伯特·克罗茨②于1966年发表的诗作《我吼出来的话》(*The Word of My Roaring*)大获成功。他认为克罗茨的作品一扫之前加拿大文学作品的主人公挣扎于自我探索的挫败,或像玛格丽特·劳伦斯的小说中那样需要付出巨大努力才能实现自我的困境。克罗茨作品中的人物对自我实现的胜利始终是自信且不可抗拒的。

琼斯列举了多个加拿大当代诗作中自信的表达,认为弗莱虽然没有为加拿大文学命名,但其关于想象力的诗思不仅没有与加拿大诗人的想象力传统相违背,反而为加拿大文学批评(如对杰伊·麦克弗森或詹姆斯·雷尼等人的诗作)提供了思考模式。正是因为这一系列坚定的诗学信念,加拿大写作进入了一个新的时期。也正因为这样一套成熟的批评思想,加拿大诗人被置于集体的想象力之中,才思泉涌地创造出诸如《布雷博夫》《最后一颗道钉》等经典的诗作,鼓励人们走出困境,建立共同的视域。琼斯提出,当代加拿大诗人已经明确想象力的重要作用,想象力创造了神话,而神话是人们在生活中不同生命想象的共同体,是能够构建出加拿大人独特身份价值的思想模式。琼斯认为,弗莱最重要的贡献在于将加拿大多语种的文学现象用神话的形式统一起来,一扫之前的分裂主义,并为这种想象提供了简易化的操作手册。即便是魁北克诗人使用了不同的语言和文化,琼斯也认为他们的想象力仍旧与这片土地和自然给予的认知感官、行动的世界以及生活的社区密切相关。因此,他们也与英语诗人一样,书

---

① 段义孚:《空间与地方:经验的视角》,中国人民大学出版社2017年版,第60页。
② 罗伯特·保罗·克罗奇(Robert Paul Kroetsch, 1927—2011),加拿大小说家、诗人和纪实作家。

第五章 弗莱思想在加拿大文学史的传播与接受

写着加拿大诗人共同的想象空间。

深入观察琼斯的论述过程,他持续运用花园隐喻表达加拿大诗人在想象力上的自由与舒适状态。他在谈论罗伯特·克罗茨的小说时认为,主人公是伊甸园内的亚当。而在 A. M. 克莱因(A. M. Klein)的诗歌《作为风景的诗人画像》中,诗人将自己比作无数个亚当原型之一,这一意象更成为琼斯展现加拿大诗人的原型。琼斯认为,即便是反对弗莱神话-原型批评理论的人,也没有跳出精神花园建构的神话,例如,路易·杜德克(Louis Dudke)的诗歌《亚特兰蒂斯》(*Atlantis*),同样是那个充满神秘色彩和人类想象的远方家园,甚至是魁北克诗人也在伊甸园中,是操着不同语言的无数个亚当原型之一。琼斯用这个西方文化想象中最为神秘的花园,暗示加拿大文学发展中普遍的神话,表现了批评家对地方空间的依恋和想象。而伊甸园、亚特兰蒂斯等精神花园的隐喻,也表现了加拿大自然书写从"如画风景"到花园哲学的进阶。相对于风景画的二维空间,花园的隐喻则更具全息景观特色。加拿大文学批评对花园的观看模式从风景画的凝视变成了走入模式,其中承载了更为深入和强烈的人类主体意识以及更为复杂的人工改造痕迹。可以说,从风景到花园,是加拿大文学批评家探寻空间与认同的重要路径,也是对加拿大弗莱研究的症候式阅读。回想"风景如画"这一主题,恰恰是加拿大这个国家最为显著的国家名片,从加入人类情感的风景凝视再到充满人类创作理念的花园想象,加拿大自然书写的背后,恰恰是人们通过从风景到花园的主体性凝视,让自然逐步从孤寂、冷漠和疏离回归人群,甚至参与建设国家身份和文化情感。从自然环境到花园想象的过程,弗朗西斯·斯帕肖特(Francis Sparshott)在《弗莱的地位》(1979)中提出,弗莱对环境的想象既非农场,亦非葡萄园,而是花园。这种不亲近地方(land)的理论家,在加拿大文学中并不常见。① 斯帕肖特这一评价的背后,暗示着加拿大批评家对土地和空间普遍性的依赖。作者赞同弗莱花园想象的创造力和生命力,认为这也是弗莱在加拿大文学批评中独树一帜的重要原因。西方马克思主义批评家弗雷德里克·詹姆逊(Fredric Jameson)曾经认为,弗莱的文学循环观通过神话

---

① Francis Sparshott, "Frye in Place", in *Northrop Frye's Canadian Literary Criticism and Its Influence*, Branko Gorjup ed. (Toronto: University of Toronto Press, 2009).

移位体现社会差异,是文学形式的社会乌托邦①,加拿大批评家对弗莱花园想象的评价,似乎也回应了詹姆逊乌托邦精神的实质,花园想象是加拿大文学当下的场所精神。"人类创建花园这一事想来颇为奇特,因为它说明人性中有某些成分并不自然而然地在自然界拥有歇息之所,我们得在自然环境中为之另辟一处憩园。这转而意味着,花园在让我们接近自然的同时,却又标志着两者的间隔:人性中有某种要素虽与自然相关,却并不能纳入自然的秩序。总之,花园回应着一系列无法简括为动物需求的人性需求。"② 如果说,华兹华斯笔下的湖区是见证者英国人私有财产和国家公园之间的政治风景③,那么花园想象应该就是加拿大批评家运用想象的精神乌托邦,对气势磅礴且荒芜的自然环境的再造。

三、作为一种景观的弗莱

可以说,神话的确为加拿大文学想象提供了富饶且不朽的精神花园,而弗莱亦并非这个神秘遥远国度的丰富神话的缔造者。然而,纵观加拿大文学发展过程,但凡与加拿大身份和国家精神相关的讨论,弗莱的观点一定被列为其中。时至今日,即便伊格尔顿声称弗莱的思想早已过时,在加拿大纪念弗莱的活动仍旧有条不紊地进行着。或许我们可以说,弗莱是看守加拿大自然写作这一幽静花园的雅努斯④(Janus):他开启了加拿大神话想象的自然主题模式,也让加拿大诗人以文类和形式的方式再次回归到弗莱的理论。弗莱理论本身,也就成为加拿大文学批评史中的一种景观。景观意味着对理论本体的过度关注和放大,也意味着理论主体在与时代对话过程中,不同侧面的此消彼长。

对于理论变迁的讨论,前有罗兰·巴特(Roland Barthes,1915—1980)笔下作者的消亡,后有萨义德跨越时间和空间的"理论旅行"。而

---

① [美]弗雷德里克·詹姆逊:《政治无意识》,王逢振、陈永国译,中国人民大学出版社2018年版。
② [美]罗伯特·波格·哈里森:《花园:谈人之为人》,苏薇星译,生活·读书·新知 三联书店2020年版,第55—56页。
③ [美]温迪·J. 达比:《风景与认同:英国民族与阶级地理》,张箭飞、赵红英译,上海译林出版社2007年版,第21页。
④ 古希腊罗马神话中的门神,具有前后双面孔,同时象征着起点与终点。

第五章 弗莱思想在加拿大文学史的传播与接受

弗莱研究在加拿大的传播,并非跨越种族和宗教的误读,面对不同的解读和阐释,弗莱曾经亲自参与回应。虽然这些回应又掀起了新一轮的争议和讨论,但弗莱这一作者身份也并非如巴特想象的那样是对叙事方式的全然无力。1967 年,法国理论家居伊·埃内斯特·德波(Guy-Ernest Debord,1931—1994)提出了"景观"(spectacle)一说,认为现代经济下的生产方式使整个社会生活显现出一种景观的聚集。瑞士理论家樊尚·考夫曼(Vincent Kaufmann,1955—)将其引至文学范畴,强调媒体形式对文学的影响:"在'景观的语法规则'中曾经提到的这一'真实性'意识形态,重新激活了瓦尔特·本雅明笔下的失去或没有失去的'灵晕'问题。这一问题不再是艺术家的'灵晕'和其作品被复制而失去'灵晕'之间的问题,而是在公众关注度经济体制下,作者以个人的独特性所争夺到的景观性'灵晕'和作者在无穷的数字(再)复制中陨落之间的问题。"①回看弗莱思想在加拿大文学的传播与接受,加拿大学者对加拿大文学定义的迫切需求也体现在了弗莱研究之中。人们对弗莱支持或反对的研究视角背后,是对国家认同、国家身份问题的探讨。这种公共情绪作用在弗莱研究上,让弗莱理论成为一种别样的景观。正如斯肖帕特认为文学世界存活在设想之中,并非真实,是一个假设的想法和行为。因此,将一个作家在作品中表现出来的对时代的焦虑强加到现实社会的行为并不可取。弗莱是一个建构者,而并非争论者,也无意进入任何有关"文学是什么"的讨论。在加拿大文学的批评方式中可以看出,弗莱依赖当下可以使用的媒体形式,通过大量的讲座、广播、课堂、访谈等传播模式强调加拿大文学批评的传统,在吸引了诸多跟随者之余,也引发了人们的思考甚至是质疑。从这个角度来说,弗莱的加拿大文学批评并不能简单地将其定义为神话-原型批评理论的田野调查,弗莱探讨加拿大文学特征、倡导加拿大文学传统的过程中产生的争辩和讨论,也在很大程度上推动了加拿大近代文学批评史的发展。所以,加拿大文学批评是弗莱从声誉显赫的学院派理论家向社会批评家和公共知识分子角色的重要转身。正如《现代百年》的前言所说:"1967 年是加拿大独立一百周年,惠登讲演要挑选一位加拿大籍学者担任演讲人,也就势所必然。而选择 H·诺斯洛普·弗莱这位多伦多大

---

① [瑞士] 樊尚·考夫曼:《景观文学:媒体对文学的影响》,李适孋译,南京大学出版社 2019 年版,第 197 页。

学有史以来任命的第一位校级教授,看来是同样地顺理成章。"①

第二节 加拿大批评史中的"弗莱现象"

加拿大文学批评发展到 20 世纪已逐渐趋向成熟,并成为加拿大文学的重要领域。特别是 50 年代之后,加拿大批评家的思想逐渐融入西方文学理论思潮,并尝试重新定义加拿大诗人,产生了一系列重要的文学批评专著。同一时期,弗莱出版了《批评的剖析》,并成为首位赢得广泛国际声誉的加拿大批评家。同时,他也孜孜不倦地坚守并活跃在加拿大文学批评的领域之中。一时间,弗莱的双重学术视野受到了加拿大批评家的重视和追捧。尽管弗莱本人无意成为文学批评领袖,也从未试图将神话式诗歌创作方法权威化,但加拿大文坛也的确在弗莱的神话-原型批评理论提出之后,涌现了一批刻意运用神话与原型作为诗歌建构基础的神话派诗人。而弗莱对加拿大文学批评的理论反思更对如玛格丽特·阿特伍德等一批加拿大文坛杰出的后起之秀产生了深远的影响,以至于拉塞尔·布朗曾经撰文专门探讨加拿大文学批评中的"弗莱现象"②。

一、"弗莱现象"的产生

当代加拿大批评家对弗莱的关注主要可以分为三种不同的声音。第一种来自那些始终坚信文学想象力在于文学之外的批评家们。他们倾向从环境、历史、社会等因素进行文学考量,同时希望依赖加拿大自身特征建立国家文学身份。有趣的是,虽然弗莱的理论思想一向以"文学批评的自治"著称,但由于在加拿大文学批评中,弗莱着重将笔墨放在了加拿大

---

① [加] 诺斯洛普·弗莱:《现代百年》,盛宁译,辽宁教育出版社 1998 年版,第 1-2 页。
② Russell Brown, "The Northrop Frye Effect", in *Northrop Frye's Canadian Literary criticism and its influence*, ed. Branko Gorjup (Toronto: University of Toronto Press Incorporated, 2009), 279-299.

历史、环境以及文化上，有同样观点的批评家成了弗莱忠实的拥护者。约翰·里德尔以弗莱在《加拿大及其诗歌》中的观点为基础，通过对加拿大自然环境的分析，详细列举了当代诗歌中的重要作品，解释环境影响对加拿大诗歌创作的具体方式，并阐释了由此产生强烈的地域主义倾向的原因。作者在肯定了麦吉尔运动的意义的同时，也指出其中全部采用拿来主义的弊端，认为"只有'加拿大的惠特曼'出现，才能够真正描绘国家意识，也只有这样诗人的作品，才能起到真正的启迪和传播作用"①。琼斯在《神话、弗莱以及加拿大作家》的文章中认为，弗莱的神话-原型批评理论思想不仅将加拿大英语文学推向了一个新的高度，同时也观照到一直游离于主流之外的法语文学，他"将加拿大多语种的文学现象以神话的形式统一起来，一扫之前的分裂主义倾向，使二者共同建立加拿大的文学身份"②。如果说，里德尔和琼斯还在通过对弗莱理论思想的多重理解或对其加拿大文学批评思想的深入思考来寻求或证明弗莱对加拿大文学发展的重要作用，那么弗朗西斯·斯帕肖特在《加拿大文学》上发表的《弗莱的地位》，可以说是毫不避讳地高度赞扬弗莱的国际声誉对加拿大文学的影响，并直接将弗莱推向了当代加拿大文坛中无可替代的重要位置，肯定了他对其祖国文学始终如一的眷恋和孜孜不倦的追求。显然，这部分批评家是加拿大批评史中"弗莱现象"的开启者，他们不断地提及、肯定弗莱对加拿大文学的重要意义，也为后人了解和理解弗莱思想提供了重要的前提。

当然，加拿大文人对弗莱的思想也并非一片赞扬之声。面对大量的跟随者，一部分学者提出了不同观点，他们将弗莱及其拥护者称作主题批评派，批判他们过分探讨国家身份和文学主题，盲目追求加拿大文学的整齐划一而忽视文学自身的多样性和变化。这些批评家质疑弗莱对加拿大文学的引导作用，不断提醒人们，他的那些立足本土的文学观点势必会将加拿大文学带回遥远的19世纪。这不仅与弗莱庞大的理论体系自相矛盾，也表现出严重的地方保护主义倾向，其目的还是想要加拿大文学免受激烈的

---

① John Riddell, "This Northern Mouth: Ideas of Myth and Regionalism in Modern Canadian Poetry", *Laurentian University Review*, 8 (Nov. 1975), 65 – 83.

② D. G. Jones, "Myth, Frye, and Canadian Writers', *Canadian Literature*, 55 (Winter 1973), 7 – 22.

世界文学批评标准的审视。乔治·鲍尔（George Bowering）在文章《为什么詹姆斯·雷尼比大部分弗莱派诗人都出色?》（1968）中就曾经以詹姆斯·雷尼前后期作品风格的转变为例，强调其后期因摆脱了弗莱的影响而使作品更加生动。面对"主题批评"派过分强调对加拿大文学主题的建立，弗兰克·戴维（Frank Davey）曾撰文反驳，首先他认为批评家并没有权力定义一个国家的文化，这显然会将一些非主流作家排斥在外。其次，他们又忽略了文学史的存在，"阿特伍德在她的论文中认为'牺牲'是加拿大文学的特色主题，却忽略了它在当代世界文学中的普遍意义。就如同莫斯认为孤独是加拿大小说的主要主题，却忽略了所有传统小说的主题就是一个人无法很好融入社会而成为孤独者。同样，琼斯尝试提出联邦诗人作品的基础就是将加拿大的风景看作野蛮的地域，这种观点并非真正根植于加拿大环境，它恰恰忽略了联邦诗人对英国浪漫主义和美国超验主义的继承"[1]。此外，还有一些批评家也撰文对当下的加拿大文坛过于关注主题，而忽视文体学、结构、文类、风格、影响以及传统等因素表示担忧。

　　从年代上，我们可以看出，虽然弗莱的加拿大文学批评由来已久，但批评家对弗莱的关注主要集中在弗莱《批评的剖析》一书出版之后。而相关评论也从开始的好评如潮发展到反思甚至颠覆。也许正是由于加拿大文人太需要一位具有国际声誉的批评家为加拿大文学发声和正名，所以人们在初期急切地想要从弗莱的加拿大文学批评中寻找出路，想借助其庞大的文学理论及国际声誉，让加拿大文学快速在国际文坛占有一席之地。因此，从一开始，人们甚至并没有仔细考虑弗莱文学理论的深层含义，而是如救命稻草般地找到弗莱加拿大文学批评中关于环境、历史等因素的只言片语，如盲人摸象般地将弗莱的加拿大文学批评拉入了主题研究的阵地。

　　可想而知，随着加拿大批评家对弗莱思想的深入探讨，也伴随着弗莱加拿大文学批评文章的逐渐丰富，批评家们很快发现了主题批评派的观点很容易让加拿大文学陷入千篇一律的泥沼，从而丧失文学的活力和创造力。人们对弗莱的情感便很快就从一开始的推崇和关注变成了惊醒和反思，同时也开始反省弗莱对加拿大文学批评发展的影响。然而，不得不说，这个时候的加拿大文学批评界对弗莱思想的思考仍旧是不够深入或者

---

[1] Frank Davey, "Surviving the Paraphrase", *Canadian Literature*, 70 (Autumn 1976), 5–13.

全面的。他们如惊弓之鸟般地反对弗莱一味地使用环境或历史因素来定义加拿大文学。他们放弃从弗莱身上获取加拿大文学发展的出路，而将视野重新放在了欧美文学批评上，试图将加拿大文学放入现代主义思潮盛行的国际文学评价标准之下衡量，认为只有这样才能让加拿大文学与世界文学保持一致。显然这种思想一方面与主题批评派一样流于孤注一掷的盲目和偏激，只是将救命稻草转向了国际文学批评标准；另一方面不假思索地将加拿大文学置于强势的欧美文学批评之内，最终并不会寻得出路，而只能在文化霸权主义的大潮中丧失自我特征。

无论对弗莱思想的肯定还是否定，随着后结构主义思潮涌入加拿大，人们已经不愿意再用二元对立的眼光看待任何文学现象。加拿大批评领域对弗莱的看法出现了再次的转向。他们认为，虽然弗莱一方面建立了宏大的文学理论，表现文学自身的自发性以及自给自足的特点，但在分析加拿大文学的时候却始终将其置入地理以及历史的范畴之中进行考量。因此，以琳达·哈琴（Linda Hutcheon）为代表的一批加拿大批评家提出，考察两者之间的张力是解决这一批评问题的最佳途径。伊莱·曼德尔（Eli Mandel）认为，弗莱在评价这些诗歌的时候运用了大量现代的方法和原则。正是由于弗莱的努力，20世纪50年代相对颓废的加拿大诗歌创作得到了再生。他通过对诗歌本身象征语言的描绘，通过对神话、暗喻、启示等因素的发掘，促使加拿大产生了一系列优秀的诗人和作品。[①] 回顾加拿大批评家对弗莱思想质疑的焦点，海瑟·莫里（Heather Murray）提出了完全相反的观点，并认为"弗莱的这一观点并非像大部分批评家所诟病的那样，逃避世界批评标准的审视，却恰恰是让加拿大文学与世界文学的多样美学和社会批评标准相和解，从而让加拿大文学免受价值破坏的影响"[②]。随后，哈琴在《弗莱新解：后现代性与结论》（1994）中颇具特色地一扫加拿大文坛对弗莱文学批评的模糊不清和困惑，从后现代主义角度重新解读和阐明了一直以来加拿大文人对弗莱思想的争论不休或百思不得其解的原因。哈琴认为，"弗莱思想的后现代张力并非简单的矛盾，在

---

① Eleanor Cook eds, *Centre and Labyrinth: Essays in Honour of Northrop Frye*, (Toronto: University of Toronto Press, 1983), 284–297.

② Heather Murray, "Reading for Contradiction in the Literature of Colonial Space", in *Future Indicatives: Literary Theory and Canadian Literature*, ed. John Moss (Ottawa: University of Ottawa Press, 1987), 71–84.

现代主义范式之内，任何既/又式的矛盾都不能被接受，即认可并试图对这种明显地对立的东西做出评价的思维，都是难以想象的，因为现代的确是非此即彼的世界。而当人们从后现代主义去理解弗莱思想中的这种矛盾时，这一矛盾恰恰会丰富人们对加拿大文化以及弗莱身居其中所理解的后现代复合体"①。

现代主义之后，世界文坛进入了"解构"的时代。加拿大文学批评家对弗莱的阐释伴随着弗莱相关文章的逐渐成熟也趋于多元和客观。人们开始认同弗莱的加拿大文学思想与神话-原型批评理论之间貌似矛盾的二元对立背后更加深层的内涵，并用后结构主义的思想对弗莱进行了多层次的阐释和分析。相比较于前两个争端不断的弗莱研究阶段，可以说，这一时期的弗莱批评意义更加深刻。这不仅说明加拿大批评家面对这位加拿大历史上最具国际声誉的文学理论家产生了新的看法，而且也表明加拿大批评家自身的成熟，与国际接轨的同时时刻思考着自身发展的走向。

从加拿大短暂的近代文学批评史中窥见其中的"弗莱现象"，其间的变化和发展显然并非偶然，其中展现了近代加拿大文学批评史的发展脉络。例如，围绕主题批评所产生的争论，实际上在加拿大文学批评中由来已久。一直以来，加拿大文学及艺术创作深受自然环境的影响。无论是探险文学的神秘莫测，还是联邦诗歌的直抒胸臆，抑或现代派诗歌的隐晦和暗喻，自然主题始终是加拿大文人抒发情感的最佳选择。另外，由于其历史背景的特殊性，加拿大文学的发展始终与英美文学藕断丝连。如何在英美强大的文学冲击下走出一条独立的加拿大文学自身发展道路是多年来加拿大批评者们不断思考和探索的问题。特别是"二战"结束之后，加拿大走出战争的阴影，文学批评也随着经济社会的逐渐稳定而走向了繁荣，面对欧洲文学的延绵历史以及美国文学的强大话语权，加拿大批评家对自身文学身份的诉求就显得极为迫切。而在弗莱的神话-原型批评理论中，存在着一种加拿大文学并不缺失的特质——神话的原始性与神秘性。加拿大小说家罗伯特·克罗茨曾经这样评价："弗莱的著作是对伟大的加拿大史诗持之以恒的评论，我们没有这部史诗的文本，但弗莱通过对它的详尽

---

① Linda Hutcheon, "Frye Recoded: Postmodernity and the Conclusions", in *The Legacy of Northrop Frye*, eds. Alvin A. Lee, Robert Denham (Toronto: University of Toronto Press, 1990), 105–121.

阐述使其构思和成就无处不在。弗莱成为我们所没有的那部史诗的表达者。在其批评文集中，他揭示出我们那首不知其所在的诗的诗魂。在讨论这首诗的过程中，他成了我们的史诗诗人。"① 因此，弗莱对加拿大文学原始性的提出和将原始文明作为其文学传统重要部分的观点，无疑给那个时期的加拿大批评家指引了清晰且可行的道路。

我们从近代加拿大批评史中的"弗莱现象"中可以看出，加拿大批评家一直以来备受身份和主题的困扰，在"个人的"或"国家的"两种身份选择之间不知所措。在主题批评受到大肆追捧的同时，加拿大批评界也回荡着对弗莱现象的警醒和反思。他们将眼光聚焦在弗莱对加拿大文学走向的影响，认为当下在加拿大出现的弗莱学派走入的最大误区就是对世界批评标准的忽视。显然，如果说主题批评尝试通过对弗莱的解读来与世界接轨，那么另外一些反对的声音迈向世界的脚步就更加超前，乃至于到了后结构主义时代，人们才对一直以来备受困惑的弗莱思想进行了多元解读和阐释，这实际上也展现了加拿大批评界逐渐走向世界并参与其中的重要过程。当我们回头观望加拿大批评家对弗莱思想的肯定或者质疑，实际上都是一种必然的趋势。

二、弗莱研究的误读及其必然性

回顾现代加拿大批评史，"弗莱现象"虽然存在不足半个世纪，但似乎参与了加拿大批评发展的每一个时期。人们对弗莱思想无论是赞誉有加还是不断诟病，都说明了这一现象的独特之处。然而，正如布兰科·戈留普在他的文集《弗莱加拿大文学评论及其影响》的前言中写道："弗莱在文学和文化批评领域的影响是深远的，与此同时，即使是参与其中的人们也不得不承认中间产生了很多误读。"② 加拿大文学批评经历了长期的迷惘和探索阶段，在特殊文化和历史的双重作用下，加拿大文人很难客观准确地对弗莱庞大的文学思想进行深入思考和探究，许多误读和曲解甚至过誉之词由此产生。那么在加拿大批评家对弗莱思想进行肯定或评判的同

---

① Ajay Heble ed, *New Context of Canadian Criticism* (Ontario: Broad View Press, 1997), 328.
② Branko Gorjup ed, "Introduction", in *Northrop Frye's Canadian Literary Criticism and Its Influence* (Toronto: university of Toronto Press Incorportated, 2009), 11.

时，到底产生了哪些误解呢？

首先，无论是弗莱思想的追随者还是坚决的反对者，他们都将弗莱的加拿大文学与其更为庞大的神话-原型批评理论剥离开来。然而，值得明确的是，弗莱的加拿大文学虽然始于《批评的剖析》之前，却是其理论形成的重要田野调查，二者相互呼应、唇齿相依。曾有学者提出，弗莱的加拿大文学批评让"这些加拿大写作形成了一个整体，显示出弗莱从文学评论走向文化理论家的历程，而且这些走向是与他在他的非加拿大写作中从文学批评家转向原始结构主义家的走向相平行的。同时值得强调的是，正是弗莱的加拿大写作贯穿在他几乎52年里，使他走过评论进入了文学批评，更深入到文化理论里"①。可想而知，如果僵硬地将弗莱的理论思想与其加拿大文学批评相互剥离，显然只能够得到一些断章取义、一叶障目的结论。诚然，当我们重新回顾弗莱近50年的加拿大文学批评文章，其中的确著有大量笔墨于强调加拿大自然环境、历史背景等影响因素，甚至其著名的戍边文化心理也是溯源于此。那么，弗莱的神话-原型批评理论与其贯穿一生的加拿大文学批评之间的关系到底是怎样的呢？

实际上，回答这个问题，同时也将解答一直以来加拿大文学批评家对弗莱思想的第二个误读。我们注意到弗莱思想之所以受到加拿大批评家的重视，主要是来源于他对加拿大本土特征的热爱。可是，这就可以将弗莱的加拿大文学归类为主题批评么？这一观点显然是由于缺乏对弗莱思想的整体把握而使他们过分关注本土问题。诚然，弗莱曾经指出："清教徒的清规戒律，拓荒者的生活，'一个来临得太晚的时代、寒冷的气候或无情的岁月'——这些也许都是构成加拿大文化的重要因素或条件，有助于说明这种文化的特有性质。"② 也就是说，加拿大文学的特质当然要紧紧依靠其固有的文化特征，这对加拿大自身文学的发展显然意义非凡。但只要我们对神话-原型批评理论稍作了解，就不难发现，弗莱这一观点的提出，背后依靠的则是其百科全书式的神话视野。正如戈留普曾经提出，"虽然这些批评家很愿意将弗莱作为加拿大主题创作的重要引领者，但实

---

① 江玉琴：《理论的想象：诺斯罗普·弗莱的文化批评》，中国社会科学出版社2009年版，第176页。

② [加]诺斯罗普·弗莱：《〈加拿大文学史〉(1965年首版)的结束语》，吴持哲编《诺斯罗普·弗莱文论选集》，中国社会科学出版社1997年版，第249页。

际上,弗莱本人并没有写过关于任何以加拿大为主题的评论文章。即使是在《批评的解剖》关于主题模式的章节中,弗莱提出每一种文学都拥有内向虚构与外向虚构,内向虚构是主人公与其社会的关系,而外向虚构则为作者与其社会的关系。但弗莱也同时指出,并没有绝对的外向虚构或者内向虚构,因为并没有一部作品中会绝对地缺失主人公、主人公的社会、诗人、诗人的社会中的任何一方"[1]。因此,虽然弗莱的加拿大文学批评在历史和环境上大做文章,但其本质仍旧是以神话为出发点,只是将加拿大文学体验纳入其几乎无所不包的文学视野之中。

那么,作为加拿大最负国际盛名的理论批评家,弗莱对加拿大文学的发展到底有什么作用?回顾加拿大批评史中不可忽视的"弗莱现象",人们探讨弗莱对加拿大文学的作用时,总是不断提及他与加拿大神话派诗人的关系。当然,一个国家的文学发展或传统由一个时期的文学创作者共同努力得来,批评家并不能预言或创造一种文学传统让后人执行。虽然弗莱曾多次澄清自己无意领导任何一个文学创作流派,但加拿大的神话派诗人的确也与他广泛的学术影响力不无关系。人们已不得而知,他们究竟是因为对神话诗歌的热爱而自成一派,还是真的深受弗莱神话-原型批评理论的影响而产生的创作趋同。因此,与其纠结于弗莱是否真的为加拿大文学"创造"了一种新的文学传统,笔者不如换一个角度进行思考。

回顾弗莱恢宏的学术人生,他的视野始终未曾远离自己祖国的文学。他对加拿大本土特色的坚守,对加拿大身份的诉求,对加拿大诗歌事业的推进,让人们重新关注这一有着独特自然情怀的国别文学。而弗莱对加拿大文学的贡献与其说是指引其前行,不如说是用其自身的努力和声誉唤醒了加拿大人对自身文学的关注和热爱。正如学者沙利文所说:"到底用什么才能让加拿大人对这个国家产生家国情怀呢?弗莱的解决办法是运用神话,通过创造原始的神话想象力,形成与外物想象力的对应物。弗莱用原始神话来阐释他的思想内涵,他认为加拿大的荒芜来源于加拿大印第安的神话,而现代作者可以从中寻求灵感。"[2] 通过这种方式,现代作家不仅

---

[1] Branko Gorjup ed, "Introduction", in *Northrop Frye's Canadian Literary Criticism and Its Influence* (Toronto: University of Toronto Press Incorportated, 2009), 11.

[2] Rosemary Sullivan, "Northrop Frye: Canadian Mythographer", *Journal of Commonwealth Literature*, 18, 1983 (1), 1–13.

可以从中汲取源源不断的灵感，而且通过原始想象力不断再创造的过程，能使加拿大作家产生浓厚的民族自豪感，从而更加精准地定位国家身份。

弗莱去世至今已20余年，弗莱的思想也因受到了后结构主义的冲击而逐渐淡出世界舞台，但弗莱研究在加拿大乃至整个世界仍旧有条不紊地进行着。探讨弗莱在其祖国文学的接受和评价，对弗莱思想进行新时代的解读，我们不难发现，这些误读和曲解并非偶然，而是与加拿大文学批评发展的演进历程密切相关。进入21世纪，特别是2013年爱丽丝·门罗（Alice Munro, 1931— ）摘得诺贝尔文学桂冠后，加拿大文学已经逐渐摆脱了游离于主流边缘的尴尬局面，加拿大文学批评界也不断涌现出能够与欧美批评家平等对话的理论家。再次回顾近代加拿大文学批评史中的"弗莱现象"，加拿大批评家对建构国家文学的迫切愿望跃然纸上。在后现代主义的思想洪流中与世界文学批评齐头并进，同时保有自身特色，是"弗莱现象"给予现代加拿大批评家最重要的启示。

第三节 文学传统与"影响的焦虑"

当然，加拿大学者对弗莱的加拿大文学批评研究并非只有风景与自然的关系，还包括了从对A. J. M. 史密斯的书评①开始，在弗莱的加拿大文学批评中持续出现的关键词——加拿大文学传统。随后的加拿大学者对弗莱为加拿大文学经典的重新定义和创新给予了高度的关注，其中也不乏反对和质疑之声。而这背后也反映了20世纪加拿大批评家面对文学巨匠弗莱、面对悬而未定的加拿大文学身份，内心的焦虑和涌动的革新冲动。正如哈罗德·布鲁姆在《影响的焦虑》中所述："诗的历史是无法和诗的影响截然分开的。因为一部诗的历史就是诗人中的强者为了廓清自己的想象

---

① 《加拿大及其诗歌》是弗莱加拿大文学评论中引用最为频繁的论文之一。

空间而相互'误读'对方的诗的历史。"① 正如上文提及的那样，弗莱在加拿大文学批评史中的影响已然成了一种不可忽视的"景观"，他之于加拿大文学批评史中的影响也几乎等同于布鲁姆笔下引领文学想象的"正典"诗人，查看后人对其"至死方休的挑战"也就成为探讨弗莱理论传播与接受的必要方式。这里值得提出的是，正如布鲁姆在收山之作《影响的剖析》中强调的，影响的焦虑通常体现在诗歌与诗歌之间的隐喻、意象、用词、句式、韵律和诗歌立场，因此，关于对加拿大学者焦虑的剖析，本节尝试跳出观点之争，搁置争议与误读，跟随布鲁姆的脚步，将重点放在弗莱研究的文体、崇高写作、防御心理等"对抗模式"上。

一、传记式的弗莱研究：高位诗人的真相

在《影响的焦虑》中，布鲁姆曾经用"魔鬼化"和"逆崇高"来表达后人像撒旦反抗上帝那样反抗文学史上的强者。女性作家桑德拉·吉尔伯特（S. M. Gilbert）和苏珊·古芭（Susan Guber）曾借用这一反英雄模式撰写了女性主义巨著《阁楼上的疯女人：女性作家与21世纪文学想象》，表现女性文学创作中对抗传统体现出来的"愤怒的力量"。这种对作者心态精神分析式的洞察力，也体现在了加拿大弗莱研究的文章之中。

弗朗西斯·斯帕肖特的文章《弗莱的地位》中，最大的亮点莫过于作者通过探讨弗莱本人的经历和特点寻找弗莱神话－原型思想中的"神话"，追寻弗莱的学术成长路程，窥见公众眼中的弗莱是如何形成的。斯帕肖特指出，弗莱的宗教背景使牧师语言模式无所不在，其中对文学理论的阐释最终也总以神话式的言语终结，可见他的想象空间蕴含着上帝的身影。但对上帝身影的移置并非来自基督教义，而是弗莱想象性写作的核心。弗莱宗教意识的变迁是20世纪30年代期间北美清教徒的普遍做法：他们尝试以广义的真诚代替道义和信仰，而宗教也就消减为文学。对弗莱来说，《圣经》就是他的文学神话——这种源自欧洲的神话形式，包含了独一无二的完整体系和从创世纪到启示录兼容并包的意象和想象世界——早就不是什么令人遥不可及的宗教读本。

---

① [美]哈罗德·布鲁姆：《影响的焦虑——一种诗歌理论》，徐闻博译，人民大学出版社2019年版，第3页。

此外，斯帕肖特发现，弗莱多次声称，他的写作核心来自加拿大，引起了加拿大批评家的诸多怀疑，因为弗莱也说过一个人的文学作品不应该反映任何一个地区的立场。那么到底什么才是弗莱的加拿大内核呢？斯帕肖特提出，弗莱分别在舍布鲁克、蒙克顿、多伦多生活过多年，三个城市都属于加拿大的东部地区。这里用弗莱自己的话说是"拒绝革命的美国"。虽然弗莱从不否认加拿大的多种族特性，但斯帕肖特认为，对弗莱来说，他与加拿大西部的地域情感几乎可以忽略不计。斯帕肖特坚信，弗莱理论中四季更迭的循环模式来源于蒙克顿孤独的成长环境。蒙克顿所在的新不伦瑞克省是以旅游业著称的美丽城市，因此，弗莱对土地或地域的想象既不是辛勤劳作的农场，也不是再生之地的葡萄园[1]，而是花园。因此，斯肖帕特提出，弗莱理论中的四季循环看似关乎土地，实际上是充满主体创新和想象的花园隐喻。而这种对地域或土地的缺失，恰恰成就了弗莱理论柔韧、快乐、机敏、严肃等现代性特征，当然也包含现代社会"奇异的无精打采"。

不得不说，斯帕肖特对弗莱思想的探讨，时而深入其理论内部，时而跳出客观品评，在试图还原批评对象心理状态的同时，领会与共鸣诗人的个人身份和文学身份。在布鲁姆看来，当读者对前人的理论思想产生了极度的震惊和崇高的奇异性时，焦虑就会应运而生。奇异性是由内而发的崇高之美催生的，它体现着后世研究者对经典文本的深刻感悟和真挚推崇。而焦虑则来自读者对前人思想之奇异性的全身心赞扬之后，自我创造力被淹没的手足无措和力不从心。布鲁姆曾对威廉·维姆萨特（William Wimsatt）朗吉努斯式诗人的按语而引以为豪，即便这一评价可谓意味深长。在布鲁姆看来，"崇高"的思想意味着与众不同甚至知音难觅，他祖述王尔德"为艺术而艺术"的审美观曾经遭受的冷落，坚信只有像朗吉努斯一样坚守美学的最高品质，才能"以作者'尊贵'的头脑来扩张读者的灵魂"[2]。崇高文本一方面给予读者无限想象的空间，同时也让读者对自我文学身份和定位产生了奇异的自我怀疑，仿佛自己始终无法从但丁、莎士比亚、塞万提斯等文学巨匠的想象力之中挣脱。有趣的是，布鲁姆认为

---

[1] 《圣经》关于诺亚方舟的故事中，洪水散去，诺亚种下的第一株植物就是葡萄藤。
[2] ［美］哈罗德·布鲁姆：《影响的剖析——文学作为生活方式》，金雯译，译林出版社2016年版，第19页。

自己和弗莱最大的分歧在于对文学评价的态度。不同于弗莱间接且含蓄的文学判断,布鲁姆坚信批评家应该始终以深沉的情感投入对经典的再定义,而这一处理方式却在加拿大弗莱研究者中被应用。

通过对弗莱个人身份和文学身份的探寻,即探讨作者的写作意图和方法,在文学批评之余,探讨作者个人化审美的过程,是斯帕肖特对抗弗莱思想之影响智慧且有深意的举措。在《弗莱的地位》后半部分,斯帕肖特评价了加拿大人面对弗莱理论的焦虑。弗莱在加拿大一方面收到了大量学术上的褒奖,但在真实的课堂上,却很少有人真正提出挑战性和对话性的问题。人们被弗莱的理论迷惑了,斯帕肖特认为,这也是弗莱思想最大的特点之一。人们通常认为,弗莱的思想中既包含了充满激情的沉默,也有逃避现实式的反讽。因此,不断地有人提出疑问,弗莱的思想到底是什么样子的?他是否有将文学描述成基督教式的文学传统?如果他的原型是纯粹的文学术语,那么为什么他借用荣格的术语却没有荣格思想的背景?斯帕肖特认为,人们应该意识到弗莱所描述的加拿大文学传统虽然被看作是历史的、人类学的、心理学的,但实际上全部都是对加拿大想象力的分析,是对加拿大独有的隐喻和无意识的文学批评。对于弗莱这些让人意料之外的意象关联,不仅弗莱的学生毫无头绪,他的批评者们似乎也同样一头雾水。但斯肖帕特认为,这种无序缘于弗莱本就是一位建构者,而并非争论者,更无意加入任何"文学是什么"的争论。他并无意参与争论,仅以坦白且充满人文关怀的方式建立一种体系,如同弗洛伊德的"无意识"、萨义德的"后殖民理论"等某一个话语体系建构者们一样,保留阐释的空间与限度。这也再次说明了弗莱思想时至今日,仍旧能够保有足够的读者群和阅读量的重要原因。可以说,斯肖帕特面对弗莱的加拿大文学传统批评,以他对抽象审美的美学鉴赏力为基础[1],极大地消解了对弗莱理论僵化的定义式理解,在增强弗莱理论阐释空间的同时,也以还原前驱诗人写作原貌的方式抵抗了弗莱加拿大文学批评不可忽视的影响。

---

[1] 弗朗西斯·斯帕肖特是加拿大著名的美学家,多伦多大学哲学系校聘教授,于1991年退休。代表作为《艺术的理论》。其中《有节奏的步伐:对舞蹈艺术的哲学理解》曾多次被国内艺术领域的学者引注。

二、创造性的误读：弗莱身份的转换

布鲁姆在《影响的焦虑》中曾经提到前驱诗人与读者之间并非传统的继承关系，而是充满了俄狄浦斯式的焦虑和误读。"换句话说，批评并不是教会人们一种批评的语言（这种形式主义观点普遍存在于原型主义者、结构主义者和现象学者之中），而是教一种已被用来写就诗歌的语言，是关于影响的语言，是关于一种制约作为诗人的诗人们之间关系的辩证法的语言。每一位读者作为诗人在他所谈到的东西里都并不能体验到他作为批评家所必然感到的那种支离破碎感。给读者身上的批评家带来愉悦的也许会给他身上的诗人带来焦虑。"① 这种误读体现在加拿大弗莱研究者的身上，是对弗莱所建构的加拿大文学传统的怀疑甚至是否定。

在 20 世纪 20 年代早期，伴随着国际现实主义和现代主义思潮，加拿大文学批评家们试图重新定义加拿大文学的方向标。他们尝试揭露了早期加拿大诗歌和批评家建立在浪漫主义和维多利亚价值观基础上的盲目乐观，并试图将艾略特、庞德的美学思想置入加拿大文学批评当中。当环境与地域成了反讽和含混的代名词时，弗莱及其主题批评跟随者②也首当其冲地收到了很多人的批判。芭芭拉·贝利（Barbara Belyea）在《灌木丛上的蝴蝶：加拿大当代诗歌写作的"神话诗学"批评》（*Butterfly in the Bush Garden*: "*Mythopoeic*" *Criticism of Contemporary Poetry Written in Canada*）中提出"在广阔的文学形式中，当诗人谈到传统，实际是来自其个人的文学经验，这些经验仅来自加拿大部分地区或区域，并不能定义为联邦的共同经验。作为批评家，阿特伍德和琼斯也许会考虑加拿大文学的知名度，但作为诗人，他的作品并非简单的加拿大文学，而是本土的普世文

---

① ［美］哈罗德·布鲁姆：《影响的焦虑——一种诗歌理论》，徐闻博译，人民大学出版社 2019 年版，第 18 页。

② 20 世纪 70 年代，加拿大出现了一批将土著文化纳入视野的批评家，并相继出现了大量总结加拿大文学的著作。其中最著名的莫过于玛格丽特·阿特伍德的《生存》、D. G. 琼斯的《石头中的蝴蝶》等。这些批评家的共同特点是关注国家和个人，因此也更愿意选择权力、个体的声音、地区以及社会地位等问题作为批评的主题，并通过这样的方式来提升社会的功用，不约而同地将弗莱作为这一问题的引领者。

第五章 弗莱思想在加拿大文学史的传播与接受

学恰好发生在了加拿大"①。值得注意的是，贝利一方面尝试定义国家身份的含混性和歧义性，另一方面也并不否认加拿大诗人对弗莱理论的支持。她试图警告当代加拿大诗人谨慎对待批评家的影响，但又试图与世界文学标准对话。弗兰克·戴维在《幸存的释义》(*Surviving the Paraphrase*, 1976) 中也对批评家和他们所持的理论影响文本的观点持怀疑态度。他认为，在琼斯等主题批评家的眼中，探讨文化，如同进入绅士的俱乐部，人人都可以畅所欲言。但若仅凭文学品评来讨论作品好坏，只能让文学批评成为文学衍生品和随波逐流的二流作家的温床。戴维认为，文学理论中世界文学史意识不容忽略。从以上几位批评家的讨论中可以看出，批评家们的目光从加拿大本土因素转移到了那些复杂、精致、旁征博引的欧洲大陆乃至美国的诗歌理论之中。这种转移，与其说是对世界文学标准的关注，不如说是对弗莱思想中关于本土性评述的抵抗和误读。

两位学者的文章都未曾直接否认弗莱对加拿大文学的贡献，只是提醒其追随者不要粗浅理解弗莱理论思想的张力。可以看出，这些批评家试图通对弗莱的批评乃至误读，探求加拿大文学发展的新路径。弗莱的身份不再是一个根植于加拿大、对加拿大文学和创作保持关注和热爱的文学批评家。批评家们将弗莱的身份置于世界文学理论之林，通过批判弗莱乃至他的支持者过分探讨国家身份和文学主题，提醒人们不要盲目追求加拿大文学的整齐划一，而忽视文学自身的多样性和变化，将弗莱拉回了西方文艺理论的舞台，与欧洲大陆经院哲学和美国的实践经验对话。质疑弗莱利用自己的国际声誉强调加拿大文学的社会功用，是想对抗加拿大文学背后更大的强者——欧洲浪漫漫主义，否则，加拿大文学将陷入地方保护主义而无法自拔。② 此外，大卫·斯坦斯 (David Staines) 在《弗莱：加拿大批评家还是作家》(*Frye: Canadian Critic / Writer*) 中也通过将弗莱身份定义为文化批评家来解释弗莱加拿大文学批评与理论之间的相得益彰，认为弗莱的加拿大文学批评是一种批评式的创作。

这种思想的背后，与其说是对弗莱身份角色的调整，毋宁说是一种因焦虑而衍生出的，对弗莱理论不同侧重点的转移，甚至是对作为主题批评

---

① Barbara Belyea, "Butterfly in the Bush Garden: 'Mythopoeic' Criticism of Contemporary Poetry Written in Canada", *Dalhousie Review*, 56 (Summer 1976), 366.

② Frank Davey, "Surviving the Paraphrase", *Canadian Literature*, 70 (Autumn 1976), 5–13.

家的弗莱的研究重点的修正。正如布鲁姆所说,"异端产生于侧重点的转变";诗的影响—当它涉及两位强者诗人、两位真正的诗人时——总是以对前一位诗人的误读而进行的。这种误读是一种创造性的校正,实际上必然是一种曲解。一部成果斐然的"诗的影响"的历史——亦即文艺复兴以来的西方诗歌的主要传统——乃是一部焦虑和自我拯救的漫画般的历史,是歪曲对方的历史,是反常的随心所欲修正的历史。而没有这一段历史,现代诗歌本身是不可能存在的。① 从对主题批评的反对者中,我们也可以重新审视主题批评家们对弗莱思想的支持是否也是一种创造性的误读。例如,琼斯在肯定了弗莱的思想的同时,理智地看到了加拿大文学中仍旧有弗莱的加拿大文学批评无法解释的现象,作者首先肯定了这一现象的存在,同时解释了这种现象存在的原因。作者借用尼采的酒神思想和日神思想,将弗莱加拿大文学批评中体系明确、道理鲜明的理论归类为日神精神的产物,但将那些无法建构永恒标准和普世价值,用个人经验写诗的诗人的诗作看作是酒神精神的产物。而无论在任何文学中,酒神精神和日神精神都将共同存在,坚持二者的张力恰恰就是加拿大文学未来发展的重要形式。弗莱身份的再次调整,也恰恰体现了加拿大弗莱研究者们创造性阐释背后的主体意识。

可以说,20 世纪初的加拿大文学正直蓬勃兴旺,到底是坚持民族主义批评观,还是努力与世界文论保持同步,成为文学理论界热烈讨论的话题。弗莱因兼具加拿大本土批评与世界文学理论的视野,也为这种创造性的误读提供了重要的场域。

三、主体的优先想象——强者诗人的颠覆性回归

无论对弗莱思想的肯定还是否定,随着后结构主义思潮涌入加拿大,人们已经不愿意再用二元对立的眼光看待任何文学现象。加拿大文学批评领域对弗莱的看法也逐渐趋于丰富且多元。他们认为,虽然弗莱一方面建立了宏大的文学理论,表现文学自身的自发性以及自给自足的特点,但在分析加拿大文学的时候却始终将其置入地理以及历史的范畴之中进行考

---

① [美]哈罗德·布鲁姆:《影响的焦虑——一种诗歌理论》,徐闻博译,人民大学出版社 2019 年版,第 22-23 页。

量。因此，以哈琴为代表的一批加拿大批评家提出，考察两者之间的张力是解决这一批评问题的最佳途径。与此同时，随着弗莱思想的不断深入，加拿大学者在阅读和学习弗莱思想的过程中建立了自信，人们已经不再去考虑弗莱到底有没有资格成为当代加拿大文学的精神领袖，而是客观且全面地探讨弗莱真正的作用及其背后的原因，此时的加拿大学者进入了布鲁姆笔下的阿斯克斯阶段，"侵略性本能的升华在创作和阅读诗歌的过程中起着中心作用，且和诗的误读的整个过程几乎是一致的"[1]，加拿大的弗莱研究也就迎来了与强者诗人（弗莱）对话的双赢模式。

伊莱·曼德尔在《诺斯罗普·弗莱与加拿大文学传统》（*Northrop Frye and the Canadian Literary Tradition*，1983）中再次直面文学传统议题，回顾弗莱的加拿大文学传统批评。曼德尔认为，从《加拿大与其诗歌》中对想象力的描述，到《英语加拿大诗歌的叙事传统》中对地域、政治、语言的探讨，弗莱并没有给加拿大文学传统以明确的定论。甚至在20世纪80年代后期，弗莱的加拿大文学传统从之前的浪漫主义和田园风格转向了更加多样和自由的风格。而曼德尔对这种变化表示理解，因为解释到底"什么是加拿大"本身就是一件非常困难的事情。在弗莱晚期的加拿大文学批评中，想象力是较为核心的理念。曼德尔赞同弗莱这一想法的提出，并认为这一转变是对早期文学思想的调整，它将身份的问题转移到了加拿大的语境之中，并将加拿大文学看作地区和国家的共同体。回顾弗莱的加拿大文学批评，至此，弗莱已经带领加拿大学者从历史到文学，从加拿大的浪漫神话到文化历史，几乎跨越了一个国家、民族、文化理论、现代国际化思想等诸多方面，其中包含了浪漫主义与现代主义的区别，以及诉求和反诉求、艺术和反艺术、结构和合成等诸多领域。因此，在曼德尔看来，弗莱真正的影响是向人们精确地展现地方创作是如何变成文明话语的一部分的，即批评和创造是世界的想象，是语言的宇宙。

艾莉诺·库克在《反对一元论：弗莱的加拿大文学解剖》（*Against Monism*: *the Canadian Anatomy of Northrop Frye*，1989）中也表现出较为客

---

[1] ［美］哈罗德·布鲁姆：《影响的焦虑——一种诗歌理论》，徐闻博译，人民大学出版社2019年版，第87页。

观的自信。① 库克首先对加拿大批评家曾对弗莱的一元论倾向的误解提出了解答，认为他们忽略了弗莱颇具辩证色彩的文学思想。从基督教义层面出发，库克认为弗莱的思想与奥古斯丁类似，是个人和群体二元对立的形式。随后，库克对主题批评这一问题的误读进行了回应。有学者曾经批判弗莱的加拿大文学批评与其文学理论思想相违背。但库克却认为，二者极为相似。乔治·哈特曼曾经说，弗莱的思想有两种倾向：一种叫作科学态度至上，另外一种叫福音传道。库克深入分析二者的内涵后提出，科学态度至上可以看作是梅尼普斯讽刺式的，而福音传道则其实是一种告解。因此，这两种倾向一部分倾向于剖析，包括分类和讽刺；而另一部分则倾向检验，包含对外向社会的福音传道，以及向内对自身的告解。随后库克举例说明了加拿大文学中剖析与告解共存的事实。他认为，英语文学批评中一直缺少蕴涵告解意识的二元对立意识。特里·伊格尔顿因此以告解的智慧和激情横扫英语批评界；美国文学批评二元对立意识同样乏善可陈，熟悉解剖的德里达因此得以赢得美国批评界的追捧。库克认为，加拿大文学批评的发展与英美文学并无二致，弗莱的思想适合留在阐释的世界之中，填补这一思想模式的缺失。因此，弗莱并非原型神话的决策者，而是阐释世界的仆人，清除文本中尚未被回答的灰尘和阻塞。正如弗莱在回答"我是谁？"时，选择了"这是哪里？"来作为答案，这也是一种告解。除非有人和弗莱一样来自同一个地方，否则没有人的告解会是相同的。因此，库克认为，弗莱的著作中没有能够回答曼德尔和之前所有批评家想要得到的确切答案，更多的是间接的、创造性的、二元对立的、剖析和告解共存的，富有张力的阐释。显然，库克的论文与曼德尔相比，更加谨慎客观地审视加拿大文学发展自身的问题，在剖析弗莱思想的告解特征中，也揭示了加拿大文学乃至英美文学传统的弊端。此时的弗莱研究少了争吵的硝烟，批评家们似乎与弗莱百科全书式的理论框架和解了，甚至也开始对文本甚至弗莱本身进行全面的宏观把控。

综上所述，20世纪之后的加拿大弗莱研究与如火如荼的后现代主义和解构主义思潮重合。批评家们对弗莱思想的"焦虑"伴随着时代的变迁而逐渐成为新的主体意识和权力。笔者无意将解构思想引入加拿大弗莱

---

① Eleanor Cook, eds. *Centre and Labyrinth: Essays in Honor of Northrop Frye* (Toronto: University of Toronto Press, 1983), 284–297.

研究的领域之内，虽然后现代主义的领军人物琳达·哈琴也曾撰写过重要的弗莱评论文章。实际上，弗莱研究背后，承载着加拿大文学近代的发展历程。它一方面说明了加拿大批评家自身的成熟与客观，与国际接轨的同时时刻思考着自身发展的走向。与此同时，弗莱在加拿大文学批评史中的地位也并非凭借简单的历史主义构架就能够说清楚。加拿大文学批评家对弗莱复杂而深厚的情感，如同布鲁姆在《影响的剖析》中所述，是"文学之爱"，是对崇高的奇异性的好奇和尊崇。批评家们从立于弗莱理论之外的评头论足到随后深受弗莱思想精髓的影响和再造，也深刻说明了加拿大文学批评史对这一享誉国际的理论家的钟爱。弗莱理论的内涵属于理论爆炸之前的文学时代，他以博大精深的理论胸襟和不动声色的价值理念接纳和影响了近代加拿大文学批评史的发展，他的理论在加拿大文学发展过程中创建了里程碑式的不朽成就。

第 六 章

弗莱思想的经典化与经典性

弗莱的加拿大文学批评是具有学术和现实双重意义的学术研究。它根植于加拿大文学的自身特点，以弗莱的神话-原型批评为理论框架，展现了弗莱对加拿大文学的民族特色、批评标准、文化背景等方面的诉求，奠定了弗莱在加拿大文学史研究中的重要地位。作为20世纪最具国际影响力的批评家，弗莱的加拿大文学批评无疑为其进入世界文学舞台做出了重要贡献。

通过以上各章的讨论，本书得出以下结论：第一，加拿大文学批评与神话-原型批评理论一样，是弗莱文学思想的重要组成部分。第二，本书认为，弗莱在加拿大文学批评史中扮演着承上启下的重要作用。首先，弗莱反对前人对狭隘地方主义的坚持，认为坚持文学的现代性，才能让加拿大文学与世界文学的步伐保持一致。其次，根据加拿大特殊的历史背景及复杂的地理环境，弗莱肯定了其文学传统中的矛盾特质，并指出了加拿大与众不同的文学特点。最后，弗莱将眼光放到了文化领域，深入探讨了加拿大文学特点背后的文化因素。此外，弗莱为加拿大文学构建了一套完整的批评标准，结束了其游离于主流文学之外的尴尬局面。这一批评标准的建立，也间接促成了加拿大神话派诗人的产生，为加拿大年轻诗人的创作开辟了一个全新的领域。可以说，弗莱的加拿大文学批评立足于加拿大自身的特点，既总结了前人的经验和教训，也为后来的文学研究者指明了方向。无论后人是赞同还是反对，弗莱的加拿大文学批评都是不可忽略的。

理论的经典化问题始终无法逃脱本质主义与建构主义的争论，而在不同经典理论合法化的个案中寻求其诞生的规则，是搁置争议的有效办法之一。诺斯罗普·弗莱的代表作《批评的剖析》作为西方文论的经典著作，自20世纪50年代开始受到不同国家学者的热议和追捧，相关研究重心随着西方理论思想的变迁，几经沉浮。弗莱思想的经典化路径主要从走入经典和"去经典化"两方面语境中得以重现，并展现出其思想在西方的兴衰以及这种转变的内在逻辑和时代内涵。此外，在理论爆炸过后的当今西方文论界，弗莱思想中的人文主义倾向是其保持读者群延续和经典地位的重要原因，同时也很好地阐释了经典理论在不同历史维度下绽放经典性的辩证法则。

1994年，耶鲁大学教授哈罗德·布卢姆出版《西方正典》(*The Western Canon*, 1994)，尝试在"去经典化"浪潮中为经典正名，由此引发热议。实际上，理论的经典问题面临着同样的危机。人们一方面努力规避

"强制阐释"之弊,一方面又很难摆脱价值判断和政治倾向的影响,其本质仍旧是经典化的历时审美流变与经典性的共时美学典范之争。诺斯罗普·弗莱作为 20 世纪最负盛名的文学批评家之一,他的学术声誉自 20 世纪 50 年代起,伴随着西方现代思潮的风起云涌而上演着与时代紧密相连的理论的接受与影响之旅行。特别是 80 年代前后,解构主义与文化批评的鼎沸之声占据了西方理论世界,西方弗莱研究也呈现了"时过境迁"的态势,其研究焦点也远远偏离了弗莱思想的核心。然而,弗莱研究专家罗伯特·丹纳姆曾经撰文反驳,从欧美博士论文选题上看,"即使是在后结构主义盛行的 20 年,学界将弗莱作为研究对象的热度有增无减"[①]。诚然,弗莱到底有没有被迫离开文学批评的中心并非本书探讨的重点,但可以肯定的是,理论经典化的过程从来不是一蹴而就,其标准也并非永恒,而对经典核心问题的争论恰恰成为弗莱思想经典化的推动力,其中审美主张的变迁则依赖时代语境的滋养。实际上,弗莱思想在理论爆炸之后仍旧具备讨论价值,这离不开其理论跨越时代的经典特性。讨论弗莱在西方的经典化与经典性,不仅能够窥见西方文坛半个世纪以来思想的瞬息变化,而且是一次搁置争议,从个案入手,凸显二者辨证关系的有益尝试。本书试图从弗莱思想走入经典、"去经典化"历程以及跨时代的经典性三个方面入手,探讨西方批评家对弗莱理论态度的变迁,发掘弗莱研究的时代转变,从而进一步窥探弗莱思想在当下仍保有读者群体的原因及其经典性内涵。

一、走入经典

弗莱思想的问世正值新批评在西方占据统治地位的 20 世纪 50 年代。然而,尽管新批评派在 20 世纪之初,清算了几个世纪以来西方文学批评对传记、历史、心理学、浪漫派和印象主义等研究方式的弊端,开创性地将文学审美维度投向了文学文本本身,在西方文学批评史上具有划时代的意义,但由于形式主义的局限,新批评理论固守的本体论立场在充满变革的 60 年代前后便显得有些格格不入。此外,东欧结构主义和符号学的影

[①] David Rampton, "Anatomy of Criticism Fifty Years After", in *New Directions from Old* (Ottawa: University of Ottawa, 2009), 23.

第六章 弗莱思想的经典化与经典性

响与日俱增,西方马克思主义始终如一的对抗,及其自身对于科学、社会学乃至阐释学批评理论的无力,都促使新批评理论的发展逐渐没落。甚至有学者认为:"新批评的垂死状态和它未实现的文学需求将我们置于一种批评真空之中。"① 弗莱的《批评的剖析》就在这样的背景下问世。人们惊喜地看到弗莱将文学作品置于文学系统的语境之中,用五种模式和五种批评阶段的排列组合,突破了新批评在模式、体裁和阶段等研究范围的限制。弗莱的思想便以挑战和终结新批评的姿态,饱受争议地进入了西方学者的视野。作为弗莱曾经的拥护者,布鲁姆最先在《耶鲁评论》上表达了对《批评的剖析》的赞赏。随后就有批评家预言:"弗莱在未来十年之于西方文坛的影响,几乎可以等同于二、三十年代的艾略特、庞德以及理查兹。"② 虽然西方学者最初对弗莱理论之精细复杂表示担忧,但勒内·韦勒克、韦恩·布斯等著名批评家相继加入争鸣,无疑推动了弗莱进入舆论中心的步伐,乃至有学者认为,弗莱"日益攀升的名气,连同一系列有利于神话和符号形式派别的理论项目,都催生了一个重大理论专著的出炉,从而可以使我们超越新批评和它的孤立的思维习惯"③。1966 年,莫瑞·克里格应邀,怀着无比的敬意和志忑编辑出版了《诺斯罗普·弗莱与当代批评》(*Northrop Frye in Modern Criticism*, 1966),细数当下最知名的批评家对弗莱的研读。文集中不乏 W. K. 维姆萨特颇具火药味的回应,同时也包含了安格斯·弗莱彻(Angus Fletcher)、杰弗里·哈特曼(Geoffrey Hartman, 1929—2016)等学者对弗莱恢复浪漫主义情感的赞赏,并称之为自艾略特以来对文学传统最极致的推崇。这本书的出版,从某种程度上开启了西方弗莱研究的全方位探索。随着索绪尔的语言学理论在法国成功植入现代西方哲学,弗莱神话-原型体系中静态的循环模式、对系统性的追求、对科学方法的强调,与欧陆复杂的结构主义几乎同时冲进了美国学者的视野,一时蔚为大观。据丹纳姆估算,《批评的剖析》在出版后的 50 年间售出约 15 万册,截至 2009 年,这部弗莱思想的精华之作已经

---

① [美]弗兰克·伦特里奇亚:《新批评之后》,王丽明等译,南京大学出版社 2017 年版,第 4 页。

② John Ayre, *Northrop Frye: a Biography* (Toronto: Random House of Canada Limited, 1989), 309.

③ [美]弗兰克·伦特里奇亚:《新批评之后》,王丽明等译,南京大学出版社 2017 年版,第 6 页。

在全世界范围被超过 40 所院校的研究者研读，并先后被翻译成 15 种不同的语言。① 《批评的剖析》毫无疑问地成为西方文学理论的经典读物，是文学研究者的必读书目之一。

二、"去经典化"

可以说，弗莱在《批评的剖析》"论辩式的前言"中，对当时的文学批评进行了大刀阔斧的批驳，是西方文学史上第一次正视文学批评区别于文学的独立性，其矛头几乎对准了当下所有的批评范式。因此，西方弗莱研究从一开始就火药味十足。批评家们一方面赞叹其雄心勃勃的系统理论，另一方面不乏针锋相对地试图为自己辩护。韦恩·布斯在《小说的修辞》中挑战弗莱理论的适用范围②，韦勒克曾评价弗莱思想的"弱点在于它们完全失去了控制"③。弗兰克·伦特里奇亚（Frank Lentricchia，1940—　）曾认为弗莱和《批评的剖析》之所以名声大噪，不过是借了结构主义的东风，是"恰逢其人""恰逢其书"。④ 特别是威廉·克里格在文化批评大行其道期间，批评弗莱理论过分标榜精英主义立场，"被女性主义、后现代主义、新历史主义、新马克思主义等埋葬，并贴上了白人、男性、自由人文主义等标签"⑤。伊格尔顿则在 1985 年就曾毫不客气地指出"如今谁还会读弗莱"⑥，理查德·莱恩（Richard Lane）暗示弗莱思想中的普遍主义和整体批评观因与解构主义的推崇的碎片化、模糊化、反逻各斯中心主义等观点大相径庭，而被打入冷宫。⑦ 以至于到 2000 年

---

① David Rampton, "Anatomy of Criticism Fifty Years After", in *New Directions from Old* (Ottawa: University of Ottawa, 2009), 23.
② ［美］韦恩·布斯：《小说修辞学》，华明等译，北京联合出版社 2017 年版，第 58 页。
③ ［美］勒内·韦勒克：《批评的诸种概念》，罗钢等译，上海人民出版社 2015 年版，第 311 页。
④ ［美］弗兰克·伦特里奇亚：《新批评之后》，王丽明等译，南京大学出版社 2017 年版，第 6 页。
⑤ William Kerrigan, "Bloom and the Great Ones", *Clio*, 25 (Winter, 1996), 196–206.
⑥ ［美］特里·伊格尔顿：《二十世纪西方文学理论》，北京大学出版社 2005 年版，第 201 页。
⑦ Richard Lane, "Northrop Frye", in *Fifty Key Literary Theorists*, ed. Richard Lane (London: Routledge, 2006), 111–116.

第六章 弗莱思想的经典化与经典性

前后,西方弗莱研究大有明日黄花之势。面对这一趋势,丹纳姆于2009年虽专门撰文批驳那些同情弗莱研究者的言论,但也不得不承认"弗莱早已不似20世纪60年代中期那样处在文学批评的中心"[①]。总的来说,对弗莱思想的挑战一方面来自解构主义去中心化、去深度化以及去主体化的冲击,一方面是西方马克思主义者等文化批评家不同理论立场的对抗。

事实上,西方弗莱研究并未真正停滞不前,它随着时代的推进产生了全新的学术视角。坚守文学本体论的新批评派首先对弗莱思想中"文学与社会"问题发起了挑战,认为弗莱过分重申了自由的理想主义。例如,克里格认为弗莱的问题在于忽略现实的改变,单纯地运用浪漫主义的理想化思维去界定和倡导。维姆萨特进一步指出:"弗莱的确不懈努力地尝试回答柏拉图曾经提出的种种质疑:关于诗学与世界、批评与价值等,但他与亚里士多德、柯勒律治、克罗塞、理查德等人一样,只是想当然地将这一问题简化了之。"[②] 如果说新批评因立场不同而转移了争论的焦点,那么专注"外部研究"的西方马克思主义者则更愿意关注弗莱鼓励某些虚无的社会-政治的态度。格拉夫认为弗莱把文学看成一个脱离现实、由快乐原则建构的乌托邦,而乌托邦显然并非解决现实问题的长久之计。[③] 在伊格尔顿看来,所有的文学都存在着价值属性或某一个社会阶级的特殊品味。[④] 如果弗莱将文学建立在社会以及历史之外,那么在弗莱所建构的文学循环就是一种历史的替代品,即一种通过文学形式实现的社会乌托邦,其中包含了对自然循环的浪漫意象,是对现代工业主义之前历史的怀旧和回忆,因此仅能在保守和自由倾向之间寻求平衡,从而导致社会革命的缺失。随后,文学与社会问题在女性主义批评家德安妮·博格丹(Deanne Bogdan)眼中转换成为少数群体与主流群体的权力之争。她提出,弗莱所提倡的强调力量、感觉以及地理位置等大而化一的社会态度并不适合女

---

① Robert Denham, *Northrop Frye and Others: Twelve Writers Who Helped Shaped His Thinking*, (Ottawa: University of Ottawa Prees, 2015), 22.

② W. K. Wimsatt, "Northrop Frye: Criticism as Myth", in *Northrop Frye in Modern Criticism: Selected Papers from the English Institute*, ed. M. Krieger (New York: Columbia University Press, 1966), 75–80.

③ Graff Gerald, *Poetic Statement and Critical Dogma* (Evanston: Northwestern University Press, 1970), 77.

④ [美]特里·伊格尔顿:《二十世纪西方文学理论》,北京大学出版社2005年版,第209页。

性或少数族裔等父权制下缺少个人身份认定的人群。① 显然，这一时期的研究焦点已经从弗莱曾经建构的庞大而精密的理论体系转移到文学与社会关系的问题。我们一方面为弗莱从成为经典理论的核心到逐渐无人问津而略感遗憾，另一方面也不得不承认这是时代的变迁赋予弗莱理论思想的全新角度。"文化研究的两个重要特征就在于非精英化和去经典化，它通过指向当代仍有着活力、仍在发生着的文化事件来冷落写在书页中的经历历史沉淀的并有着审美价值的精英文化产品。"② 随着文化研究的兴起，文化研究者们消解了弗莱思想中文学的向心力和排他性，将研究重点转向了他们所关注的社会大众。正如布鲁姆在2000年《批评的剖析》新版的前言中所指出的，"弗莱的理论之所以幸存，来源于它的严肃性、意识形态性以及综合性，而并非由于他对系统以及表征方面的天分"③。而后的弗莱研究仍旧随着西方文学批评的大潮而"随波逐流"。在文化批评激烈论战逐渐落下帷幕之后，西方学者开始反思弗莱鲜明的人文主义倾向对当下的意义，重新审视弗莱思想的重要性。丹纳姆在他的《诺斯罗普·弗莱和他的研究方法》（1978）中，对文学与生活的关系问题进行了重新的阐释：弗莱并非要将文学与生活生硬地剥离，而是从人文主义的角度重新考量在他的《批评的剖析》中谈到的四个因素——历史、道德、原型以及修辞。历史是对新文本历史性的重新考察，扩充对当代文本的认知，并在理解历史的过程中，通过对现代道德的审视对未来产生启示。乔纳森·哈特在《诺斯罗普·弗莱：理论的想象》中，虽然多次重申自己并非弗莱的信徒，但仍旧不断肯定弗莱思想中强烈的人文主义特征，赞扬弗莱对人本主义的坚守。他认为弗莱创造或建构了一个关于虚构的隐喻和神话的世界，其中也包含了虚构世界的身份。哈特认为，"弗莱的理论模式是流动且启发式的。他的思想始终在理论与想象力、文学与批评、《圣经》与文学、文学与社会之间回荡。面对当代社会给予批评家关于意识形态与语言、文学作品与政治之间的巨大压力，他并没有退缩。虽然在20世纪八九十年代他的理论并非主流，但他仍旧坚持自己的观点并比年轻的理论家

---

① Bogdan Deanne, *Instruction and Delight: Northrop Frye and the Educational Value of Literature* (Toronto: University of Toronto Press, 1980), 153.

② 王宁：《文学的文化阐释与经典的形成》，载《天津社会科学》2003年第1期，第98页。

③ Harold Bloom, "Foreword", in *The Anatomy of Criticism* (Princeton: Princeton University Press, 2000), VII.

更愿意承认自己的忧虑、矛盾乃至社会关怀"[1]。哈特认为,在弗莱的思想中始终将个人与社会看作是整体,其中包括布莱克式对人类的神圣的坚守,同时也有亚里士多德式的实用主义。批评家作为社会的一份子,他们文学研究的特权来自社会,文学批评则以调停者的角色存在于二者之间。

从哈特的评论中可以很容易看出西方弗莱研究风向的转变,此后出版的著作和文章审视弗莱思想的角度开始趋于多样。弗莱研究此次的转向与思潮的再次变迁紧密相关。从20世纪70年代中期开始,对解构主义中的反模仿说和反表达说的抱怨、对反人文主义的不安、对元语言的否定以及含混的政治意识形态的批评[2]都不断展现人们对解构主义研究方式的厌倦,并尝试让文学回归到文本本身,强调人本主义的立场和审美趣味。人们对理论所建立起来的强势阵营产生了极度的反感和讽刺,开始倾向向文本回归。然而,人文主义的倾向早就已经与弗莱思想初期被结构主义者奉为圭臬的亚里士多德的系统化文学观背道而驰。不得不承认,弗莱经典化过程之所以在其问世短10年之内得以实现,恰恰来源于这种时代变迁对其核心观点"去经典化"的强大驱动。弗莱思想之所以有如此影响,一方面来自其百科全书式的系统结构,另一方面来自他将文学视为与科学、社会学科相等的认知理念。而面对文学与社会的话题,随着理论研究的深入乃至西方理论审美趣味的变迁,西方弗莱研究逐渐内化为弗莱自身的理论视角,与理论经典形成之初的焦点有着天壤之别。不同时期的批评家对弗莱思想成为经典理论的诸多方面发起挑战,在消融了弗莱经典核心的同时,扩大了争论焦点的内涵与外延,从而延续了争鸣并扩大了弗莱读者群;在对其理论经典地位发出挑战的同时,保持了弗莱思想的热度和关注度。因此,"去经典化"过程实际上是经典化进程的动态表现,其中颠覆和挑战的品格展现了读者阅读审美的变迁,但其内在读者共同体并未发生根本性转变。正如莎士比亚300年的经典化过程中挑战之声不绝于耳,但从未因此影响其在西方文学中的不朽魅力;后殖民理论的发展始终是以批判萨义德的《东方主义》(*Orientalism*,1978)而得以展开,却丝毫无

---

[1] Jonathan Hart, *Northrop Frye: The Theoretical Imagination* (London and New York: Routledge, 1994), 2.
[2] [美]文森特·里奇:《20世纪30年代至80年代的美国文学批评》,王顺珠译,北京大学出版社2013年版,第295页。

法撼动其开创性的经典地位一样。因此，一方面，"去经典化"的过程是对原有思想的质疑甚至是颠覆，另一方面，不断提出新的原则和概念来重新解读，在解构的同时进行全新的建构，是经典化进程的时代推动力。

三、跨时代的经典性

正如伊塔洛·卡尔维诺（Italo Calvino，1923—1985）所说："一部经典作品是一本永不会耗尽它要向读者说的一切东西的书。"① 弗莱思想之所以在"去经典化"的大潮中安然无恙，从根本上取决于弗莱理论内在的丰富内涵和可解读性。丹纳姆曾经提出，弗莱理论并非像他所声称的那样是科学的分层方式，实际上其中含有着大量情感和先入为主的判断。弗莱的原型理论虽然被很多人视为取自荣格的"集体无意识"思想，但相对于荣格将文学置于严格的世界中，弗莱的理论更多地用技术性的冥想来替代文学体验，用象征而非概念来描述艺术。弗莱思想的基础并非来自心理学等社会科学方式，而更多地放在了个人文学体验等个人自身情感的认知上。因此，丹纳姆认为，考虑到弗莱思想的源泉，他应该同时兼备了亚里士多德的科学性与朗吉努斯的情感主义，是理性与感性的综合体。② 丹纳姆在时隔40年之后，在另一本著作上再次重申了自己的观点，并认为弗莱理论发展到晚期实际上更偏向于朗吉努斯。③ 布莱恩·格拉哈姆（Brian Russell Graham）所著的《对立的统一：诺斯罗普·弗莱思想中的双重性》（*The Necessary Unity of Opposite：The Dialectical Thinking of Northrop Frye*，2014）从弗莱个人研究经历入手，认为弗莱思想的多重性甚至并非如前人所说的和解或中庸，而是源于布莱克的精神引领，是受其积极向上的精神气质所影响的。弗莱不愿意放弃任何一个对文学批评有益且有效的批评理念，希望美好和真理永远共存，从而促成了其理论中无所不包的特质。

---

① ［意］伊塔洛·卡尔维诺：《为什么读经典》，黄灿然，李桂蜜译，译林出版社2002年版，第4页。
② Robert Denham, *Northrop Frye and Critical Method* (The pennsylvania State University Press, 1978) 156.
③ Robert Denham, *Northrop Frye and Others Twelve Writers who Helped Shaped His Thinking* (Ottawa: University of Ottawa Press, 2015), 69–71.

第六章　弗莱思想的经典化与经典性

实际上，如果换一种角度回看弗莱经典化过程中面对的争议，一切就显得水到渠成。首先，弗莱从未分裂文学与社会的关系，他认为："把文学本身视为一个整体并不会使它脱离社会语境；相反，我们能够更容易地看出它在文明中的地位。批评将永远有两个方面，一个转向文学结构，一个转向组成文学环境的其它文学现象〔……〕当批评处于恰当的平衡时，批评家从批评移向更大的社会问题的倾向就会变得更容易理解。"① 从中不难看出，弗莱不仅认为文学应该被放入社会语境中进行考量，而且社会语境是文学的另一个方面，甚至文学与社会语境如果达到了某种恰到好处的关系状态，还将有助于文学的健康发展。迈克·费舍尔（Michael Fischer）曾经评价，"剩余无政府主义"（Residual Anarchism）是弗莱自创的专有名词，用来形容浪漫主义作家对社会的感知。而一个社会的先进之处就在于对个人有足够的忍耐和变通，允许个人对自身身份的诉求，即使在这个过程中他/她的自我发现与社会传统价值相违背。② 因此，弗莱坚持在个人和社会之间建立持续的互动和张力，虽然个人并非与生俱来就与社会紧密相关，但也要保持有批判性的合理距离。显然，弗莱并没有把个人置于社会之上，而是自由的守护者。虽然这种观点与结构主义盛行的时代观点相悖，但弗莱始终坚信少数个人对社会的持续性批判是对社会的监督和审视，是当代知识分子应该秉承的精神品质，而这就是弗莱眼中的自由神话。弗莱认为一个开放的社会能够容纳并鼓励这些对真理的诉求。在基督教等宗教中，上帝创造了人类社会并制定最初的规则，而在现代社会中，关怀神话的创造力就来自人类本身，"而更伟大的关怀神话，即持续改变人的社会意识的关怀神话，常常始于一种也许最好称为憎恶的情绪〔……〕当这些情感被'利益动机'之类更富理论性的概念所强化时，一种关怀神话就开始发展。在过去，如果这些情感突变得相当深刻时，它们就会通过组成新的机构使历史的循环再次改变，这种新的机构支配它的文化，有时长达几个世纪"③。弗莱对于少数人对社会之责任的评述很容易

---

① [加]诺斯罗普·弗莱：《批评之路》，王逢振，秦明利等译，北京大学出版社1997年版，第10页。

② Michael Fischer, "Frye and the Politics of English Romanticism", in *The Legacy of Northrop Frye*. eds. Alvin Lee, Robert Denham (Toronto: University of Toronto Press, 1994), 222.

③ [加]诺斯罗普·弗莱：《批评之路》，王逢振、秦明利译，北京大学出版社1997年版，第31—32页。

让人想起萨义德在《知识分子论》（*Representations of the Intellectual*, 2007）中对知识分子的期望："知识分子是特立独行的人，能向权势说真话的人，耿直、雄辩、极为勇敢及愤怒的个人，对他而言，不管世间权势如何庞大、壮观，都是可以批评、直截了当地责难的。"① 相对于萨义德理论中的不可调和性，弗莱思想的内在力量似乎更加容易长久，相信这也是弗莱研究经历了长时间的衰退之后再次燃起新生命力的重要原因。其次，弗莱曾在《镜中的反射》（*Reflections in a Mirror*, 1966）中回应，批评家讨论文学与生活的关系是有意义的，而批评的意义就在于实现读者和文本的现实关系，并打破读者将文学与生活混淆的壁垒。② 在弗莱看来，这是一种意识形态和神话的再造。神话以浪漫原型的表达而在文学中获得自由，但在社会中却是一种反动力量：神话只能具体化或外向化，并以一种信念或偏见的结构在社会中得以实现，告诉人们什么才是最重要的。神话实质为一种修辞上的信仰，批评则是建立信仰结构和现实的桥梁。显然，弗莱并没有如争论中被指责的那样强行将文学与现实隔离开来，弗莱甚至将神话看作是当下大众文化盛行社会的一种救赎。早在20世纪初，德国批评家瓦尔特·本雅明就已经发现大肆发展的工业制造对人类精神世界的影响。他提出，人类社会因新闻报纸业的不断发达，开始追求密集的快速的"震惊"体验，从而让有继承传统特征的讲故事的人逐渐衰微，人们失去了聆听和等待的耐心，对高效、高频的事物趋之若鹜。同时，因机械复制技术的不断发展，所有的艺术形式逝去了原有独一无二性的"灵韵"（aura）和崇拜价值。然而，工业的极速发展、科学的不断进步并未减轻人类对自身的焦虑和恐慌。尼采在《权力意志》（*Will to Power*, 1910）中臆想的现代西方思想危机，在20世纪以来的西方人文学术界中却逐一得到了验证。在经历了从弗洛伊德到拉康（Jacques Lacan, 1901—1981），再到福柯（Michel Foucault, 1926—1984）、德里达（Jacques Derrida, 1930—2004）对主体的消解和对人类终结的宣言后，如何在新时期重新建立人们对传统问题的依赖和重视？弗莱认为，神话是解决这一问题的重要途径。

---

① [美]爱德华·萨义德：《知识分子论》，单德兴译，上海三联书店版2002年，第15页。
② Northrop Frye, "Reflections in a Mirror", in *Northrop Frye in Modern Criticism: Selected Papers from the English Institute*. ed. M. Krieger (New York: Columbia University Press, 1966), 27–30.

四、结语

即便是挑战之声不绝于耳的"经典化"历程,我们仍能从中看到弗莱思想的丰富内涵及其颇具深意的学术史观。当然,弗莱的理论思想因《批评的剖析》中所表现出来的结构的、科学的、整体的研究思路而成为人们对弗莱思想先入为主的第一印象。这也是弗莱很快被划入结构主义阵营的重要原因。然而,近代西方文明批评对于人性的怀疑和否定,对本质主义论证的挑战,让人们对弗莱的讨论也回到了文学与社会这一亘古话题。面对"文学和批评领域,一些结构主义者把人类作家简单地理解为一个语言、文化代码结合在一起以产生文本的'空间';解构主义者则倾向于将人类主义降级到由特定时间和文化意识形态的'论证组合'产生的结构,作为主体的作者在其自己的文学作品中获得并传达了这种论证组合"①。面对自1900年尼采死后西方文论不断触及的人文危机和学术革命,以及后现代性理论对主体性、文学自身价值的冲击和瓦解,弗莱的研究者们不约而同地看到了其思想中人文主义的精神气质。随着弗莱"去经典化"的不断推进和他对跨时代经典性的再次解读,人们发现,曾经争论不休的若干话题来自弗莱理论中向心力的、浪漫模式的、乌托邦式的特质与当下主流美学思想的冲突。而弗莱理论思想在新时代下仍旧能够熠熠生辉,保持经典理论应有的审美趣味和价值取向,恰恰来自其自身多重且丰富的经典性。关于经典问题理论的争论无非来自两个方面:一方面在于特定文化实践所构建的时代推动力,另一方面则是从客观潜于经典内部的审美体验中挖掘。那么,到底是纯粹的审美价值还是错综复杂的社会功用决定理论的经典问题?从弗莱理论发展的个案来看,其思想得以传承发展,一方面依赖于经典化与"去经典化"的双重建构;另一方面离不开能够与不同时代对话的理论张力。弗莱理论中系统的、循环的、语言至上的精神气质符合了结构主义者的期待、对文学评价的回避和对文学内部逻辑的偏重,又能够与文化批评思潮相互争鸣,而其颇具浪漫色彩的个人学术品味又在理论之后的新时代给予人们反思和总结。综上所述,弗莱思

---

① [美] M.H.艾布拉姆斯,G.G.哈珀姆:《文学术语词典(第十版)》,吴松江等编译,北京大学出版社2014年版,第163页。

想的传播得益于20世纪西方文坛风起云涌的多元格局，弗莱理论中渊博的思想内涵也让他在不同时代绽放出经典特性，为人们提供丰富的思想资源。由此可见，理论经典性并非单纯的社会、文化或时代产物，亦非以原创性、形象语言、认知能力或艺术造诣高低作为评价标准。无论是经典化还是"去经典化"都伴随着人类社会发展的漫长且曲折的阐释过程，而能够在文学史披沙拣金的过程中得以幸存，需要的是能够与不同时代对话的美学力量。

参 考 文 献

一、诺斯罗普·弗莱的著作及选集

（一）中文译著及选集

[1] 弗莱. 批评的解剖［M］. 陈慧，袁宪军，吴伟仁，译. 天津：百花文艺出版社，2006.

[2] 弗莱. 伟大的代码：圣经与文学［M］. 郝振益，译. 北京：北京大学出版社，1998.

[3] 弗莱. 世俗的经典：传奇故事结构研究［M］. 孟祥春，译. 上海：上海人民出版社，2009.

[4] 弗莱. 现代百年［M］. 盛宁，译. 沈阳：辽宁教育出版社，1998.

[5] 弗莱. 批评之路［M］. 王逢振，秦明利，译. 北京：北京大学出版社，1998.

[6] 弗莱. 神力的语言："圣经与文学"研究续编［M］. 吴持哲，译. 北京：社会科学文献出版社，2004.

[7] 弗莱. 诺思洛普·弗莱文论选集［C］. 吴持哲，译. 北京：中国社会科学出版社，1998.

[8] 弗莱. 弗莱论文三种［M］. 徐坤，等，译. 呼和浩特：内蒙古大学出版社，2003.

（二）英文著作及选集

[1] FRYE N. Fearful Symmetry: A Study of William Blake［M］. Princeton: Princeton University Press, 1947.

[2] FRYE N. Fables of Identity: Studies in Poetic Mythology［M］.

New York: Harcourt, Brace & World, 1963.

[3] FRYE N. The Educated Imagination [M]. Toronto: Canadian Broadcasting Corp, 1963.

[4] FRYE N. The Well: Tempered Critic [M]. Bloomington: Indiana University Press, 1963.

[5] FRYE N. The Modern Century [M]. Toronto: Oxford University Press, 1967; New Edition, 1991.

[6] FRYE N. A Study of English Romanticism [M]. New York: Random House, Inc., 1968.

[7] FRYE N. The Bush Garden: Essays on the Canadian Imagination [C]. Toronto: Anansi, 1971.

[8] FRYE N. The Critical Path: An Essay on the Social Context of Literary Criticism [M]. Bloomington: Indiana University Press, 1971.

[9] FRYE N. Spiritus Mundi: Essays on Literature, Myth, and Society [M]. Bloomington: Indiana University Press, 1976.

[10] FRYE N. Creation and Recreation [M]. Toronto: University of Toronto Press, 1980.

[11] FRYE N. Anatomy of Criticism: Four Essays [M]. Princeton: Princeton University Press, 2002.

[12] POLK J. Divisions on a Ground: Essays on Canadian Culture [C]. Toronto: Anansi, 1982.

[13] DENHAM R D. Northrop Frye on Culture & Literature: A Collection of Review Essays [C]. Chicago: University of Chicago Press, 1978.

[14] DENHAM R D. Northrop Frye: An Annotated Bibliography of Primary and Secondary Sources [C]. Toronto: University of Toronto Press, 1987.

[15] DENHAM R D. Collected Works of Northrop Frye [C]. Toronto and Buffalo: University of Toronto Press, 1996.

[16] DENHAM R D. The Diaries of Northrop Frye [C]. Toronto: University of Toronto Press, 2001.

[17] DENHAM R D. Northrop Frye on Literature and Society, 1936—1989: Unpublished Papers [C]. Toronto: University of Toronto Press, 2002.

[18] DENHAM R D. Northrop Frye: Religious Visionary and Architect of

the Spiritual World [C]. Charlottesville: University of Virginia Press, 2004.

[19] DENHAM R D. Northrop Frye: Selected Letters 1934—1991 [C]. Jefferson, N.C.: McFarland & Co, 2009.

二、其他相关文献

（一）中文著作

[1] 艾布拉姆斯. 镜与灯：浪漫主义文论及其批评传统 [M]. 郦稚牛，等，译. 北京：北京大学出版社，2004.

[2] 艾布拉姆斯. 文学术语词典 [M]. 第10版. 吴松江，等，译. 北京：北京大学出版社，2014.

[3] 艾略特. 艾略特文学论文集 [C]. 李赋宁，译. 南昌：百花洲文艺出版社，1994.

[4] 布斯. 小说修辞学 [M]. 华明，等，译. 北京：北京联合出版社，2017.

[5] 陈燕萍. 加拿大研究：4 [M]. 北京：北京理工大学出版社，2010.

[6] 丁林鹏. 加拿大地域主义文学研究 [M]. 北京：北京大学出版社，2008.

[7] 逄珍. 加拿大英语诗歌概论 [M]. 北京：民族出版社，2008.

[8] 逄珍. 加拿大英语文学发展史 [M]. 上海：上海外语教育出版社，2010.

[9] 傅俊，严志军，严又萍. 加拿大文学简史 [M]. 上海：上海外语教育出版社，2010.

[10] 弗莱，等. 就在这里：加拿大文学论文集 [C]. 马新仁，等，译. 北京：中国文联出版公司，1991.

[11] 高鉴国. 加拿大文化与现代化 [M]. 沈阳：辽海出版社，1999.

[12] 姜芃. 加拿大文明 [M]. 北京：中国社会科学出版社，2004.

[13] 江玉琴. 理论的想象：诺斯罗普·弗莱的文化批评 [M]. 北京：中国社会科学出版社，2009.

[14] 基思. 加拿大英语文学史 [M]. 耿力平，等，译. 北京：北

京大学出版社，2009.

［15］卡尔维诺. 为什么读经典［M］. 黄灿然，李桂蜜，译. 南京：译林出版社，2002.

［16］克莱顿. 加拿大近百年史［M］. 山东大学翻译组，译. 济南：山东人民出版社，1972.

［17］蓝仁哲. 加拿大文化论［M］. 重庆：重庆出版社，2008.

［18］李桂山. 加拿大社会与文化散论［M］. 北京：北京航空航天大学出版社，2008.

［19］李鹏飞. 加拿大与加拿大人［M］. 北京：北京理工大学出版社，2007.

［20］李万勇. 西方形式主义溯源［M］. 北京：昆仑出版社，2006.

［21］里奇. 20世纪30年代至80年代的美国文学批评［M］. 王顺珠，译. 北京：北京大学出版社，2013.

［22］伦特里奇亚. 新批评之后［M］. 王丽明，等，译. 南京：南京大学出版社，2017.

［23］麦格拉恩，等. 加拿大的文学［C］. 吴持哲，徐炳勋，译. 呼和浩特：内蒙古大学出版社，1992.

［24］纽. 加拿大文学史［M］. 吴持哲，等，译. 北京：北京大学出版社，1994.

［25］什克洛夫斯基，等. 俄国形式主义文论选［C］. 方珊，译. 上海：三联书店，1989.

［26］萨义德. 知识分子论［M］. 单德兴，译. 北京：生活·读书·新知三联书店，2002.

［27］萨义德. 世界·文本·批评家［M］. 李自修，译. 上海：三联书店，2009.

［28］西格尔. 神话理论［M］. 刘象愚，译. 北京：外语教学与研究出版社，2008.

［29］王宁，徐燕红. 弗莱研究：中国与西方［C］. 北京：中国社会科学院出版，1996.

［30］王秀梅. 加拿大文化博览［M］. 上海：世界图书出版公司，2004.

［31］王彤福. 加拿大文学词典：作家专册［C］. 上海：上海外语教育出版社，1993.

[32] 威廉斯. 文化与社会，1780—1950［M］. 高晓玲，译. 长春：吉林出版集团有限责任公司，2011.

［33］韦勒克. 近代文学批评史：第1卷［M］. 杨岂深，杨自伍，译. 上海：上海译文出版社，1987.

［34］韦勒克，沃伦. 文学理论［M］. 刘象愚，等，译. 南京：江苏教育出版社，2005.

［35］韦勒克. 批评的诸种概念［M］. 罗钢，等，译. 曹雷雨，校. 上海：上海人民出版社，2015.

［36］吴斐. 加拿大社会与文化［M］. 武汉：武汉大学出版社，2011.

［37］亚里士多德. 诗学［M］. 罗念生，译. 北京：人民文学出版社，2000.

［38］杨冬. 文学理论：从柏拉图到德里达［M］. 北京：北京大学出版社，2009.

［39］杨义，高建平. 西方经典文论导读：下卷［C］. 合肥：安徽教育出版社，2009.

［40］叶舒宪. 神话—原型批评［C］. 西安：陕西师范大学出版总社有限公司，2011.

［41］叶舒宪. 结构主义神话学［C］. 西安：陕西师范大学出版总社有限公司，2011.

［42］伊格尔顿. 二十世纪西方文学理论［M］. 伍晓明，译. 北京：北京大学出版社，2007.

［43］伊格尔顿. 理论之后［M］. 商正，译. 欣展，校. 北京：商务印书馆，2009.

［44］伊格尔顿. 当代西方文学理论［M］. 王逢振，译. 北京：中国社会科学院出版社，1988.

［45］伊瑟尔. 怎样做理论［M］. 朱刚，谷婷婷，潘玉沙，等，译. 南京：南京大学出版社，2008.

［46］赵稀方. 后殖民理论［M］. 北京：北京大学出版社，2009.

［47］张法. 中西美学与文化精神［M］. 北京：北京大学出版社，1994.

［48］朱徽. 加拿大英语文学简史［M］. 成都：四川大学出版社，2005.

(二) 中文期刊论文

[1] 阿特伍德. 加拿大文学生存谈：上 [J]. 赵慧珍, 译. 外国文学动态, 2002 (6): 4-6.

[2] 阿特伍德. 加拿大文学生存谈：下 [J]. 赵慧珍, 译. 外国文学动态, 2003 (1): 4-6.

[3] 程爱民. 原型批评的整体性文化批评倾向 [J]. 外国文学, 2000 (5): 67-74.

[4] 耿力平. 论加拿大文学中的"多元文化"、"守备心理"和"求生主题" [J]. 山东大学学报, 2010 (6): 1-13.

[5] 傅俊. 小说创作特点论：加拿大作家罗伯特·克罗耶奇 [J]. 外国文学研究, 1993 (2): 25-33.

[6] 哈特. 现代主义和后现代主义之间：诺思洛普·弗莱的叙事、反讽和政见 [J]. 徐燕红, 译. 国外文学 (季刊), 1995 (2): 21-28.

[7] 韩静, 冯建文. 加拿大高校人文教育思维之拓展：从原型批评理论在美国文学作品中的再现和再生说起 [J]. 求索, 2008 (7): 167-169.

[8] 汉密尔顿. 作为文化批评家的诺思洛普·弗莱 [J]. 史安斌, 译. 北京大学学报 (哲学社会科学版), 1995 (3): 99-104.

[9] 蒋艳萍. 论弗莱的"文学批评重构"理论 [J]. 暨南学报 (哲学社会科学版), 2003 (7): 79-84.

[10] 江玉琴. 诺思洛普·弗莱的文化批评观探幽 [J]. 外国文学研究, 2003 (6): 118-124.

[11] 江玉琴. 论诺思洛普·弗莱对加拿大文学的后殖民观照 [J]. 江西社会科学, 2004 (5): 83-87.

[12] 江玉琴. 文化批评：当代文化研究的一种视野：兼论诺思洛普·弗莱与 F.R. 利维斯的文化批评观 [J]. 深圳大学学报 (人文社会科学版), 2007 (2): 121-126.

[13] 库希纳. 诺思洛普·弗莱思想中的"神话性"和"社会性" [J]. 徐燕红, 译. 北京大学学报 (哲学社会科学版), 1995 (3): 106-109.

[14] 李维屏, 周斌. 洗尽沙砾还金来：谈弗莱原型批评文学史观研

究中被忽略的一面［J］．外国文学，2001（3）：46－51．

［15］毛刚，钟莉婷．弗莱论加拿大文学的发生发展［J］．兰州大学学报（社会科学版），2011（5）：79－85．

［16］司泰因斯．隐身洞穴：加拿大文学的后殖民自恋［J］．丁林鹏，译．国外文学，2005（4）：27－35．

［17］陶东风．试论文化批评与文学批评的关系［J］．南京大学学报（哲学、人文科学、社会科学版），2004（6）：114－120．

［18］徐燕红．悖论与劝诫：诺思洛普·弗莱思想中修辞的力量［J］．外国文学（季刊），1995（1）：3－6．

［19］徐燕红．诺思洛普·弗莱的学术生涯：超越多元文化主义的修辞［J］．国外文学（季刊），1996（2）：16－22．

［20］严治军．诺思洛普·弗莱论加拿大：原型批评理论大师的文化批评实践［J］．理论前沿，2003（6）：33－35．

［21］叶舒宪．神话－原型批评的理论与实践：上［J］．陕西师范大学学报（哲学社会科学版），1986（2）：112－121．

［22］叶舒宪．神话－原型批评的理论与实践：下［J］．陕西师范大学学报（哲学社会科学版），1986（3）：43－53．

［23］叶舒宪．神话原型批评在中国的传播［J］．社会科学研究，1999（1）：116－121．

［24］易晓明．文化无意识：弗莱的批评理论视域［J］．首都师范大学学报（社会科学版），2005（6）：51－58．

［25］喻琴．多维视野中的弗莱理论研究［J］．兰州学报，2008（2）：195－198．

［26］张溪隆．弗莱的批评理论［J］．外国文学研究，1983（4）：120－129．

［27］赵宪章．形式美学与文学形式研究［J］．中南大学学报（社会科学版），2005（4）：162－168．

［28］邹贤敏．马克思主义和神话：原型批评的实践［J］．文艺争鸣，1990（4）：43－47．

［29］朱刚．经典的重现与"理论"的沉浮：从《批评的剖析》英文版在国内再版说起［J］．外国文学评论，2008（3）：139－146．

（三）相关博士论文（中文）

［1］韩雷. 神话批评论：弗莱批评思想研究［D］. 杭州：浙江大学，2006.

［2］刘海丽. 弗莱文学人类学思想研究［D］. 济南：山东师范大学，2008.

［3］绕静. 太初有言：诺思洛普·弗莱研究［D］. 上海：复旦大学，2008.

（四）英文著作

［1］ATWOOD M. Survival［M］. Ontario：House of Anansi Press，1991.

［2］AYRE J. Northrop Frye：A Biography［M］. Toronto：Random，Inc. 1989.

［3］BLOOM H. "Foreword." The Anatomy of Criticism. By Northrop Frye.［M］Princeton：Princeton University Press. 2000.

［4］DEANNE B. Instruction and Delight：Northrop Frye and the Educational Value of Literature.［M］Toronto：Toronto University Press，1980.

［4］BURGESS M. A Glorious and Terrible Life with You：Selected Correspondence of Northrop Frye and Helen Kemp，1932—1939［M］. DENHAM R D. Toronto and Buffalo：University of Toronto Press，2007.

［6］CALIN W. The 20th Century Humanist Critics：From Spitzer to Frye［M］. Toronto：University of Toronto Press，2007.

［7］COLLIN W E. The White Savannahs［M］. Toronto and Buffalo：University of Toronto Press，1975.

［8］COOK E. Centre and Labyrinth：Essays in Honor of Northrop Frye［M］. Toronto：University of Toronto Press，1983.

［9］COTRIPI C N. Northrop Frye and the Poetics of Process［M］. Toronto：University of Toronto Press，2000.

［10］DENHAM R D. Visionary Poetics：Essays on N. Frye's Criticism［M］. New York：Peter Lang Publishing，1991.

［11］DENHAM R D. A World in a Grain of Sand：Twenty-Two Interviews with Northrop Frye［M］. New York：Peter Lang Publishing，1991.

[12] DENHAM R D. Northrop Frye on Critical Method [M]. University Park: Pennsylvania State University Press, 1978.

[13] DENHAM R D. Remembering Northrop Frye: Recollections by His Students and Others in 1940s and 1950s [C]. Jefferson, N C.: McFarland & Co., 2011.

[14] FEE M, MCAlPINE J. Guide to Canadian English Usage [M]. Toronto and New York: Oxford University Press, 1997.

[15] GORAK J. Northrop Frye on Modern Culture [M]. Toronto: University of Toronto Press, 2003.

[16] GORJUP B. Northrop Frye's Canadian Literary Criticism and Its Influence [M]. Toronto: University of Toronto Press, 2009.

[17] GRAFF G. Poetic Statement and Critical Dogma [M]. Evanston: Northwestern University Press, 1970.

[18] HART J. Northrop Frye: the Theoretical Imagination [M]. London: Routledge, 1994.

[19] HENDRIX H. The Search for A New Alphabet: Literary Studies in a Changing World: In Honor of Douwe Flkkema [M]. Amsterdam and Philadelphia: J. Benjamins, 1996.

[20] HOWELLS C A, KRÖLLER E M. The Cambridge History of Canadian Literature [M]. Cambridge: Cambridge University Press, 2009.

[21] JAMESON F. Marxism and Form: Twentieth Century Dialectical Theories of Literature [M]. Princeton: Princeton University Press, 1971.

[22] KLINCK C F. Literary History of Canada: Canadian Literature in English [M]. 2nd ed. Toronto and Buffalo: University of Toronto Press, 1976.

[23] KRIEGER M. Northrop Frye in Modern Criticism: Selected Papers from the English Institute [M]. New York: Columbia University Press, 1966.

[23] KERRIGAN W. Bloom and the Great Ones [J]. Clio 25 (winter, 1996): 196-206.

[24], KRÖLLER E M. The Cambridge Companion to Canadian Literature [M]. Cambridge: Cambridge University Press, 2004.

[25] KUSHNER E. The Living Prism: Itineraries in Comparative Literature [M]. Montreal: McGill-Queen's University Press, 2001.

[26] LANE R J. Fifty Key Literary Theorists [M]. New York, London: Routledge, 2006.

[27] LEE A, DENHAM R D. The Legacy of Northrop Frye [M]. Toronto: University of Toronto Press, 1994: 222-229.

[28] LEITCH V B. American Literary Criticism: From the Thirties to the Eighties [M]. New York: Columbia University Press, 1988.

[29] SALUSINSZKY I. Criticism in Society: Interview with Jacques Derrida, Northrop Frye, Harold Bloom, Geoffrey Hartman, Frank Kermode, Edward Said, Barbara Johnson, Frank Lentricchia, J. Hillis Miller [M]. New York: Methuen, 1987.

[30] WARKENTIN G. The Educated Imagination and Other Writings on Critical Theory [M]. Toronto: University of Toronto Press, 2006.

[31] WOLFREYS J. Modern North American Criticism and Theory: A Critical Guide [M]. Edinburgh: Edinburgh University Press, 2006.

（五）相关博士论文（英文）

[1] BENEVENTI D A. Spatial Exclusion and the Abject Other in Canadian Urban Literature [D]. Montreal: University of Montreal, 2004.

[2] BONDAR A F. Greening the Green Space: Exploring the Emergence of Canadian Ecological Literature through Ecofeminist and Ecocritical Perspective [D]. St. John's: Memorial University of Newfoundland, 2003.

[3] CRAWFORD C C. "Prefabricated from No Great Narrative": Suburban Space in Postwar [D]. Toronto: York University, 2006.

[4] CUNNINGHAM E J. Northrop Frye and the Educational Responsibilities of Contemporary Criticism [D]. Toronto: University of Toronto, 1998.

[5] DAVIS R. A Bibliographical Index and Critical History of Open Letter [D]. Calgary: University of Calgary, 2001.

[6] BOGDAN D G. Instruction and Delight: Northrop Frye and the Educational Value of Literature [D]. Toronto: University of Toronto, 1980.

[7] FEE M. English: Canadian Literary Criticism, 1890—1950: Defi-

ning and Establishing a National Literature [D]. Toronto: University of Toronto, 1981.

[8] FLYNN K. Destination Nation: Writing the Railway in Canada [D]. Montreal: McGill University, 2001.

[9] FRENCH D. The Power of Choice: A Critique of Joseph Campbell's "Monomyth," Northrop Frye's Theory of Myth, Mark Twain's Orthodoxy to Heresy and C. G. Jung's God-Image [D]. Pacifica Graduate Institute, 2000.

[10] GANZ S. Canadian Literary Pilgrimage: from Colony to Post-Nation [D]. Ottawa: University of Ottawa, 2006.

[11] GILL G R. Northrop Frye and the Phenomenology of Myth [D]. Hamilton: McMaster University, 2003.

[12] HORSNELL C M. "Practised Place": Gender and Spatial Tactics in Contemporary Canadian Literature [D]. Toronto: University of Toronto, 2006.

[13] JONES G L. Jameson and Frye: The Continued Discussion of the Romance Genre in Theory and Practice [D]. Bowling Green: Bowling Green State University, 1991.

[14] KYSER K. Reading Canada Biblically: A Study of Biblical Allusion and the Construction of Nation in Contemporary Canadian Writing [D]. Toronto: University of Toronto, 2004.

[15] SMITH M D. Criminal Tales as Cultural Trade: The Production, Reception, and Preservation of Canadian Pulp Magazines [D]. Alberta: University of Alberta, 2004.

[16] VEELAIDUM J. The Spiritual Journey of Consciousness in the Thought of Northrop Frye [D]. Hamilton: McMaster University, 2002.

[17] VISSER C. Canadian Short Fiction: A Comparative Study [D]. Toronto: University of Toronto, 1989.